KB074017

말의 정신

박 진 희

지식과교양

이 책은 2023년 대전광역시와 대전문화재단의 예술지원사업 후원을 받아 발간되었습니다.

서문

언어에는 인간의 정신이랄까 의식이 담겨 있다. 뿐만 아니라 그 저변에는 의식 등이 간섭하지 못하는 영역 또한 존재하는데, 바로 무의식의 영역이다. 의식과 무의식의 연합 작용에 의해 언어는 만들어지고 문학 작품이 쓰인다. 문학은 언어 예술에 속한다. 그래서 문학을 언어의 정신, 혹은 말의 정신에 의해 만들어진 예술이라는 정의가 성립한다.

말에는 다양한 정신이 담겨 있다. 현실을 긍정적으로 인식하는 정신이 있을 수 있고, 그 반대의 경우도 있을 것이다. 삶의 질을 향상시키기 위한 정신도 있을 수 있고, 갈등과 불화를 통합하는 정신도 있을 수 있을 것이다. 말하자면 문학은 그러한 정신이 담긴 말들의 향연이 벌어지는 무대라고 할 수 있을 것이다.

이러한 말의 정신이 우리 주변의 환경에 의해 크게 좌우되는 것은 당연한 일일 것이다. 현실이 용인할 만한 상태라면 말은 굳이 비판적 정신을 함의하지 않아도 될 것이다. 그러나 현실이 부정적이고 열악하다면, 말은 어떠한 형태로든 현실에 응전하는 정신을 포회하게 될 것이다.

잘 알려진 대로 한국 근대사는 질곡의 역사였고, 당대 시 속에 구현된 말들은 그러한 현실을 반영하고 있다. 어떻게든 그 부조리한 현실들을 고발하고, 보다 나은 삶의 질을 위해 부단히 노력해야 했는데 그 도정에서 부당한 힘의 억압과 폭력 앞에 심한 무력감을 느끼기도 했을 것이다. 그리하여 현실에 순응하는 듯한 포오즈를 취하기도 하고 경우에 따라서는 이에 동조하는 현상을 빚기도 했다.

　그러나 일련의 시인들은 그러한 현실을 외면하거나 무력함에 침잠해 있지만은 않았다. 한용운이나 이육사처럼 실천과 문학으로 강한 의지를 피력한 시인들도 있었고 조심스럽고 무력하지만 약한 것만이 열 수 있는 문을 예비한 사례도 있었다. 이를 약한 것의 강함이라 말할 수 있을까. 그 대표적 예가 윤동주이다.

　윤동주 시의 힘은 '아름다운 말'에서 나오는 것이 아닌가 한다. 그의 말은 크고 강한 말이 아니었으며 스미고 섞일 수 있는 작고 여린 말이었다. 그의 '아름다운 말'은 공동체적인 삶의 중요성을 환기하는 말이자 소외된 존재를 부르는 말이었다. 그리하여 그 '아름다운 말'은 자신의, 타자의, 그리고 시대의 아픔을 어루만지는 말이 되었다.

　'지금 여기'의 시대는 "지나친 시련, 지나친 피로"(윤동주, 「병원」)의 시대라 할 만큼 혼탁한 사회이다. 국가 간, 이념 간, 계층 간, 성별 간 등등의 갈등이 전방위적으로 고조되고 있는 까닭이다. 자신을 돌아보기보다 화살을 밖으로 돌리기에 급급하다. 그 결과 '각자도생'이란 말이 유행하는 시대가 되어버렸다. 당장 직면한 문제를 풀어나갈 현실적 방도, 다양한 비판적 목소리가 절대적으로 필요한 시대가 된 것이다. 그러나 잊지 말아야 할 것은 그것의 바탕에는 '아름다운 말'의 정신이 깃들어 있어야 한다는 사실이다. 그래야만 압도하는 고통 속에서도 희망을 떠올릴 수 있게 될 것이다.

"말 한마디에 천냥 빚을 갚는다"는 우리의 전통적인 속담이 있다. 이 말이 듣기에 좋은 번드르르한 말을 의미하는 것이 아님은 물론이다. 진정성, 절실함이 담긴 말일 것이다. 따뜻함, 공동체성 등을 함의한 말이자 보듬고 위무하는 말일 것이다. 마음을 움직일 수 있는 '아름다운 말'일 것이다.

건강한 사회, 유대적 공동체를 이루기 위해서는 이 '아름다운 말'의 정신이 절대적으로 요구된다. 그래서 언어의 연금술사라 불리는 시인의 역할이 중요한지도 모르겠다. 이들에게 부여된 이런 시대적 의무랄까 임무에 부응하기 위해 그동안 시인들은 지극한 노력을 기울여 왔다. 그들의 열정에 긍정적인 시선을 보내고, 꼼꼼하게 읽어내는 일들은 독자의 몫으로 남겨져 있다. 이는 또한 비평의 역할이기도 할 것인데, 그것은 바로 '아름다운 말'의 정신으로 사회의 조화로운 통합을 수행해온 시인들의 작업을 시사적 맥락에 굳건히 올려놓는 일이 아닐까 한다.

| 차례 |

{ 1장 }

경계에서 펼쳐지는
열린 의미의 미학

 진영대 시인은 1997년 『실천문학』으로 등단하여 시집 『술병처럼
서 있다』(문학아카데미, 2002.), 『길고양이도 집이 있다』(시와에세이,
2020.) 등 두 권의 시집을 상재하였다. 24년여의 시력(詩歷)에 비하면 과
작(寡作)이라 할 만하다. 첫 시집과 두 번째 시집 사이의 시간적 거리도
크다. 그럼에도 시적 소재를 가족과 같은, 자신과 가까운 것에서 찾는다
는 점, 사물을 보는 관점과 해석이 참신하다는 점, 상처를 통해 화해의
세계로 나아간다는 점에서 공통적 특징을 보인다.
 이러한 특징들은 새로 발표한 신작시에서도 확인되는 바이다. 어머니
(「당신을 열어보았다」), 아내(「세 근」), 손주(「말」), 맨드라미(「결투」), 비
둘기(「따뜻한 지붕」) 등 시적 대상이 가족이거나 일상에서 흔히 볼 수
있는 자연물이라는 점에서 그러하고, 특별할 것 없는 일상에서 소재를
취하고 있지만 그 사건 내지 대상에 대한 해석, 그것을 운위하는 상상력
이 남다르다는 점에서도 그러하다.

그럼에도 신작시에서 보이는, 기왕의 작품들과의 차질점은 친밀한 소재를 통해 드러나는 시정신이랄까 사유의 폭과 깊이가 확장되었다는 사실일 것이다. 특히 이번에 발표한 그의 시에서는 이항 대립적인 가치의 길항을 통해, 혹은 그 경계에서 어떤 의미가 발생하는데 그것은 시인이 독자에게 고정된 의미를 전달하는 일방적인 방식이 아니라는 점에서 의의를 획득하고 있는 경우라 할 수 있다.

특별히 추릴만한 뼛조각 하나 남은 게 없었다
고이 누웠던 자리 모락모락 김이 올라왔다
뼛조각 몇 개 주섬주섬 짝을 맞춰
뒷간이라도 다니러 가신 듯
신발 끄는 소리 금방 들릴 것 같았다
타다만 숯덩어리처럼 거뭇거뭇한 흙
정성껏 긁어모아 문종이를 펴고 올려놓았다
어머니 생전의 모습대로
머리부터 발끝까지 고르게 펴놓았지만
아무리 봐도 어머니를 닮지 않았다

어딘가를 다니러 가신 어머니
황급히 돌아와 애비야, 하고 부를 것 같았다
                    ─「당신을 열어보았다」

위 시는 '어머니'의 묘를 여는 것을 시적 배경으로 하고 있다. 특별한 수사나 함축 등의 시적 장치 없이 일어난 사실과 그것에 대한 서정적 자아의 느낌 등 그저 경험한 내용을 그대로 적은 듯하다. 이 시의 내용 혹은 주제를 한마디로 표현하면 '어머니가 돌아가신 지 오래되었지만 아직 어머니에 대한 기억이 생생하다.' 정도가 될 것이다.

그런데 여러 번 꼼꼼히, 그리고 다른 신작시들과의 맥락에서 이 시를 읽어보면 어떤 경계에 대한 의식을 환기하게 된다. 삶과 죽음, 실존과 관념, 육체와 정신, 가시적인 것과 비가시적인 것 등 이항 대립적 세계의 경계가 그것이다. 이 시의 제목은 "당신을 열어보았다"인데 여기에서 '당신'이 이 임계의 중심에 자리하고 있다. "당신을 열어보았다"는 것은 '어머니'의 몸을 열어본 것도 되지만 '어머니'의 무덤, 곧 '어머니'의 죽음을 열어보았다는 의미도 된다. 실존과 관념을 넘나드는 대상이 '당신'인 셈이다.

'당신을 열어보'고 난 뒤에 서정적 자아가 확인하게 되는 것은 "특별히 추릴만한 뼛조각 하나 남은 게 없"는, "타다만 숯덩어리처럼 거뭇거뭇한 흙"으로 변해버린 '어머니'의 모습이다. 그 '흙'으로 "어머니 생전의 모습"을 그대로 구현해보고자 하지만 그것이 불가능한 일임은 너무도 자명한 사실이다. "아무리 봐도 어머니를 닮지 않았다"는 고백에서 이를 확인할 수 있다.

현실에서 펼쳐지고 있는 사실과는 달리 서정적 자아의 머리, 혹은 마음속에서 '어머니'는 "뒷간이라도 다니러 가신 듯 / 신발 끄는 소리 금방 들릴 것 같"고 "어딘가를 다니러 가신 어머니 / 황급히 돌아와 애비야, 하고 부를 것 같"이 생생하다. 그렇다면 '어머니'는 현실적이든 혹은 가상적이든 존재하는 것인가. 존재한다면 몇 조각의 뼈와 흙으로 전화한 육체가 어머니일까, 서정적 자아의 기억과 마음속에 존재하는 어머니의 이미지, 그 관념적 존재가 어머니일까. 아니면 이 모든 것은 서정적 자아의 마음이 지어낸 상(想)이자 집착일 뿐 어머니는 어디에도 없는 존재이자 동시에 만물에 존재하는 대상인 걸까.

　이처럼 위 시에서는 '당신'을 중심으로 육체와 정신, 실존과 관념, 시각과 청각 등의 경계에서 존재에 대한 사유의 일단을 발생시키고 있다. 말하자면 이 시인에게 경계란 서정의 샘이 솟는 물길과 같은 것이 된다.

　　　미루고 미루다가 12월 막달에
　　　건강검진을 받으러 갔어요
　　　아침밥을 굶은 데다 한파주의보라
　　　겹겹이 껴입고 몸무게를 재려니
　　　안 그래도 오래오래 연금 타 먹으려면
　　　운동 좀 하라고 성화인데
　　　아내한테 한마디 들을 것이 걱정이었지요
　　　겹겹이 껴입은 옷
　　　모두 벗어 의자 위에 올려놓으니
　　　무게가 족히 세 근(斤)은 되었고
　　　그 위에 모자까지 벗어 올려놓자
　　　틀림없는 중노인 한 분
　　　얌전하게 앉아 있는 줄 알았어요
　　　오들오들 떨고 있는 나를 보고
　　　무엇이 그리 좋은지
　　　비실비실 웃고 있는 부처님인 줄 알았어요
　　　　　　　　　　　　　　　　－「세 근」

　*마삼근(麻三斤) : 동산수초(洞山守初) 선사가 남긴 화두로 한 학인이
　동산 선사에게 "부처가 무엇입니까?" 하고 묻자 "삼이 서 근"이라고 말했

다고 합니다. 『벽암록』 12칙, 동산의 마삼근.

　위 시는 일상에서 흔히 있을 법한 친근한 사건과 소재를 통해 본질이나 가치에 대한 사유를 환기하게 하는 작품이다. 시적 자아는 건강검진을 받고 있다. "오래오래 연금 타 먹으려면 / 운동 좀 하라고 성화"인 아내에게 표층적으로 보여줄 수 있는 건강의 지표는 몸무게와 그것을 기준으로 한 여러 가지 수치들일 것이다. 시적 자아는 아내에게 보여줄 수치를 위해 "겹겹이 껴입은 옷 / 모두 벗어 의자 위에 올려놓"고 "오들오들 떨고 있"다. 재미있는 것은 '건강검진'이니 '연금'이니 하는 것들은 모두 자아의 안녕을 위한 방책들이건만 위 시에서는 그것들 앞에서 시적 자아가 한없이 왜소해지고 만다는 사실이다.

　한편 시적 자아가 벗어서 쌓아 놓은 옷 무더기는 "중노인 한 분 / 얌전하게 앉아 있는" 것으로 보이기도 하고 더 나아가 "오들오들 떨고 있는 나를 보고 / 무엇이 그리 좋은지 / 비실비실 웃고 있는 부처님"으로 인식되기도 한다. 몸무게를 줄이기 위해 벗어놓은 옷 무더기가 '중노인'으로, 나아가 '부처님'으로까지 전화한 것이다. 이 변이의 매개는 위 시의 제목이기도 한 '세 근'이다.

　주석에서 확인되듯 이 작품은 "『벽암록』 12칙, 동산의 마삼근"으로부터 착상한 작품이다. '부처가 무엇이냐'는 어느 학인의 물음에 동산 선사가 '삼이 서 근'이라 답했다는 것이 그것인데 이를 작품에 대입하게 되면 '부처란 옷이 세 근'이 되는 셈이다. '옷 세 근'은 본질과 외피, 생물과 사물이라는 자아와의 관계 구도에서 후자에 속한다. 자아의 껍데기, 자아와 분리되면 의미를 상실하는 사물에 불과할 뿐인 것이다. 그런데 이 무가치한 것이 "오들오들 떨고 있"는 자아를 보면서 "비실비실 웃고 있는 부처님"으로 형상화된 것이다. 이 관계의 전복, 가치의 전복을 어떻게 이해해야 할까.

부처나 진리 등은 절대적 혹은 초월적 시공간에 있는 것이 아니라 일상 속에 산재해 있다는 것, 그래서 그것을 알아보고 깨닫는 것이 중요하다는 메시지로 이해할 수 있을 것이다. 또는 '옷 세 근'과 '부처'의 간극은 결국 시적 자아의 사물을 보는 눈, 혹은 마음에서 비롯되었다는 점에서 모든 것은 마음이 지어내는 것이라는 진리를 떠올릴 수도 있을 것이다. 혹은 '얌전하게 앉아 있는 중노인'과 '비실비실 웃고 있는 부처님', '오들오들 떨고 있는' 자아가 모두 다르면서도 같은, 자아 안에 내재해 있는 또 다른 자아들이라 해석하는 것도 가능할 것이다. 중요한 것은 시인이 결코 어떤 고정된 의미를 제시해주지 않는다는 사실이다. 다만 그의 시는 다양한 가치의 전복을 통해, 혹은 그 경계에서 사유를 발생시키고 있을 뿐이다.

이렇듯 경계는 시인에게 서정이 이루어지는 샘과 같다. 이런 원리는 계속 그의 시의 작시법이 되고 있는데, 가령 「말」이라는 작품 역시 그러하다. 이 시에서는 어느 정도 의미의 방향, 시정신의 궁극적인 지향을 드러내고 있다는 점에서 그 의미가 있는 경우라 할 수 있다.

손바닥에 무엇인가 기어갔다
스멀스멀, 모르는 애벌레인 듯
내 손 아니라고
손사래 치다 아차 싶었다
이 세상 말 아직 배우지 못한
아홉 달 손주, 제가 왔던 세상의 말로

꼬물꼬물 무슨 말인가 쓰고 있었다

'사랑해'라고 써서 쥐여주었다
이 세상 말 다 배우면 펴보라고
두 손으로 꼬옥 감싸주었다
　　　　　　　　　　- 「말」

　인용한 시는 「당신을 열어보았다」에서 보이는 경계에 대한 의식과 「세 근」에서 드러나는 가치의 전복 양상을 모두 확인할 수 있는 작품이다. 경계에 대한 의식은 "이 세상"과 "제가 왔던 세상"의 구분에서 드러나는데 두 '세상'을 구분하는 것은 이 시의 제목이기도 한 '말'이다. "아홉 달 손주"는 "이 세상 말 아직 배우지 못한" 존재다. 다시 말해 "아홉 달 손주"는 "이 세상 말"이 없는 세계에, 서정적 자아는 그 반대편의 세계에 존재하고 있는 것이다.

　이를 라캉식으로 말하자면 상상계와 상징계라는 이분법으로 설명할 수 있을 것이다. 상상계는 언어가 없는 세계, 이미지로 구동되는 세계이자 자아와 타자의 분별이 없거나 약한 세계이고, 상징계는 언어로 구동되는 세계로 주체와 타자가 확실하게 분리되는 세계이자 규율과 금기를 수용해야 하는 질서의 세계이기에 그러하다.

　위 시에는 자아로 환원되지 않은 대상에 대한 터부시, 타자화가 드러나 있다. "손바닥에 무엇인가 기어갔다 / 스멀스멀, 모르는 애벌레인 듯 / 내 손 아니라고 / 손사래 치"는 것이 그것이다. "아홉 달 손주"가 "꼬물꼬물 무슨 말인가 쓰고 있"는 것을 '애벌레'가 꿈틀대는 것으로 느끼고 있는 것이다. 그 대상이 '손주'라는 것, 즉 자아와 동일화되어 있는 대상이라는 것을 확인하기 전까지 서정적 자아는 그 대상을 '스멀스멀' 기어오르는 '모르는 애벌레'로 인식하고 있었다는 의미이다.

　반면 "아홉 달 손주"는 자아와 타자의 분별이 없으며 '다른 세상'의 타자에게 "제가 왔던 세상의 말"로 소통을 시도하고 있다. 중심과 주변의 관계에서 살피면 어른은 중심적 존재, 아이는 주변적 존재에 해당할 것이다. 미발달, 미성숙, 비이성, 비독립적인 존재가 아이이기 때문이다. 그런데 이 시에서는 중심적 존재에 해당하는 자아가 배타적인 태도를 보이는 반면 주변적 존재라 할 수 있는 아이는 유대적 태도를 보이는 것으로 묘파하고 있다. 가치의 전복이라는 시적 의장을 확인할 수 있는 대목이다.

　중요한 것은 서정적 자아는 "아홉 달 손주"의 분별이 없는 세상으로 돌아갈 수 없지만 "아홉 살 손주"는 때가 되면 서정적 자아의 파편화된 세상으로 반드시 오게 되어 있다는 사실이다. "아홉 달 손주"가 "이 세상 말 다 배우는 때"가 오면 아이는 세상과 타협하는 존재가 되어 있을 것이다. 다른 말로 하면 사회화되었다는 의미이다. 자아와 타자의 분별을 내재화하고 금기를 수용하는 대신 허용된 한에서 다른 욕망을 채워가는 존재가 사회화된 존재의 정체일 것이다.

　이러할 때 필요한 것이 '사랑'이라는 정서임을 시인은 굳게 믿고 있다. 아이의 무구한 세상, 분별이 없는 세상으로 다시 돌아갈 수는 없지만 그 간극을 좁혀 줄 수 있는 그 무언가가 있다면 시인은 그것을 곧바로 갖고자 할 것이다. 그러한 가운데 하나를 시인은 '사랑'에서 찾고 있다. '사랑'은 통합과 유대의 공동체적 감수성을 가장 잘 드러내는 것이기 때문이다. 시적 자아가 손주의 손에 "이 세상 말 다 배우면 펴보라고" 꼭 쥐여준 말이 '사랑해'인 까닭이 여기에 있다.

시인의 시의식은 결코 어느 한쪽의 세계에 경도되어 있지 않다. 그저 "아홉 달 손주"의 세상과 '이 세상'의 간극에서 독자의 사유를 촉발하고 있을 뿐이다. 다만 이 시에서는 시인이 지향하는 바, 혹은 그러한 토대 같은 것을 어느 정도 제시하고 있는데 그것이 바로 '사랑'이라는 것이다. 「따듯한 지붕」과 「결투」라는 작품에서 보다 구체적인 사랑의 구현 양상을 확인할 수 있다.

> 비둘기가 죽었다
> 발가락을 움켜쥐고 죽었다
> 움켜쥐려고 했던 것이 무엇인지 몰라도
> 죽어서도 발가락은 펴지 않았다
> 발가락을 움켜쥐고 나는 새는 별로 없다
> 날아가도 멀리는 못 간다
> 깃털은 바람에 흔들리고 있었고
> 웅성거리는 소리 계속 들렸다
> 갈비뼈 사이를 둥글게 파내고
> 알을 쏟아놓은 파리 떼
> 자자손손 번성하여라 잘 먹고 살아라
> 둥글게 파낸 갈비뼈 밑에
> 세세만년 일가를 이루고 문전성시였다
> 비둘기는 남은 깃털로
> 부드럽고 따듯한 지붕을 만들어주었다
> 온 힘을 모아 강아지풀을 움켜쥐고
> 날아가지 않으려고 안간힘 쓰고 있었다
> 웅성거리는 소리는 그치지 않았고

무성하게 자란 강아지풀, 흔들리고 있었다
- 「따듯한 지붕」

인용시는 서정적 동일성의 세계에 이르는 과정을 참신한 시적 전개로 아름답게 그린 작품이다. 시는 비둘기가 죽었다는 선언으로 시작한다. 그런데 그 죽음에 대한 묘사가 독자의 호기심을 자극한다. 비둘기는 "발가락을 움켜쥐고 죽었"는데 무엇을 움켜쥐려고 했는지는 드러나 있지 않기 때문이다. "죽어서도 발가락은 펴지 않았다"는 시구로 호기심과 긴장감을 고조시키고 있다. "발가락을 움켜쥐고 나는 새는 별로 없다 / 날아가도 멀리는 못 간다"라고 덧붙임으로써 '발가락을 움켜쥐는 것'이 하늘을 나는 데에 방해가 되는 행위이므로 새에게는 매우 드물고 특별한 경우임을 강조하고 있다. 이것이 6행까지의 내용이다.

7행에 이르면 마치 카메라가 움직이듯 시적 자아의 시선은 비둘기의 움켜쥔 발가락에서 몸통으로 옮겨간다. "깃털은 바람에 흔들리고 있었고 / 웅성거리는 소리 계속 들렸다"는 대목에서는 또 다른 호기심과 긴장감이 발생한다. 웅성거리는 소리의 정체는 "갈비뼈 사이를 둥글게 파내고 / 알을 쏟아놓은 파리 떼"로 밝혀진다. 시는 절정을 지나 결말로 접어든다. 중요한 것은 마치 퍼즐이 맞추어지듯 그동안 호기심을 자극했던 현상들이 맞물리며 하나의 서사를 이룬다는 점이다.

비둘기는 자신의 몸에 알을 낳은 '파리떼'를 위해 "남은 깃털로 / 부드럽고 따듯한 지붕을 만들어주었"다. 바람에 흔들리는 깃털이나 움켜쥔 발가락은 결국 "온 힘을 모아 강아지풀을 움켜쥐고 / 날아가지 않으려고 안간힘 쓰고 있었"던 데서 비롯된 것임이 드러난다. 그것은 자신의 몸에 기생하고 있는 또 다른 생물들에게 "부드럽고 따듯한 지붕을 만들어주기 위해"서였다. 이 '안간힘' 덕분에 "웅성거리는 소리는 그치지 않"고 이어질 수 있었던 것이다. 마지막 행에 이르면 비둘기는 강아지풀과 동일화되어 있음을 알 수 있다. 바람에 흔들리고 있는 비둘기의 '깃털'이 무성하게 자란, 흔들리는 강아지풀과 오버랩되고 있기 때문이다. 결국 비둘기의 형체는 없어질 것이지만 그것이 영원히 사라지는 것을 의미하는 것은 아니다. 비둘기의 그것은 '강아지풀'과 '파리떼', '바람'과 '흙'에 스며있기 때문이다.

위 시에서 삶과 죽음, 생물과 사물, 동물과 식물 등의 경계를 가로지르는 정서는 사랑이며 이 사랑을 통해 모든 경계를 초월하는 서정적 동일성의 세계를 이루고 있다. 시적 정서와 분위기는 매우 다르지만 또 다른 방식의 삶에 대한, 세계에 대한 사랑을 드러내고 있는 시로 「결투」가 있다.

담장 밑에 바짝 붙어
끝장을 보자는 맨드라미

내어줄 것이 8월, 뜨거운 땡볕뿐이니
그거라도 걸고 한판 붙어볼까 생각하다가
한 생애가 땡볕뿐일까 싶었다
8월 땡볕 다 가져라, 내어주고
그만하자, 그만하자 하는데도
아직도 분이 풀리지 않는지
붉은 볏을 곧추세우고 있는 것이라
발길로 걷어찼던 것인데

우수수 까만 꽃씨를

울음처럼 쏟아놓았던 것이다

－「결투」

　　위 시는 8월의 뜨거운 태양 아래 피어있는 '맨드라미'를 결투에 임하고 있는 대상으로 형상화하고 있는 작품이다. 상대가 "8월 땡볕 다 가져라, 내어주고 / 그만하자, 그만하자" 어르고 달래지만 '맨드라미'는 "붉은 볏을 곧추세우고" 결투의 의지를 굽히지 않는다. 결국 '맨드라미'는 결투 상대의 발길에 걸어차이고 만다. 애초에 상대가 안 되는 결투였던 셈이다. 그렇다면 '맨드라미'는 왜 질 것이 뻔한데도 끝까지 "붉은 볏을 곧추세우고" 있었던 것일까.

　　'맨드라미'는 무력하디 무력한 존재, 무력하되 무기력하지 않은 존재를 표상한다. 이에 대립되는 대상은 원하는 것 적당히 내어주는 것으로 '결투'를 무마시킬 수도, 발길질 한 번으로 상대를 쓰러트릴 수도 있는 강한 힘을 가진 존재다. '맨드라미'는 힘이 없을지언정, 그래서 싸움에서 이길 가능성이 없어 보일지언정 포기하거나 적당히 타협하지 않는다. 아니 타협하지 '않는 것'이 아니라 그럴 수 '없다'는 것이 옳은 표현일지 모르겠다. '끝장'을 보는 수밖에 달리 방법도, 물러설 곳도 없는 존재가 '맨드라미'가 표상하는 바이기 때문이다. 이 존재에 내포되어 있는 정서가 '분'과 '울음'이라는 점에서 이를 확인할 수 있다.

　　상대도 되지 않는 강자에 맞서 "끝장을 보자고" 하는 이러한 강한 의지는 어디에서 나오는 것일까. 그것은 표층적으로는 풀리지 않는 '분'에서 비롯된다. '분'이란 사전적 의미로 '억울하고 원통한 마음'을 일컫는다. 억울하고 원통하다고 모두가 질 것이 뻔한 싸움에 죽자고 덤벼들지 않는다. 신념이나 명분이 있어야 가능하다. 그리고 그것은 또한 죽음과 바꿀 만한, 삶에 대한 올곧은 사랑에서 가능해지는 것이다.

'분'이라는 정서가 외부로 표출되는 가시적인 것이라면 보이지 않는 층위에는 억누르고 있는 정서가 존재한다. 내면에는 차마 터트릴 수조차 없는 '울음'이라는 감수성이 자리하고 있기 때문이다. 어쩌면 표출하지 않는 이 '울음'이 주체로 하여금 위력과 두려움 앞에 굴복하지 않고 꿋꿋하게 버티도록 하는 힘으로 기능하는 것일지도 모르겠다. 위 시에서 '울음'은 응전하는 대상의 강력한 힘에 의해 나동그라졌을 때 비로소 터진다. 그러나 쓰러졌다고, 한 번 '결투'에서 졌다고 끝이 아니다. '울음'이 "까만 꽃씨"와 등가의 관계에 놓인 것에서 알 수 있듯 "끝장을 보자고", "붉은 볏을 곧추세우"는 '맨드라미'는 계속 나올 것이기 때문이다.

이것이 '맨드라미'가 약하지만 강한 존재, 약함으로 인해 강할 수밖에 없는 존재, 몰락을 통해 새로운 세계를 열어가는 존재로 그려지는 까닭이기도 하다. 의미를 확장하면 대한민국의 역사 또한 무수한 '맨드라미'와 같은 존재들의 역할로 '지금 여기'에까지 이어져 온 것임을 이 시는 새삼 떠올리게 한다.

진영대 시인의 시에서는 다양한 가치 혹은 세계가 이항 대립적인 관계로 펼쳐지고 있지만 결코 어느 한 편을 지향한다거나, 다른 편의 세계를 비판하는 것으로 드러나지 않는다. 가치중립적인 태도를 유지한다고나 할까. 어떻든 다양한 가치가 충돌하기도 하고 일반적으로 인식되고 있는 가치의 위계가 전복되는 양상을 보이기도 하지만 시인은 이를 통해 어떤 고정된 의미를 제시하고자 하지 않는다. 다시 말해 편향적인 정서를 드러내 보이지 않는 것이다. 단지 경계선에 있을 뿐인데, 그 경계에서 독자들은 자유롭게 의미를 생성하기도, 사유를 확장해나가기도 한다.

그럼에도 이 경계를 가로지르는, 다양한 세계를 관류하는 정서가 있다면, 그것은 '사랑'이다. 삶에 대한 긍정, 자아와 타자, 세계에 대한 사랑이 그것인데 그의 시에서 '사랑'은 공동체적 유대의 감수성이자 경계를 초월하여 서정적 동일성의 세계를 이루어내는 정서로 발현되고 있다. 사랑이 포용의 정서라는 점에서 보면, 시인의 이 같은 인식적 귀결은 일견 타당한 것으로 비춰진다고 하겠다.

진영대 시인의 시는 쉽게 읽히지만 결코 가볍지 않다. 의미를 감추고 있지 않지만 새로운 의미를 찾아내는 재미가 있다. 독립된 시로 읽어도 의미가 있지만 신작시들 간에 상호텍스트적으로 읽을 때 의미의 깊이를 확보할 수 있다. 진영대 시인의 시를 보다 능동적으로 읽어야 하는 까닭이 여기에 있다.

사랑, 그 깊고 푸른 숲의 향연

김윤배 시인은 1986년 『세계의 문학』을 통해 작품 활동을 시작했다. 그는 시뿐만 아니라 산문, 평론, 동화 등 다양한 장르에서 문학적 성취를 이루었다. 황동규 시인은 김윤배 시인을 "개인의 목소리와 대사회적인 목소리를 같은 높이로 가진 시인"이라 규정한 바 있다. 또한 그는 "'전통 연시'와 '아픈 시대를 증언하는 시' 사이를 넘나들며 개인의 삶과 역사에 끝없는 애정을 드러내" 온 시인으로 평가받기도 했다.

사실 사회나 시대를 이루는 것은 개개인의 삶일 터, 일상적 존재에 대한 사랑 없이 시대를 운운한다는 것은 어불성설이다. 그럼에도 시인에게 있어 둘을 '같은 높이'에서 발화한다는 것은 드물고도 어려운 일임에 틀림없다. 보통 어느 한쪽으로 경도되어 시인의 혹은 시세계의 특징적 경향으로 운위되는 것이 일반적 현상이기 때문이다. 김윤배 시인은 이 간극을 가로지르고 있는 셈이다.

새로 발표한 신작 시편들에서도 이를 확인할 수 있다. 특징적인 것은,

한 편의 시 안에서도 이러한 간극의 초월이 이루어지고 있다는 사실이다. 그의 시에서는 개별적 존재의 내밀한 정서의 발현에서 보편적 집단의 진실이나 진리에 대한 발화로 의미가 확장되거나 혼류되어 드러나고 있다. 이러한 특징을 보이는 대표적 작품으로 「나는 죽음에 이르기까지 그리운 곳을 생각하게 될 운명이다」를 들 수 있다.

사람을 기다리는 것으로 계절이 흐른다
내 계절은 기다리는 것으로 청춘이다
어제 미선이 갔다
조용히, 다시 올 거라고 약속하고 갔지만
그 다시에 내가 서 있을는지 알 수 없다

미선은 희망이었을까
그럴 수 있겠다 싶은 아침이다
봄 새벽바람은 부드럽고 신선하다

어떤 두려움이 꽃밭에 머무는지 알 수 없는 것을 염려할 필요 없다
꽃그늘이 사라진다면 꽃이 사라진 것이고 꽃잎의 작은 흔들림 멈춘다
면 바람이 멈춘 것이다
멈추는 것들이 두려움이라면 바람을 기다리는 것도 두려움이다
두려움 없이 노년을 보내고 싶다
기다리는 두려움을 벗으면 내 사랑도 끝이 보이는 것이다

그리운 곳, 그곳은 내게 꿈이었다 황홀한 미래였다 도취의 지점이었다
운명은 아니라고 말하지 않겠다

운명 아닌 것이 없다는 걸 알게 되었다

나는 죽음에 이르기까지 그리운 곳을 생각하게 될 운명이다
　　　－「나는 죽음에 이르기까지 그리운 곳을 생각하게 될 운명이다」

"사람을 기다리는 것으로 계절이 흐"르고 그 기다림으로 인해 서정적 자아의 '계절'은 청춘이라니, 그렇다면 이 시를 연시라 할 수 있을까. 그럴 수도 또 아닐 수도 있겠다. "조용히, 다시 올 거라고 약속하고" 떠난 '미선' 때문에 설레기도 하고 "그 다시에 내가 서 있을는지 알 수 없다"는 서정적 자아의 심정에 쓸쓸해지기도 한다. 설렘, 기다림, 이별에 대한 불안 등 이 시는 분명 사랑에 따르는 정서를 환기하게 한다. 그런데 이러한 정서는 사랑의 심연으로 흐르지 않는다는 데 이 시만의 특이성이 있다. 그것은 '알 수 없음'과 그것에 대한 서정적 자아의 태도로 방향을 튼다.

'미선'이 다시 돌아올지, 돌아온다고 해도 '나'와 다시 만날 수 있을지 알 수 없다. '알 수 없는 것'은 이뿐만이 아니다. "미선은 희망이었을까"라는 물음에 서정적 자아는 그렇다, 아니다가 아닌 "그럴 수 있겠다 싶은 아침"이라 애매하게 답하고 있다. "어떤 두려움이 꽃밭에 머무는지" 또한 알 수 없기는 마찬가지다. 그러고 보면 서정적 자아에게는 분명한 것이 없다.

눈길을 끄는 것은 이 '알 수 없음'에 대한 서정적 자아의 태도이다. 그것에 대해 불안해하거나 '염려'하지 않고, 있는 그대로 받아들이고 있기 때문이다. 가령 "꽃그늘이 사라진다면 꽃이 사라진 것이고 꽃잎의 작은 흔들림 멈춘다면 바람이 멈춘 것"이라고 말이다. 이 담담한 언표 앞에서 '멈추는 것'에 대한 '두려움', '바람을 기다리는 것'에 대한 '두려움'은 호

들갑처럼 느껴진다.

　기다림과 그리움, 사랑은 한통속이다. 여기에는 낭만적 사랑의 달콤함도 있지만, 또 다른 한편으로는 상실에 대한 불안과 두려움이 같은 무게로 자리하게 된다. 서정적 자아는 "두려움 없이 노년을 보내고 싶다"고 하지만 "두려움을 벗으면 내 사랑도 끝이 보이는 것"이라는 시구에서 보듯 그것은 삶에서 두려움과 함께 기다림, 그리움, 사랑까지를 배제한다는 의미에 다름 아니다. "내 계절은 기다리는 것으로 청춘"이라 하지 않았던가. '기다림', 그리고 그것에 대한 '두려움'이 없다면 그야말로 '청춘'을 보내버린 '노년'이 되는 셈이다.

　그런데 이어지는 시구에서 서정적 자아는 '그리운 곳'이 '꿈'이자 '황홀한 미래'이며 '도취의 지점'이라 의미화하고 그것을 '운명'으로까지 끌고 간다. 급기야 "나는 죽음에 이르기까지 그리운 곳을 생각하게 될 운명이다"라고 선포하기에 이른다. 이는 끝끝내 두려움을 안고 가겠다는 자아의 결의를 보여주는 것이며 이 결의를 통해 서정적 자아의 계절은 죽음에 이르기까지 '청춘의 계절'일 것임을 유추하게 한다.

　위 시는 이처럼 '미선'이라는 구체적 인물을 등장시키면서 사랑의 정서를 환기하게 하지만 여기에 의미가 한정되지 않는다. 이 시가 연시일 수도, 아닐 수도 있는 까닭이 여기에 있는 것이다. 사라짐, 멈춤, 기다림 등등 온갖 "알 수 없는 것"에 대한 두려움, 그리고 그것에 응전하는 시적 자아의 태도로 초점이 옮아가고 있다.

　'그리운 곳'의 의미는 연정에 한정되지 않는다고 했다. 그렇다면 '꿈', '황홀한 미래', '도취의 지점'이자, 서정적 자아가 '죽음에 이르기까지 생각하게 될 운명'이라며 강렬한 의미를 부여하고 있는 '그리운 곳'이란 어디일까. 이 현실을 초월한 시공간이 의미하는 바는 무엇일까. 이와 동일한 의미역에 자리하고 있는 '가문비나무 숲'에서 그 의미를 간취해볼 수 있다.

고산지대, 잡목 숲을 지나 고요한 숲이다

가문비나무 숲은 내게는 꿈이다 영지다 환상이다

가문비나무 숲은 죽음을 동경하는 숲이다 내 팔로 서너 번을 안아야 닿을 수 있는 우람한 둥치에 기대어 조용히 가문비나무의 뿌리로 돌아간다면 더 할 수 없는 축복이리라 가문비나무는 내게 그런 나무다

가문비나무와 며칠 밤을 새며 대화를 한다

가문비나무는 별들을 흔들어 쏟아지게 하고 바람을 부른다

기대고 싶은 나무, 안아보고 싶은 나무, 그의 뿌리로 돌아가고 싶은 가문비나무는 정갈하고 고아하다 음원을 소환하게 하는 나무다 그 음원은 여기에 없다 그 음원은 닿지 않는 곳에서 바오밥나무를 안고 먼 하늘을 생각할 것이지만 그 음원은 가문비나무를 잊었을 것이다

가문비나무가 그리움의 다른 이름인 것을

가문비나무가 돌아갈 거처인 것을

가문비나무가 생의 기록인 것을
　　　　　　　　　　　-「가문비나무숲에서 무슨 일이 있었는지」

위 시에서 '가문비나무'는 서정적 자아와 초월적 세계를 연결해주는 매개체로 기능한다. 그것은 "내 팔로 서너 번을 안아야 닿을 수 있는 우람한 둥치"의 실체로 존재하는데 서정적 자아는 이를 통해 '꿈', '영지', '환상', 그리고 '죽음'을 환기하기 때문이다. 눈길을 끄는 것은 '죽음'이 동경의 대상이라는 사실이다. 그것은 삶의 끝, 유한성으로서의 한계가 아니라 '근원', '돌아갈 거처'로 의미화되고 있다.

서정적 자아에게 '가문비나무'는 단순한 나무가 아니다. '가문비나무'는 "정갈하고 고아"하며 서정적 자아가 기대고 싶고, 안아보고 싶은 나무, 즉 동일화의 욕망을 불러일으키는 대상이다. 무엇보다 '가문비나무'는 근원을 환기하게 하는 상관물이다. "뿌리로 돌아가고 싶은 가문비나무", "음원을 소환하게 하는 나무"라는 점에서 그러하다.

여기서 '음원'은 추상적이고 관념적인 대상이다. "여기에 없"고, "닿지 않는 곳에" 있기 때문이다. 땅에 단단히 '뿌리'를 내리고 있는 '가문비나무'와 대조적이다. '가문비나무'는 '음원'을 소환하지만 "그 음원은 가문비나무를 잊었을" 것으로 추측된다. 중요한 것은 서정적 자아가 현실에 기반하여 초월적 세계를 소환하는 '가문비나무'에 경도되어 있다는 사실이다. 현실에 두 발을 딛고 있으면서도 추상적, 관념적 세계를 배제하지 않는 것으로 의미화할 수 있을 것이다.

한편, '가문비나무 숲'은 '그리운 곳'(「나는 죽음에 이르기까지 그리운 곳을 생각하게 될 운명이다」)과 상동의 관계에 놓인다. '그리운 곳'이 '꿈', '황홀한 미래', '도취의 지점'과 관계되는 것과 같이 '가문비나무 숲'은 '꿈', '영지', '환상', 동경으로서의 '죽음' 등과 긴밀하게 연결되고 있으며 무엇보다 '그리움의 다른 이름'이기 때문이다.

그렇다면 이 '가문비나무 숲' '그리운 곳'의 정체는 무엇일까. 꿈, 황홀,

도취, 환상, 근원, 그리움, 기다림, 동일화 등의 의미를 포회하고 있는 것이 있다면 어떤 것일까. 그것은 사랑을 떠올리게도 하고 서정적 동일성의 세계, 혹은 시를 생각게 하기도 한다. 김윤배 시인에게는 이 둘이 다른 것이 아닐지도 모른다. 이러한 맥락에서라면 그에게 사랑이란, 그리고 시란 "그리움의 다른 이름"이자 "돌아갈 거처"가 되는 셈이다. 또한 이들은 단지 추상적이며 관념적인 것에 머무르는 것이 아니라 생생한 현실에 기반해 있는 "생의 기록"이기도 한 것이다.

역병이 번지듯 벚꽃 계절이 번지고 있다

검은 대륙에도 역병은 이곳과 다르지 않을 것이지만 검은 마스크는 밤마다 크기를 더할 것이다 그곳에는 벚꽃 계절이 없어 환한 대궐을 볼 수 없겠다 침실을 벚꽃으로 채워 잠들게 하고 싶다 벚꽃은 환하게 타오르는 마음이고 화르르 지는 정념이어서

번질 대로 번진 후에 고요해지는 육신의 화엄인 것을

고국이 앓고 있는 역병을 어찌 말해야 좋을지 몰라 벚꽃 계절을 버렸다 버리고 나서 지옥인 것을 알았다 버리고 나서 연모인 것을 알았다 버리고 나서 기다림인 것을 알았다 버리고 나서 죽음인 것을 알았다

벚꽃 계절이었으니 잠시 환한 몽환의 어지러움에 심장이 멎는다
　－「고국이 앓고 있는 역병을 어찌 말해야 좋을지 몰라 벚꽃 계절을 버렸다」

'역병'과 '벚꽃'은 모두 우리의 일상과 맞닿아 있는 현실이라는 점에서 공통적이지만 부정과 긍정의 층위에서 둘 사이는 거리가 먼 경우에 해당한다. 위 시는 이 거리가 먼 대상을 연결하여 의미의 깊이와 참신성을 담보하고 있어 주의를 끄는 작품이다. '환하게 타오르다가 화르르 지고', "번질 대로 번진 후에 고요해지는" 것은 '역병' 코로나의 특징이자 벚꽃의 그것이기도 하다. 이 공통적 특징을 중심으로 '마음', '정념', '육신'이 서로 교호하게 된다.

'심장이 멎'을 만큼의 "환한 몽환의 어지러움", 그리고 '말'과 관계되고 있는 '벚꽃 계절'은 앞에서 인용한 시들의 '청춘의 계절', '그리운 곳', '가문비나무 숲' 등과 동일한 의미망에 자리하는 시공간으로 볼 수 있다. 이러한 구도는 '검은 대륙'/'이곳'의 관계와 맞물리면서 서정의 밀도를 높이는 장치로 기능하게 된다. "벚꽃 계절이 없어 환한 대궐을 볼 수 없"고 '밤마다 검은 마스크가 크기를 더해가는' 검은 대륙은 그리움도, 기다림도, 두려움도, 사랑도 없는 '노년'과 다를 바 없다. 서정적 자아는 '검은 대륙'의 "침실을 벚꽃으로 채워 잠들게 하고 싶다"는 염원을 드러내고 있다.

"고국이 앓고 있는 역병"에 '벚꽃 계절'이 무슨 소용이 있을까. 다시 말해 통제되지 않는 고통의 현실에 사랑, 서정적 동일성의 세계, 시 등등이 어떤 의미가 있겠는가. 이러한 문제 의식을 담고 있는 것이 이 시의 표제이기도 한 "고국이 앓고 있는 역병을 어찌 말해야 좋을지 몰라 벚꽃 계절을 버렸다"라는 시구이다. 그러나 서정적 자아는 버리고 나서 더 분명하게 그것의 의미를 확인하게 된다. '벚꽃 계절'은 '연모'이자 '기다림'이며 그것이 없는 세계란 '지옥'이며 '죽임'일 뿐이라는 것이 그것이다.

이처럼 김윤배 시인은 그의 시에서 개별적 정서와 보편의 진리, 현실과 초월적 세계, 시와 시대 등 거리가 멀다면 먼 시적 대상을 상정하고 그 간극을 오가며 의미를 발현하고 있다. 의미의 전환이나 거리의 조율을 통해 시적 긴장은 높아지고 의미는 깊이를 담보하게 된다. 그리고 이러한 시적 의장을 통해 발현되는 정서와 의미는 '사랑' 같은 것을 토대로 하는 서정적 동일성의 세계, '시'라는 익숙하면서도 낯선 세계를 중심으로 모이고 있다.

어둠은 계속된다
여진은 패배한 사람들의 하루하루를 황폐하게 만든다
누구의 잘못도 아니다

역사의 흐름이 그랬던 것이다
흐름을 거스를 수는 없다는 걸 알아 더 크게 무너진다

시간을 겹쳐 흘러가게 할 수 있을까

사초를 기록할 사람은 나타나지 않았다

이미 패배의 쓴 잔이 넘쳐 흐른다

패배가 승리라는 걸 언제 깨닫게 될까

여명의 빛이 겹겹의 산등성이를 드러낼 것이다
그 빛 속에 승자도 패자도 있는 것이다

호수가 거칠게 운다
밤은 아직 차령을 넘지 않았다
상처가 깊은 것이다
  -「상처 난 밤 속으로 호수의 잠들지 못한 마음이 펄럭이는 시간이다」

"어둠은 계속"되고 "여진은 패배한 사람들의 하루하루를 황폐하게
만"드는 절망적 현실이 펼쳐지고 있다. 고통에 맞닥뜨릴 때 가장 먼저 취
하게 되는 태도는 현실에 대한 부정이다. 책임을 타인에게 전가하거나
자책에 빠지는 것 또한 절망적 현실을 비껴가는 태도 중 하나가 될 것이
다. 서정적 자아는 이와는 반대로 '패배'라는 현실을 "누구의 잘못"에 의
한 것이 아닌, '거스를 수 없는 역사적 흐름'으로 인식하고 있다.

넘어진 자리가 일어서는 자리라고 '패배'와 승리는 동전의 앞뒷면 같
은 관계일 수 있으며 상처는 성숙의 기반이 될 수 있는 것이다. "여명의
빛"이 비치면 진실이 가려질 것이다. 그러나 아직 어둠은 깊고 물러날 기
미를 보이지 않는다. 그만큼 "상처가 깊은 것"이다. 중요한 것은 어둠의
절정에서 회피하지 않고 그것에 직면하고 있는 서정적 자아의 현실에
대한 태도일 것이다. 이러한 응전의 태도는 「마운틴 킬리만자로의 우흐
르피크 빙벽」에서도 이어지고 있다.

그녀의 마운틴 킬리만자로의 우흐르피크 빙벽을 생각했다

그녀는 빙벽을 밟듯 조심조심 걸었다

세상을 행해 파킨슨병을 앓고 있다고 선언한 이후였다

대관령에서 마지막 행선지가 안반데기였다

그녀는 윙윙 낮은 소음을 내며 돌아가는 풍차를 세웠다

그녀의 마운틴 킬리만자로의 우흐르피크 빙벽은 지금도 녹아내리고
있을 것이다

거대한 빙벽의 에너지가 풍차를 돌리고 그녀의 비밀한 염원을 하늘에
새기고 있다

빙벽은 수억 년을 홀로였다 홀로여서 아름다웠고 홀로여서 푸른 정신
이었다

그녀의 조심스런 걸음걸이 속에 푸른 정신이 있다

그 정신이 안나푸르나를, 킬리만자로를, 사하라사막을 얻게 했다

그 정신이 대관령의 꽃들과 가문비나무숲을 얻게 했다
-「마운틴 킬리만자로의 우흐르피크 빙벽」

'그녀'가 "빙벽을 밟듯 조심조심" 걷는 이유는 "파킨슨병을 앓고 있"기
때문이다. 이런 지병이 있음에도 '그녀'는 '대관령'을 넘고 있다. 이 시에
서 '그녀'와 '우흐르피크 빙벽'은 매우 긴밀하게 연결되어 있다. 소유격
을 쓴 "그녀의 마운틴 킬리만자로의 우흐르피크 빙벽"이라는 표현에서
그러하고 "거대한 빙벽의 에너지가 풍차를 돌리고 그녀의 비밀한 염원
을 하늘에 새기고 있다"는 시구에서도 간취되고 있다. 동일한 맥락에서

거대한 '우흐르피크 빙벽'이 녹아내리고 있는 것과 '그녀'가 '파킨슨병'을 앓고 있는 것은 등가를 이루는 것으로 볼 수 있다. 또한 빙벽의 '수억 년 홀로'였던 울울한 고독과 '아름다움', 그리고 이 아름다움을 가능하게 했을 '푸른 정신'은 그녀의 것이기도 한 것이다. "그녀의 조심스런 걸음걸이 속에 푸른 정신이 있다"는 시구에서 이를 확인할 수 있다.

견디기 힘든 고통을 삶의 일부로 받아들이기란 쉬운 일이 아니다. 그 고통을 다른 누구와 나눌 수도 없는 일이다. 오롯이 홀로 딛고 일어서야 하는 자신만의 몫이다. 타인의 도움은 그 이후의 일이다. 현실을 부정하는 이에게 어떠한 도움이나 위로도 가 닿을 리 없기 때문이다. 시인이 '그녀'의 고통에 '수억 년' 동안 홀로인 '우흐르피크 빙벽'의 고독을 견주는 까닭이 여기에 있다. 아프고 고독한 만큼 '아름다움'의 깊이는 더해지고 '푸른 정신'은 빛을 발하게 될 것이다. '그녀'는 이 '푸른 정신'으로 "안나푸르나를, 킬리만자로를, 사하라사막을" 걸었으며 "대관령의 꽃들과 가문비나무숲을 얻게" 되었다. 시인은 이처럼 불완전하고 상처투성이인 인간 존재에 대한 애정을 바탕으로 삶에 대한 통찰을 예리하면서도 웅숭깊게 그의 시에 펼쳐내고 있다.

김윤배 시인의 시는 행간이 넓은 편이다. 거기에는 의미의 주름이 겹겹이 잡혀 있다. 마치 여러 번 덧칠하여 질감이 느껴지는 한 폭의 유화 같다고나 할까. 한 번에 명확한 의미를 파악하기 어려운 까닭이기도 하다. 그러나 이는 다시 말하면 의미가 다층적이고 깊다는 뜻이기도 하다. 개인의 내밀한 정서를 따라가다 보면 어느새 인간 존재의 보편적 진리나 시대를 읽고 있다. 경험적 현실과 초월적 세계를 넘나들며 서정의 밀도를 높이고 있다.

중요한 것은 이 모든 시적 의장과 의미의 중심에 사랑이 자리하고 있다는 사실이다. 인간과 세계에 대한 연민과 사랑, 그리고 이를 포회하는 서정적 동일성의 세계, 곧 시에 대한 사랑이 그것이다. 시력 36년의 원로 시인인 그는 여태 구애 중이다. 오랜 그의 사랑은 정오의 태양처럼 무모하고 뜨겁기만 한 사랑이 아니다. 그것에 내재되어 있는 결핍과 두려움, 아픔과 고독까지를 인지하고 수용하는 사랑이다. 시인의 시에 스며있는 애틋함과 그리움, 두려움, 기다림의 정서가 단선적으로 느껴지지 않는 이유가 여기에 있다. 그의 시에서 향긋한 꽃향기가 아닌, 깊고 푸른 숲 향이 나는 까닭이기도 하다.

자연을 닮은 무구한 언어

　허영자 시인의 시 다섯 편을 읽는다. 정갈하고 무구하다. 돌려 말하지 않고 덧입히지 않은 까닭에 담백하고 진솔하게 느껴진다. 그러나 시적 긴장이라는 측면에서 보면 정직하다는 것이 장점으로만 작용하지 않는다는 것은 자명한 사실이다. 이런 특징은 다섯 편의 작품 중 「노년의 뜰」 연작시 두 편과 「제목 없음」이라는 시에서 두드러지게 드러나고 있다.

　허영자 시인은 1962년 《현대문학》에 「도정연가」, 「사모곡」 등이 추천되어 등단한 원로 시인이다. 첫 시집 『가슴엔 듯 눈엔 듯』을 비롯하여 시집, 시조집, 시선집, 산문집 등 수십 권의 저작을 남기며 지금까지 왕성하게 활동하고 있다. 시력 60년이 넘는 시인임을 상기하면 단순하고 직정적인 표현은 시인만의 고유한 시적 의장일 확률이 높다.

　먼저 「노년의 뜰」 연작시를 보자. 우선 제목부터 눈에 띈다. '유년의 뜰'이라는 표현은 흔하게 쓰여 익숙한 반면 '노년의 뜰'은 다소 생소한 감이 있다. 노년은 개인적으로든 사회적으로든 중심에서 벗어나 있는 것이 사실이다. "노인을 위한 나라는 없다"라는 영화에서는 노인으로 표상되는 경험, 지혜, 포용, 윤리 등이 무용해진 현실을 보여준다. 욕망, 폭력, 충동, 단절 앞에서 그것들은 무력하기 짝이 없다. 이 영화가 제작된 것이 2007년이고 보면 지금 여기의 현실은 더 그러하지 않을까.

어떤 집단 내지 시대가 발전하고 유지되는 데 축적된 경험과 지혜가 절대적으로 필요한 때가 있었다. 이런 때엔 노년에 함의되어 있는 시간성이랄까 가치가 중요성을 담보할 수 있었다. 그러나 과학, 산업이 발달하면 할수록 그것은 희석될 수밖에 없다. 마음만 먹으면 공개되어 있는 객관화된 자료와 정보를 충분하게 활용할 수 있으므로 굳이 개인적인 경험에 기대지 않아도 되기 때문이다. 현대인들은 남녀를 막론하고 머리 염색을 비롯해 눈썹 문신, 시술, 수술 등 제 나이보다 어려 보이기 위해 크고 작은 공을 들이고 있다. 노년이 중심에서 벗어난 존재라는 것은 이처럼 노화를 거부하는 우리 일상의 노력들만 보아도 금방 알 수 있다.

이러한 시대에 허영자 시인은 보란 듯이 '노년'을 앞세워 연작시를 쓰고 있으니 눈에 띄는 것이다. 시인의 시적 특징 또한 이러한 태도와 무관한 것이 아닐 터이다. 감추고 꾸미고 타자와의 관계와 그 위치에서 자기 존재를 확인하는 때가 젊음의 시기라면, 있는 그대로 인정하고 수용하며, 자연의 섭리에 겸허한 태도로 순응하는 태도가 허영자 시인의 '노년'에 함의되어 있는 의미이기 때문이다.

빈 벽이 마냥
허전하더니

표구하여 건

추사의 쪽편지 한 장

귀양살이 깊은 시름을
씻어내는 맑은 바람

갑자기 빈 벽이
가득차는구나

아니 아니 온 집안이
가득차는구나

아니 아니 온 세상이
가득차는구나

진실로 품격과 인격이란
저런 것이구나

청사淸士의 빛과 향기
바로 저런 것이구나.
　　　　　　-「노년의 뜰 31-추사(秋史)-」

　서정적 자아는 "빈 벽이 마냥 허전"하여 "추사의 쪽편지 한 장"을 표구
하여 건다. 그것은 추사가 제주도로 유배 갔을 때 쓴 편지 중 하나다. 내
용이 무엇인지 구체적으로 밝히고 있지 않지만 서정적 자아의 마음을
감화시킨 것이 추사의 삶에 대한 태도에서 온 것임은 분명해 보인다. 낯

설고 물선 곳에서의 고립된 삶, 그 깊은 시름을 내려놓고 '맑은 바람'에 동화할 줄 아는 추사의 "품격과 인격"에 서정적 자아가 반응하고 있기 때문이다.

이런 맥락에서 '빈 벽'은 그저 '빈 벽'이 아니다. 그것은 추사의 '맑은 바람'과 대비를 이루며 '빈 벽'을 허전하게 보는 서정적 자아의 시선을 인식하게 해주고 있다. 무언가 모자라고 비어 보이는, 욕망의 시선에 포착된 비어있음이 '빈 벽'이 표상하는 바일 것이다. 그것은 '맑은 바람' 하나로도 귀양살이의 깊은 시름을 씻어내는 추사의 '품격'과 '인격'으로 인해 서정적 자아의 인식의 차원으로 올라오게 된다.

서정적 자아에게 '추사의 쪽편지'는 단순한 감상의 차원에 그치지 않는다. 크고 작은 욕망에 휘둘리는 우리 삶과 이 세상의 모습을 반추하도록 하기 때문이다. 마음속에서 일어나는 욕망과 사심을 얼마나 버리고 비워야 '맑은 바람'처럼 가벼워질 수 있을까. '빈 벽'을 마냥 허전하게만 보던 것에서 '온 세상'을 가득 차 있는 것으로 보는 시선으로 변화하는 과정 또한 이와 다른 것이 아니다. "청사의 빛과 향기"가 어디에서 나오는지 깨달은 자아의 내면이 무엇을 지향할지, 어디로 향할지 추측하는 것은 어려운 일이 아닐 것이다.

　　아픈 사람아
　　많이 아픈 사람아

　　그대 마음에 입은 상처
　　그대 몸에 입은 상처

그 짙은
보랏빛을 지우며

아프지 말거라
부디 아프지 말거라

이 밤에는
눈이 내린다

하얀 눈이 소리없이
약처럼 내린다
　　　-「노년의 뜰 29 -눈 내리는 밤-」

　이 시의 시간적 배경은 밤이고, 밖엔 눈이 내리고 있다. 낮의 온갖 소
란스러움은 어둠에 묻혀 잠잠해지고 내리는 눈은 조금씩 쌓이고 있다.
쌓이는 눈을 보며 서정적 자아의 마음은 "아픈 사람"에게로 향한다. 아
마도 모든 것을 덮어 하얗게 만드는 눈이 '아픈 사람'의 벌건 상처도 포
근하게 덮어 주었으면 하는 바람에서일 것이다.

　서정적 자아는 "아픈 사람아, 많이 아픈 사람아"라고 '아픈 사람'을 호
명하고 있다. 부른다는 것은 단순한 호명 행위에 그치는 것이 아니다. 지
치고 힘들 때 우리는 무의식적으로 '엄마', '주여', '나무관세음보살'을 읊
조리게 된다. 부르는 행위에는 이처럼 무의식적 연대의 기원이 내재되
어 있다. 또 한편으로, "내가 그의 이름을 불러주었을 때, 그는 나에게로
와서 꽃이 되었다."(김춘수, 「꽃」)는 것처럼 부른다는 행위에는 대상에

대한 인식, 의미화의 과정이 내포되어 있다. 부른다는 것은 기억한다는 것이고 기억하겠다는 다짐일 수 있다는 의미이다.

"그대 마음에 입은 상처 / 그대 몸에 입은 상처 // 그 짙은 / 보랏빛"이라는 시구는 얼마 전 우리 사회에 일어났던 참사를 비롯해 전쟁과 자연재해, 폭력 등에 의해 상처를 입거나 소중한 누군가를 잃은 이들을 환기시킨다. 호명하는 행위에는 이렇게 호명의 대상을 주목하고 사건을 환기하게 하는 기능이 있다. 내리는 눈 하나하나는 미약하지만 그것들이 모이면 온 세상을 하얗게 덮을 수도 있듯이, 불러주고 알아주고 기억해주는 이가 하나둘 모인다면 그것은 "약처럼 내리는 눈"과 같은 힘을 갖게 될 것이다.

「눈 내리는 밤」은 「노년의 뜰」 연작시 중 하나다. 화려하거나 요란하지 않고 단순하고 직정적인 표현으로 시를 전개하고 있다는 점, 자연에서 상처의 치유를 궁구한다는 점에서 「노년의 뜰 31 – 추사(秋史) – 」와 동일하다. 이 시들의 발화는 어린아이의 그것처럼 직정적이고 무구하다는 공통점이 있다. 그러나 아무것도 채워지지 않은 어린아이의 순수성은 이미 지나간 과거에 존재할 뿐이다. 그 과거를 지나 도달한 현재가 노년인 셈이다. 따라서 「노년의 뜰」에 드리워진 무구함은 켜켜이 쌓인 과거의 흔적들을 씻고 비워가며 이르게 되는 순수라 할 수 있겠다.

「노년의 뜰」 연작시에서 보듯 허영자 시인의 시 쓰기는, 어린아이의 절실한 언어처럼 군더더기를 모두 걷어낸, 본질에 집중하는 삶의 태도와 등가를 이루는 것으로 보인다. 이러한 창작 방식이 극단적으로 드러난 작품이 제목도 붙이지 않은, 혹은 「제목 없음」이라고 이름 붙인 시다.

세상이

온통

개똥밭이다.

여기

구차한 삶을 꾸리고 있는

나는 과연

누구인가?

너는 또

누구인가?
-「제목 없음」

　이 시는 특별한 해석이 필요치 않다. 세상은 온통 '개똥밭'이라는 것,
이 '개똥밭'에서 구차하게 삶을 꾸리고 있는 '나'와 '너'의 정체성을 묻고
있는 것이 이 시의 내용인데 특별한 상징이나 가림 없이 직설적으로 쓰
고 있기 때문이다. 어떤 시적 기법이나 수사도 없다. 한 마디 한 마디 꾹
꾹 눌러 말하듯 단어마다 행과 연을 부여하고 있는 것이 시적 장치라면
장치라 할 수 있겠다. 제목도 붙이지 않았다. 마치 철골만 남은 건물을
보듯 참담한 느낌마저 든다. 짧은 시이지만 쉽게 읽히지 않는다. "구차한
삶을 꾸리고 있는 // 나는 과연 // 누구인가?"라는 물음 앞에서 한참 서
성이게 만들기 때문이다.

한 인터뷰에서 허영자 시인이 이렇게 말한 적이 있다.

"서울 시내 8개 대학 국문과 학생들이 모여 동아리를 만들었습니다. 그때 함께 만났던 사람들 중에 문인이 된 사람들이 많습니다. 나는 4·19 세대입니다. 죽을 각오로 이기붕 씨 집 앞에 가기도 하였지만 살았습니다. 내가 만약 일찍 죽었다면 그 죽음이 헛되지 않았을 때가 바로 그때였다고 생각합니다. 유치환, 조지훈, 이한직 선생님들이 학생들을 격려하며 쓰신 시를 읽고 울기도 했구요."

「제목 없음」은 이런 사유의 기반에서 탄생한 시다. 모든 군더더기를 제거한 시의 가치는 의미에 있으며 그 의미는 진정성에 의해 담보될 수 있다. 제목조차도 제거해버린 시에 내재된 힘은 바로 시인의 시대와 현실에 대한 고민과 실천, 성찰에서 생성되는 것이다. 죽음을 각오하고 불의에 저항하는 행동이나, 신념을 위한 죽음은 헛되지 않다는 시인의 사유는 철골만 남은 듯한 헐벗은 시의 질과 결을 담보하는 기반이 된다. 이런 토대가 없다면 헐벗을 수 있는 용기 또한 있을 리 만무하다. 이러한 맥락에서 직정적이거나 직설적인 언어의 운위는 허영자 시인의 시적 전략이라 할 수 있다. 비우고 비워서 자연에, 본질에 가까워지려는 태도가 그대로 창작 방식에 적용된 것으로 볼 수 있기 때문이다. 이것이 허영자 시인이 통찰한 노년의 의미가 아닌가 한다.

한편 이와는 달리 「밤 소나기」와 「봄꿈」에서는 심미적 거리와 형상화를 통해 미적 감각을 유감없이 발휘하고 있어 또 다른 주목을 요한다.

미남이던 고종사촌오빠를

사랑했던 그 여자
징하게도 사랑하고 사랑하다
미쳐버린 그 여자

칠흑같은 이 밤에
맨발로 달려오네
머리 풀어 산발한채
온 몸으로 달려오네.
　　　　　-「밤 소나기」

　　인용한 시는 '미칠 만큼의 강한 사랑'이라는 낭만적 감성을 '밤 소나기'라는 상관물의 이미지로 제시하고 있다. 허영자 시인만의 절제의 미학을 제대로 보여주고 있는 작품인데, "징하게도 사랑하고 사랑하다 / 미쳐버린" 여자를 "밤 소나기"로 형상화하고 있는 것이 그러하다. 도대체 얼마나 사랑하면 정신을 놓는 지경에 이르게 되는 것일까. "미남이던 고종사촌오빠"라는 구체적 인물의 등장으로 현실감을 확보하고 있지만 그럼에도 이런 이야기는 비현실적으로 들릴 뿐이다.
　　롤랑 바르트는 『사랑의 단상』에서 '망각'이나 "간헐적인 불충실함"이 사랑하고 있는 주체가 살아남을 수 있는 전제조건이라 말했다. "가끔 망각하지 않는 연인은 지나침, 피로, 기억의 긴장으로 죽어간다"는 것이다. 샤롯데를 사랑한 베르테르처럼 말이다. 이에 따르면 "고종사촌오빠를 / 사랑했던 그 여자"는 잠시의 '망각'도 '간헐적인 불충실함'도 없었다는 의미가 된다. 사랑은 합리성이나 효율과 거리가 멀다. 현대 사회에서 낭만적 사랑, 열정적 사랑이 점차 사라지고 있는 까닭이기도 하다.

지금은 경제적인 문제로 연애, 결혼, 출산 등을 포기하는 시대다. 점점 가속화되어 달리고 있는 자본주의적 삶이라는 기관차에서 감정은 그저 소모적인 것일 뿐이다. 끊임없이 이어지는 경쟁 사회에서 주체는 충분히 슬퍼하고 깊게 사랑할 여유도 여력도 없다. 자칫 궤도에서 이탈하게 될까, 불안하기 때문이다.

이 시에서 "달려오네"라는 표현은 들이치는 소나기를 떠올리게도 하고 또 한편으로는 '사랑하다 미쳐버린 그 여자'가 서정적 자아에게로 달려오는 듯한 느낌을 주기도 한다. 소나기에든 사랑에든 서정적 자아는 젖어 들었음에 틀림없다. 점점 각박해져가는 현실에서 시인은 누군가를 향한 계산 없는 사랑, 미칠 만큼의 원시적인 사랑을 환기하고 싶었던 것은 아닐까.

초록빛 치마 아래
가느다란 종아리
내 유년이 달려오고 있다

두 볼은 능금빛
농익은
부끄러움이 달려오고 있다.

※

목련 이울어
땅에 누운 꽃잎 꽃잎

그 하이양을

밤새도록

봄비가 적시고 있었다.

-「봄꿈」

    긴 삶의 여정을 이토록 담백하고도 가볍게 가로지를 수 있을까. 「봄꿈」은 마치 여백으로 꽉 찬 듯한 느낌을 주는 아름다운 시다. 시의 내용은 두 차원으로 나뉘어 있다. 유년에 대한 표상이 하나이고 현실에 대한 표상이 다른 하나이다. 그 사이를 참고표로 나누고 있는 시의 의장이 이채롭다. 사실 허영자 시인의 시를 감상하는 것에는 보는 것도 포함된다. 시가 정갈하고 무구하다고 했는데 그것은 시의 언어나 내용이 주는 느낌뿐만 아니라 시각적으로도 그러하기 때문이다. 시인의 시는 시각적으로 여유로우면서도 단정하다. 주지주의적, 이미지즘적인 기법이 세련되면서도 표나지 않게 녹아 있음을 확인하게 된다. 시인의 시를 인용할 때 '/'를 써서 줄이지 않은 까닭이 여기에 있다.

    위 시에서 "초록빛 치마 아래 / 가느다란 종다리"는 봄의 표상이다. 연약하면서도 싱싱한 새싹의 이미지가 떠오른다. 시인은 그것을 '내 유년'이라 표현하고 있다. "두 볼은 능금빛 / 농익은 / 부끄러움이 달려오고 있다."는 대목에서는 소녀의 이미지, 혹은 절정에 달한 청춘의 시기가 환기되기도 한다. 그러고는 참고표를 기준으로 시간을 훌쩍 뛰어넘는, 의미의 전환을 시도한다.

    "목련 이울어 / 땅에 누운 꽃잎"은 노년의 자아를 표상한다. 왜 하필 목련일까. 목련은 매우 일찍 피는 꽃이고 그러면서 또 일찍 지는 꽃이기도 하다. 벚꽃류의 꽃은 지는 모습도 장관이지만 목련은 지고 나면 참 처연하다. 이를 두고 어느 작가는 겪어야 할 고통을 다 겪어내고 마지막을 맞는 것으로 묘파한 바 있다.

"땅에 누운 꽃잎"은 시간이 지나면 누렇게 변할 것이고 또 언젠가는 소멸할 것이다. 시인은 "그 하이양을 밤새도록 봄비가 적시고 있었다"고 적고 있다. 늙음, 소멸을 겸허하게 수용하고 소멸에 이르기 전까지 자아 고양을 위해 부단히 노력해야 한다는 시인의 삶에 대한 태도가 묵직한 감동을 준다. 인위적인 것들을 부단히 지우고 비워서 자연에 가까워지려는 의지 또한 그러한 노력 중 하나일 터다. 그것이 직정적이고 직설적인 시를 창작하게 한 근본 동기일지도 모른다.

목련의 꽃말은 '숭고한 정신', '고귀함', '우애', '자연애' 등이다. 다섯 편의 시로 시인의 시정신을 논한다는 것은 어불성설이겠지만 그것만으로도 시인의 지향 내지 시정신의 향방이 목련의 꽃말에서 벗어나지 않는다는 사실을 확인할 수 있었다. 시인은 오늘도 목련의 '하이양'을 밤새도록 봄비가 적시고 있는, 슬프고도 아름다운 '봄꿈'을 꾸고 있는 것은 아닌지 궁금하다.

존재에 대한 애틋한 마음과
그것을 드러내는 형식의 즐거움

시를 읽으며, 사랑이 없다면 시 또한 쓰이지 않았을 것이라 생각한 적이 있다. 부재하는 임에 대한 그리움을 절절하게 노래하는 시인의 시에서 누군가를 그토록 사랑하고 있는 자아에 대한 사랑을 읽은 적도 있고, 타자의 슬픔을 자기 슬픔으로 온전히 느끼지 않는다면 쓰일 수 없었을 것 같은 시를 읽은 적도 있다. 자아, 타자, 그리고 자아와 타자가 이루는 이 세계에 대한 애틋한 사랑이 시를 쓰게 하는 동력이라는 너무도 당연한 생각을,《푸른시》동인들의 시를 읽으면서 또 한 번 하게 된다.

《푸른시》동인들의 시는 내용적으로나 형식적으로 스펙트럼이 넓다. 그 중에서도 눈에 띄는 것은 우리가 살고 있는 현실에 대한 인식과 성찰을 드러낸 시가 많다는 사실이다. 환경에 관한 시도 그중 하나다. 우리나라도 '위드 코로나'에 접어들었다고는 하나 다시 봉쇄로 돌아서고 있는 유럽의 경우를 보면 여전히 안전하지 않은 상황임에 틀림없다. 언제 벗어날지, 과연 종식은 될 수 있는 것인지 불안감은 떠나지 않는다.

예측할 수 없는 코로나 상황 또한 균형을 잃은 자연 환경과 무관하지 않은 것임을 상기하면 환경 문제는 결코 후세대의 일이라 할 수 없을 것이다. 또한 환경 파괴로 인한 기후 변화가 인류의 멸절을 가져올 수도 있다고 하니 그 심각성을 각인해야만 할 것이다. 이에 대한 인식을 드러내고 있는 시로 김우전 시인의 「아내가 아프다」와 김성찬 시인의 「뻐꾸기 소리」를 들 수 있다.

벗어 던진 옷은 쉰내 풍기며 돌아다닌다
겹겹이 아픔 걸치고 자유롭게 날아다니던
먼지는 아무데서나 날개를 쉰다
접시는 떨어지며 나는 더 아프다 소리친다
밥그릇은 저들끼리 보디체크를 한다

끼니가 아프고
자식들의 숙제가 아프고
출근길이 아프고
병원비가 아프고
잠자리가 아프고

한 달 넘게,
물 밖에 내동이쳐진 물고기 같다

잠든 아내의 이마 짚어보고 나오는데
텔레비전 화면의 푸른 그녀도 열이 오른다고 한다

태평양의 작은 섬나라가 가라앉는다고
사막의 모래들은 무성생식을 거듭한다고
새끼 잡아먹고, 깨진 얼음 타고 표류하다
물 속 깊이 사라지는 북극곰을
배경 음악도 없이 전송한다

에어컨 켜고 아이스커피가 오늘따라
쓰다고 생각하며 내리지 않는
그녀의 열을 걱정한다
서서히 끓는 물속에서 유유히 헤엄치는
개구리가 된 줄 모르는

아, 내가 아프다

　　　　　　　- 김우전, 「아내가 아프다」

'돌아다니는 쉰내 나는 옷', '아무 데고 내려앉은 먼지', '떨어져 깨지는 접시' 등 집은 엉망이 되어 가고 있다. 이런 일들이 일어나는 것은 '아내'가 아프기 때문이다. 아픈 것은 '아내'뿐만이 아니다. '끼니', '자식들의 숙제', '출근길' 등등 아내가 부재하는 생활, 제대로 진행되지 않는 일상을 시적 자아는 불편한 것이 아닌 아픈 것으로 표현하고 있다. '아프고', '아프고', '아프고', 아프다가 시적 자아는 급기야 자신을 "물 밖에 내동댕이쳐진 물고기 같다"고 생각하기에 이른다. 물을 벗어난 물고기는 결국 죽게 된다는 점에서 아픔에 대한 시적 자아의 절박함을 느낄 수 있는 대목이다. 시적 자아가 물고기에 비유된다면 아내는 물에 대응된다.

　아내에게 함의되어 있는 '물'과 '열'을 매개로 '아내'는 '푸른 그녀'로 디

졸브 된다. '푸른 그녀'는 '지구'를 표상한다. '푸른 그녀'가 '열이 오른다'는 것은 지구 온난화를 의미하는 것이다. 빙하가 녹고 사막이 늘어나는 등 텔레비전에서는 온난화로 인한 폐해가 전송되고 있지만 먼 나라 이야기 같다. 에어컨을 켜고 일회용 플라스틱 컵을 사용하며 "그녀의 열을 걱정"하는 시적 자아의 행위는 독자의 실소를 자아내기에 충분하다. 하지만 이것이 우리의 일상임을 인정하지 않을 수 없다. 이 기막힌 아이러니를 시인은 "서서히 끓는 물속에서 유유히 헤엄치는 개구리"로 표현하고 있다.

이 시에서 '아내'와 '푸른 그녀', 지구는 상동의 관계에 있다. 그러므로 '아내'가 아파 사소한 일상이 파괴되고 있는 구체적 현실은 곧 인류가 겪을, 혹은 이미 겪고 있는 현실인 셈이다. 또한 이러한 현실이 인간 자신만을 위한 이기적 욕망에서 비롯되었다는 성찰은 곧 아내와 시적 자아의 관계에도 적용된다. "아내가 아프다"는 사건에서 "아, 내가 아프다"는 현상으로 전화되는 과정이 설득력을 획득하면서 다소 추상적으로 느껴지는 인류의 위기를 일상에 밀착된 구체적 상황으로 감각하게 하고 있다. 불연속적 사건을 하나의 의미로 꿰어내는 솜씨가 돋보이는 작품이다.

위 시가 환경이라는 구체적 현실을 소재로 삼고 있다면 김성찬 시인의 「뻐꾸기 소리」는 자연의 이법이나 영원과 같은 관념의 세계를 의미화하고 있다. 눈여겨볼 점은 그러한 세계가 현실과 이반되어 있지 않다는 사실과 그것을 구현하는 시인의 공감각적 기법이다.

빗속에도 뻐꾸기 소리 돋아난다
푸릇한 물결 출렁인다

시야 가득 소리싹이 꿈꾸는 연두의 선율이 한빛이다
갓 깨어 세수한 민낯이듯 천지가 새뜻하다

배경처럼 존재하는 것들 그림자 죄다 지워도
귀소에 머물지 않은 뻐꾸기 소리
동서남북 가득 차고 넘쳐흐른다

온 산을 둘러 퍼져 나오는,
현란에 물든 세상의 눈에는 들리지 않는 뻐꾸기
소리 안에 깃들지 않아
소리만 가득 산을 채운다

뻐꾸기의 언어는 바람낯이어서
시작도 마침도 없고
뻐꾸기의 노래는 바람결이어서
머무름도 없고 매달림도 없어
뭉게뭉게 소리가 지핀다
물안개보다 더 뽀야니 발목으로 신발 안까지 젖어든다

걸음걸음 뻐꾸기 소리가 걸어 마을 시장 지나
주공아파트 계단을 올라가
가가호호家家戶戶 거실 등을 밝힌다
어둠이 길을 물들이는 귀갓길 적신다

　　　　　　　　　　　　　　　– 김성찬,「뻐꾸기 소리」

'돋아난다', '출렁인다', '넘쳐흐른다', '걷는다', '계단을 오른다' 등에서 보듯 이 시에서 '뻐꾸기 소리'는 단순히 청각적 심상에 한정되지 않는다. 위 시에서 '뻐꾸기 소리'가 함의하고 있는 바를 구체적으로 제시하고 있지는 않지만 분명한 것은 "현란에 물든 세상"과 대척되는 지점에 자리하고 있다는 사실이다. "현란에 물든 세상의 눈"에는 존재가 중심과 주변으로 계층화되어 있다. 초점화 되는 것과 "배경처럼 존재하는 것"이, 실체와 같은 존재와 '그림자' 같은 존재가 뚜렷이 구분되는 세계가 "현란에 물든 세상"이다.

그러나 '뻐꾸기 소리'로 표상되는 세계에는 그러한 경계가 없다. "소리 안에 깃들지 않아 / 소리만 가득 산을 채운다"는 역설이 가능한 세계이기도 하고 "시작도 마침도 없고", "머무름도 없고 매달림도 없"는 초월적 세계이다. 이렇듯 '뻐꾸기 소리'는 단순한 '소리'가 아니다. 그것은 자연, 영원과 같은 속세를 벗어난 세계로 구현되고 있다. 중요한 것은 이 초월적 세계가 속세를 벗어나 있는 것이면서 또 그것과 동떨어져 있지 않은 세계로 구현되고 있다는 사실이다. "뻐꾸기 소리가 걸어 마을 시장 지나 / 주공아파트 계단을 올라가 / 가가호호家家戶戶 거실 등을 밝힌다"는 시구에서 이를 확인할 수 있다.

이 시에서 '뻐꾸기 소리'의 의미는 중층적이다. 그것은 "현란에 물든 세상"에서 잃어버린 영원의 세계이자, 또 한편으로는 "현란에 물든 세상"에 속해 있으면서 그것에 동화되지 않고 영원의 세계를 지향하는 존재의 마음, 정신으로 의미화되고 있기 때문이다. "어둠이 길을 물들이는 귓갓길"을 '뻐꾸기 소리'가 적신다는 마지막 행에 이르면 세상은 결국 그것을 살아가는 사람들에 의해 만들어지고 변화하는 것임을 새삼 환기하게 된다.

부정적 현실을 드러내 보여주고 있다는 점에서는 위 시들과 공통적이
지만, 초점을 파괴된 공동체성, 파편화된 존재들에 맞추고 있는 작품으
로 김선옥 시인의 「바이올렛」이 있다.

소녀가 빌딩 속으로 끌려갔다
그녀가 끌려간 건물이 왼쪽으로 기울자
9시 뉴스에서 5.9 진도 지진이 발생했다고
자막에 뜨고 있다

화면자막으로 읽어지는
소녀의 입술이 붉게 흔들리네
한 잎 한 잎 부서지며 노래하네
어둠 쪽으로 기울며 피를 흘리네
시리도록 밤비가 내리네

"아주 가끔 있는 일입니다만,
오늘부터 주말까지
꽃비가 많이 내리니 우산을 준비하세요
철벅거리는 꽃물이 들 수 있으니
장화를 신어야 합니다"

가끔 있는 일이라서
자막으로만 흐르는 사건을 접합니다
이름도 모르는 얼굴을 심장에 박고
흩어져 버린 꽃잎들

너는 파란색

너는 노란색

TV는 육식동물 편

어둠이 아스팔트 위로 다시 발기한다

　　　　　　　　　　- 김선옥, 「바이올렛」

　"아주 가끔 있는 일"이라는 말이 이토록 섬뜩할 수 있을까. 누군가를 평생 벗어나기 어려운 트라우마에 시달리게 하는 것은 단 한 번의 사건으로 충분하다고 한다. 그러나 그러한 끔찍한 일도 대부분의 사람에겐 뉴스에 등장하는 "아주 가끔 있는 일"로 인식되거나 "자막으로만 흐르는 사건"으로 스쳐 지나갈 뿐이다. "이름도 모르는 얼굴을 심장에 박고 / 흩어져 버린" 존재들을 TV는 '파란색'과 '노란색'으로 구분해버린다. TV를 비롯한 다양한 미디어 매체는 '진실'을 드러내는 것보다는 '사건'을 입맛에 맞게 왜곡하거나 자극적으로 소비하기 일쑤다.

　이 시에서 '꽃'은 소녀의 표상이다. 그러므로 '꽃비'나 "철벅거리는 꽃물"은 소녀의 "어둠 쪽으로 기울며" 흘리는 피와 다른 것이 아니다. '우산'을 쓰고 '장화'를 신은 우리가 이 상처를 제대로 아는 것은 불가능한 일에 가깝다. 'TV'가 '꽃'이 아니라 "육식동물 편"이라면 우리 또한 다르지 않다. "어둠이 아스팔트 위로 다시 발기"할 수 있는 까닭도 바로 여기에 있는 것이다.

　이 시는 상반되는 이미지의 교응으로 독자들의 주의를 끈다. 가령 '빌딩 속으로 끌려가는 소녀'라든가 "이름도 모르는 얼굴을 심장에 박고 / 흩어져 버린 꽃잎들"이 암유하는 여성 혹은 약자에 대한 광범위한 폭력과, "5.9 진도 지진"이라는 실체적 사건이 맞물리며 그것과 거리를 견지

하고 있는 독자들의 인식에 충격을 주게 된다. 또한 '꽃잎', '꽃비', '꽃물'
과 같은 식물성 이미지가 환기하는 것이 '육식동물'들의 세계와 같은 폭
력적 현실이라는 점에서도 그러하다. 형식을 통해 의미의 깊이를 담보,
확장하고 있다는 점에서 의미가 있는 작품이다.

한편, 인생에 대한 통찰, 내지 삶에 응전하는 주체의 태도를 개성적 기
법으로 드러내 보여주고 있는 시로는 김말화 시인의 「옴니버스에 타다」
와 김동헌 시인의 「강원도」를 들 수 있겠다.

> 수평선만 보이는데
> 사람들은 바다라 불러요
>
> 인도人道에서 버스 향해 손 드는 건 멈춤을 강요하는 것, 그래서
> 팔을 뻗는 건 오므리는 일보다 위험합니다
>
> 동해로 달리는 여름버스에 초록문신이 생겼어요
> 문은 열리지 않은 채 지나칩니다
> 이제 손 흔드는 신호는 보내지 말아야겠어요
>
> 그녀 다녀간 방에 쓸쓸이 가득 차 있어요
> 불현 듯 엉덩이는 여고시절로 가 앉고,
> 새치혓바늘은 젊음을 덧칠하고 새기고 박음질하고
> 첨단기술이 문 두드려도 열어주지 않습니다
>
> 설마 여기까지 들겠어! 했던
> 몸 안쪽 연한 곳까지 주름이 침투하다니

시간은 기척도 없이 와있어요 맘 넓은 척 웃지만
실컷 웃고 난 뒤 입술은 울 때보다 더 씁쓸합니다

수평선이 보이면 바다입니다
믿음은 보이지 않아도 삶의 보물입니다
　　　　　　　　　　　　　－ 김말화, 「옴니버스에 타다」

　옴니버스란 많은 사람들이 함께 탈 수 있는 버스를 의미하는 것이기
도 하고 몇 개의 독립된 짧은 이야기를 모아 하나의 작품으로 만든 영화
나 연극의 한 형식을 지칭하는 것이기도 하다. 위 시에서 '옴니버스'는
내용적, 형식적으로 두 의미를 모두 구현하며 시의 정서를 풍요롭게 하
고 있다. 사람들이 탄 '버스'는 흐르는 시간을 의미한다. '버스'에 "손 드
는 건 멈춤을 강요하는 것, 그러므로 그것은 흐르는 시간을 멈추게 하고
싶은 욕망과 다른 것이 아니다. 버스 문이 "열리지 않은 채 지나"치는 것
은 사실 너무도 당연한 귀결이다. 흐르는 시간이 멈출 리는 없기 때문이
다. 시적 자아의 "이제 손 흔드는 신호는 보내지 말아야겠"는 다짐이 능
청스럽게까지 느껴지는 까닭이기도 하다.
　그런데 이 당위적 사실 앞에서 인간의 욕망과 기술은 끊임없이 시간
을 속이고자 애써온 것이 사실이다. "새치헛바늘은 젊음을 덧칠하고 새
기고 박음질"한다는 시구에서 이를 경쾌하게 드러내고 있다. "첨단기술
이 문 두드려도 열어주지 않"는다거나 "몸 안쪽 연한 곳까지 주름이 침
투"하는 것은 노화의 특징이자 과정이다. 흐르는 시간을 거스를 수 없다
는 진실을 인정하는 척 웃지만 시적 자아는 씁쓸한 마음을 감출 길 없다.
　초록 잎이 무성한 여름이 지나면 조락의 가을이 오게 마련이다. 나이

가 든다는 것의 진정한 의미는 순리를 받아들일 줄 아는 '맘'에 있는 것이 아닐까. 그것은 체념과는 다른 의미이다. 현재를 긍정하는 마음은 지나온 시간을 인정하는 것에서 비롯되기 때문이다. 수미상관으로 배치하여 의미를 강조하고 있는 '수평선'과 '바다'의 관계 또한 이러한 의미에서 이해해볼 수 있을 것이다. 다루고 있는 주제에 비하면 이 시의 분위기는 매우 역동적이면서도 발랄하다. 주제를 의미화하는 시인의 능숙한 언어의 운위에서 그 까닭을 찾을 수 있을 것이다.

　　시 한 편 읽고
　　하늘 한번 쳐다보고
　　먼 산 바라보며 강원도 가는 길

　　쉼표처럼 가는 길
　　눈 감고 가는 터널 길
　　내 사는 일과 같아
　　차라리 속이 편하다

　　무슨 일로 갔는지
　　무슨 시를 읽으며 갔는지
　　생각나지 않는다

　　터널처럼 길던
　　쉼표처럼 눈 감고 갔던 길
　　시 한 편 읽고
　　먼 산 한번 바라보며

속 편하고 싶다

    - 김동헌, 「강원도」

　가장 짧은 시로 가장 많은 의미를 담고 있는 작품이 바로 이 시, 「강원
도」가 아닌가 한다.

　위 시의 내용이라 하면 강원도 가는 여정과 그것을 회상하는 것이 전
부이다. 그마저도 동일한 시어와, 시제만 다른 동일한 표현으로 이루어
져 있어 서사적 밀도가 매우 떨어지는 경우라 할 수 있다. 이 시는 모르
긴 해도 치밀하게 계산하여 썼다기보다 한 번에 일필휘지(一筆揮之)로
써 내려가지 않았을까 싶다. 그만큼 쉽게 읽히고 쉽게 시적 자아의 정서
에 스며들게 된다는 의미이다. 별말이 없음에도 말이다.

　시적 자아는 '강원도'에 가는 중이다. 어디에서 출발하는지 이동 수단
은 무엇인지 드러나 있지 않다. 그것들은 분위기의 성질을 결정한다는
점에서 중요한 요소일 수 있다. 먼 거리인지 가까운 거리인지, 교통 수단
이 기차인지 버스인지에 따라 발현되는 분위기가 매우 다를 것이기 때
문이다. 이런 중요한 요소가 빠져 있다는 것은 시인의 의식이 '강원도'로
가는 동안의 '행위'에 집중되어 있다는 방증으로 볼 수 있을 것이다.

　시인의 의식, 내지 시적 자아의 시선은 온전히 '시'와 '하늘'과 '먼 산'
에 있다. 그것들은 다른 것이면서 또 한편으로는 시적 자아의 '쉼표'라는
의미역에 묶여 있다는 점에서 동일한 상관물들이다. "눈 감고 가는 터널
길"이 "내 사는 일과 같"다는 표현이 예사롭지 않다. 아마도 뒤에 이어지
는 '차라리'라는 부사 때문인지도 모르겠다. 다시 돌아가 "눈 감고 가는
터널 길 / 내 사는 일과 같아"라는 시구를 가만히 읽어본다. 속 편할 수
없는 현실 앞에서 시를 읽고 하늘과 먼 산에 시선을 둘 수밖에 달리 할

수 있는 일이 없는 누군가가 그려진다.

시간이 지나 시적 자아는 그날의 "강원도 가는 길"을 떠올린다. "무슨 일로 갔는지", "무슨 시를 읽으며 갔는지" 생각나지 않는다. 그저 "터널처럼 길던 / 쉼표처럼 눈 감고 갔던 길"이 떠오를 뿐이다. 시적 자아는 "시 한 편 읽고 / 먼 산 한번 바라보며 / 속 편하고 싶다"고 읊조리고 있다. 그는 또 얼마나 '속 편하지 않은' 현실에 놓여있는 것인지…. 말하지 않음으로 더 많은 말을 할 수 있음을 보여주고 있다는 점에서 의미가 있는 작품이다.

문학에서 고향, 강, 바다 등은 흔히 근원, 유대, 통합의 시공간을 표상한다. 손창기 시인의 「고향집」과 조혜경 시인의 「저녁 강가에서」의 주제 또한 이러한 의미에서 크게 벗어나는 것은 아니지만 그것에 이르는 과정에서 발현되는 심상은 매우 낯설면서도 참신하다는 특징이 있다. 이러한 장치로 시의 의미는 독자들에게 매우 다층적이면서도 깊게 각인된다.

낮에는 짖지 않는다. 굴뚝 연기로 꼬리치고, 입 벌려 불의 혀를 널름거린다. 불을 먹고 자란 검둥개 하나가, 고삐 풀린 슬픔도 말뚝 같은 집착도 다 삼킨다. 그을음으로 털을 껴입어 목줄이 보이지 않는다. 그림자를 귀애하다가 야성은 그를 떠났다. 이젠 뛰쳐나가려 해도 그림자가 목줄을 졸라맨다.

새벽녘 불빛을 방사하는 개의 설화(舌火), 측간에 앉으면 흙벽이 불빛을 출렁이게 한다. 외롭고 무서운 슬픔을 견디게 해준다. 컹컹, 어둠 안에서 개가 짖는 걸 본 적 있다. 아궁이로 숨은 울음이 틈새에서 빛으로 새어나가는 것을. 슬픔에서 맴도는 것들은 되돌아와 광휘를 뿜어내는 것을.

　　팔다리 욱신대는 아버지의 몸과 개의 눈동자가 한 몸으로 모서리를 맞
춘다. 반세기 군불을 지피고서야 보인다. 어둠 품고 광휘를 풀어놓는 저
달, 신음소리가 고집스레 저음처럼 쏟아지고

　　　　　　　　　　　　　　　　　　　　　　-손창기,「고향집」

　　일반적으로 '고향집'은 따뜻하고 정겨운 유대적 공간으로 그려진다.
그런데 위 시에서 그것은 매우 다른 양상의 이미지로 발현된다. "야성
은 그를 떠났다."거나 "그림자가 목줄을 졸라맨다."는 등의 '고향집'과는
전혀 어울리지 않는 내용으로 묘사되고 있기 때문이다. 이는 '고향집'을
'검둥개'로 형상화하고 있는 데서 비롯된다. 그렇다고 '고향집'이 함의하
고 있는 의미가 사라지거나 달라진 것은 아니다. "고삐 풀린 슬픔도 말뚝
같은 집착도 다 삼"키고 "외롭고 무서운 슬픔을 견디게 해"주는 공간이
'고향집'이기 때문이다.
　　그렇다면 시인이 굳이 '고향집'을 '검둥개'로 형상화한 까닭은 무엇일
까. 그것도 '바둑이'라든가 '복실이'와 같은 정겨운 이미지의 강아지가 아
니라 "굴뚝 연기로 꼬리치고, 입 벌려 불의 혀를 널름"거리는, 이채로운
이미지의 '검둥개'로 말이다. 그것은 '고향집'과 집에 살아온 주체들이 동
일화되어 있기 때문이다. '야성'에 기대어 '뛰쳐나가고' 싶기도 했으나 목
줄에 매어 그러지도 못했고, "컹컹 어둠 안에서" 울었던 것은 '검둥개'이
기도 하면서, 또 그대로 '고향집'과 함께 나이 들어간 시적 자아나 아버
지, 어머니이기도 한 것이다.
　　이 시에서 '고향집'은 정물적 대상에 머물지 않는다. 생성, 변화, 성장

하고 그리고 성숙하는, 살아있는 유기체로 의미화되고 있다. "슬픔에서 맴도는 것들은 되돌아와 광휘를 뿜어"낸다는 것, '어둠을 품고서야 광휘를 풀어놓을 수' 있다는 진실을, 어둠속에서 울음을 토해내는 '검둥개'를 통해, '고향집'에서 '반세기 넘게 군불을 지펴온' 주체들을 통해 밝혀 드러내고 있다. "팔다리 욱신대는 아버지의 몸과 개의 눈동자가 한 몸으로 모서리를 맞춘다."는 시구가 없어도 이미 '검둥개'로 표상되는 '고향집'과 주체들은 주체와 객체 구분 없이 동일화되어 있다. 이토록 역동적이면서 신화적인 '고향집'을 본 적이 있었던가 싶다.

마지막으로 슬프면서도 아름다운 시 한 편을 읽는다.

해질녘이면
느린 걸음이 하구에 가 닿는다
새벽부터 시작된 강의 걸음
누워서 버둥거리다 기고 앉고 서고, 마침내
무릎을 곧추 세워 바다로 가려한다

일어서는 강
어깨 가슴, 두 팔 잔뜩 그러안고 있던 걸 풀어놓는다
떠지지 않는 아침과 정수리가 뜨거운 한 낮 저렇게
쿨렁쿨렁 다 끌어안고 흘러왔구나

나는 한 척의 배
흰 수건으로 강을 덮는다
강은 물 밖으로 앓는 소리를 내도 좋으련만
그저 긴 몸을 두어 번 들썩이고

쉬이이이 바다로 간다

해질녘이면
아무도 없는 강기슭에 나가
손으로 무릎을 그러쥐고
날마다 강물처럼 일어선다
          - 조혜경, 「저녁 강가에서」

　'새벽'에서 '해질녘'에 이르는 시간과 흐르는 '강'은 인생을 표상한다. '새벽'부터 "누워서 버둥거리다 기고 앉고 서고" '해질녘' 마침내 "바다로 가려한다"는 것은 태어나고 성장하고 죽음을 향해 가는 인간의 일생을 형상화한 것이기 때문이다. 그러므로 '강'이 흘러 이르게 되는 종착지, '바다'는 죽음 혹은 영원의 세계로 볼 수 있을 것이다. "떠지지 않는 아침과 정수리가 뜨거운 한 낮"을 "쿨렁쿨렁 다 끌어안고 흘러왔"다는 시구에서 녹록지 않은 인생과 그에 대한 서정적 자아의 애틋한 마음을 읽을 수 있다.
　'나', 즉 서정적 자아는 그 삶에 기대어 함께 흘러온 "한 척의 배"다. '강'은 "앓는 소리" 한 번 내지 않고 "쉬이이이 바다로" 가려 한다. "쉬이이이"는 강물이 바다로 스며드는 소리를 나타내는 의성어이기도 하고 보내는 이를 위해 미련 없이 가려 하는 행동을 표현하는 의태어이기도 하다. "강은 물 밖으로 앓는 소리를 내도 좋으련만"이라는 서정적 자아의 독백이 애달프게 느껴지는 까닭은 남아있는 이를 위해 '쉬이이이' 가고자 하는 떠나는 이의 마음 때문일 것이다. 이런 애달픈 마음은 '강'을 '흰 수건'으로 덮는 대목에서 극대화된다. 마치 겪어야 할 모든 고통을 겪어내고 겸허하게 죽음을 맞이하는 존재와, 그러한 존재를 보내는 서정적 자아의 마지막 의식을 보는 듯 하다.

이 시에서 '바다'가 죽음을 의미한다고 해서 부정적이거나 비극적인 이미지를 발현하고 있는 것은 아니다. "일어서는 강"이라든가 "날마다 강물처럼 일어선다"라는 표현을 보면 '바다'는 온갖 고난을 딛고 이르게 되는 어떤 완성의 경지일 수도 있겠다. 중요한 것은 "떠지지 않는 아침과 정수리가 뜨거운 한 낮"과 같은 녹록지 않은 순간들을 삶의 과정으로 그 가치를 인정한다는 사실일 것이다. 과정에 초점을 맞추면 결과에 연연하지 않는 법이다. '바다'의 의미가 죽음이든, 완성의 경지이든 중요하지 않은 까닭이기도 하다. 인생의 의미를 설명하자면 얼마나 많은 말이 필요할까. 그 많은 말로도 설명되지 않는 것이 인생일 터다. 많은 말을 하지 않으면서도 인간의 한 생을 이토록 애틋하게 그려낼 수 있다는 것을 이 시는 보여주고 있다.

《푸른시》는 개인적 아픔에서 공공의 문제에 이르기까지, 소소한 일상에서 영원이라는 관념의 세계에 이르기까지, 다루고 있는 소재나 주제의 스펙트럼이 넓다. 또한 작품마다 시인들의 고유한 특징적 단면들이 잘 드러나 있다. 시적 정서나 내용적 측면은 물론이고 특히 그것을 드러내는 형식적 의장들이 매우 개성적이다. 때론 경쾌하고 때론 처연하며 때론 뒤트는데, 이 시들에서 형식적 기교는 기교에 머물지 않고 의미를 드러내는 또 다른 언어로 기능한다. 이런 면들이 각자의 개성으로 드러나고 있거니와 시의 긴장과 재미를 불러일으키는 요소가 되고 있다. 자아와 타자, 그리고 이 세계를 바라보는 시인들의 애틋한 시선이 시적 깊이를 담보하는 데에는 이와 같은 의미와 형식의 조응에 힘입은 바 크다고 하겠다.

{ 2장 }

다층적 응시의 상상력과
존재 탐구의 시정신

.

김선희 시인이 아홉 번째 시집 『금성에 관한 소문』을 상재했다. 2019
년 『산과 호수와 바람』이라는 시선집을 발간했지만 시집으로는 2017년
『가문비나무 숲속으로 걸어갔을까』 이후 4년 만이다. 시집은 총 4부로
구성되어 있는데 1부에 우주와 천체에 관한 시를 모아 수록하고 있다는
점이 특징적이다. 김선희 시인의 시세계는 이와 같은 우주에 관한 시뿐
만 아니라 일상에서 일어난 평범한 사건을 비롯해 코로나나 미세먼지,
개발과 같은 사회적인 문제, 자연과의 동일화, 존재에 대한 사유에 이르
기까지 다루고 있는 소재의 스펙트럼이 매우 넓은 편이다.

1.

『금성에 관한 소문』을 꼼꼼히 읽어 보면 여기에 수록된 시편들은 대체
로 '제작으로서의 시'라는 언표와 거리가 멀다는 생각이 든다. 압축, 상
징, 수사 등과 같은 시적 긴장을 위한 장치는 찾아보기 어렵고 현실에서

일어난 사건이나 의식 속에서 펼쳐지는 사유를 그대로 진술한 것이 대부분이기 때문이다. 시의 제목도 시의 첫 구절이나 마지막 구절에서 따온 경우가 많다. 이러한 창작 방식을 단선적으로 설명한다는 것은 불가능한 일일 것이나 의식적으로든 무의식적으로든 시인의 존재에 대한 탐구와 관계가 있는 것으로 보인다. 말하자면 존재에 대한 인식, 혹은 그 탐구의 태도가 시의 내용과 형식을 규정하고 있다는 의미이다.

이를 살펴보기 위해 우선 그의 시를 '거리화' 내지 '시선'이라는 측면에서 접근해보기로 한다. 김선희 시인의 시들에서는 끊임없이 주체를, 주체가 속해 있는 시간과 공간에서 거리화시키고 나아가 그 자신에게서도 분리시켜 응시의 시선을 생성한다. 그리고 그 시선은 대상에 대한 주체의 일방적인 시선이 아니라는 점에서 특징적이다. 그의 시에서는 대상을 세심하게 관찰하는 주체와 그러한 주체를 응시하는 또 다른 시선과 마주치게 되기도 하고 주체와 객체의 전복된 시선 또한 드물지 않게 확인할 수 있다.

> 내가 만약 달에 가서 지구를 바라본다면
> 지구는 어두운 밤하늘에 떠 있는
> 커다란 푸른 유리구슬이다
> 하얀 구름에 가려있는 육지와 바다의 모습
> 투명한 푸른 속이 환히 보일 것 같은
> 빛나고 아름다운 유리구슬
> 눈이 부시도록 찬란한 일들만 일어날 것 같은
> 향기롭고 둥근 한 송이 꽃 위에서
> 권모술수나 사기, 폭력, 살인의 죄악이

눈을 씻고 바라보아도 찾을 수 없을 것 같은
그런 생각이 든다
약육강식으로 세상을 물들이는 일은 절대로
일어날 것 같지 않은 고귀한 구슬
내가 만약 달에 가서 지구를 바라본다면
저 둥글고 청명한 곳으로 날아가
살아보고 싶은 소망이 용솟음칠 것이다
밤하늘의 달을 바라보면서 우리가 꿈꾸었듯이
계수나무도 토끼도 없는 쓸쓸한 땅 위에서
언제쯤 그곳에 날아가 볼 수 있을까
꿈꾸었을 것이다

　　　　　　　　　－「누군가 달에서 지구를 보았다」

　'달'은 시에 자주 등장하는 자연물로 주로 그리움, 쓸쓸함 등과 같은
정서를 발현한다. 여기에는 당연히 "밤하늘의 달을 바라보"는 시적 주체
의 행위가 전제되어야 함은 물론이다. 그런데 위 시에서는 상상적 차원
이긴 하지만 그 시선이 전복되어 있다. 시적 자아가 발을 딛고 있는 공간
은 '지구'인데 이 시는 "달에서 지구를 보았다"는 전도된 가정에서 전개
되고 있기 때문이다. 지구에 속해 있는 시적 자아는 지구를 볼 수 없다.
숲속에서 나무는 볼 수 있어도 숲은 보지 못하는 것과 같은 이치이다. 시
인은 "내가 만약 달에 가서 지구를 바라본다면"이라는 가정을 통해 시적
자아를 지구와 분리시켜 시선을 확보하고 있다.
　"투명한 푸른 속이 환히 보일 것 같은 / 빛나고 아름다운 유리구슬",
"눈이 부시도록 찬란한 일들만 일어날 것 같은 / 향기롭고 둥근 한 송이

꽃", "권모술수나 사기, 폭력, 살인의 죄악이 / 눈을 씻고 바라보아도 찾을 수 없을 것 같은", "약육강식으로 세상을 물들이는 일은 절대로 / 일어날 것 같지 않은 고귀한 구슬" 등이 '달'에서 본 '지구'에 대한 다양한 묘사다. 가히 예찬이라 할 만한 표현들이다. 그러나 그것은 "밤하늘의 달을 바라보면서 우리가 꿈꾸었"던 '계수나무, 토끼'와 등가를 이루는 수준이 아닐 수 없다. "계수나무도 토끼도 없는 쓸쓸한 땅"이 달의 현실이듯 묘사된 바는 우리가 꿈꾸는 지구일 뿐 현실은 그와 정반대라 할 수 있는 것이다.

이러한 시선의 전복을 통해 지구의 핍진한 현실을 우회적으로 드러내보이는 것일 수도 있고 꿈과 현실의 거리를 보여주는 것일 수도 있겠다. 주목해야 할 점은 전체와 부분, 혹은 동일화된 대상과의 거리를 상정하는 것, 그리고 그 거리화를 통해 어떠한 시선을 확보하는 구도이다. 이 시집에서는 이처럼 관습화된 주체의 일방적인 시선을 배제하고 상호적이거나 주체를 응시하는 또 다른 시선을 상정하는 구도를 어렵지 않게 확인할 수 있다. 「저녁」이라는 시도 그중 하나인데 위 시가 '달'이라는 먼 거리의 공간을 배경으로 하고 있다면, 「저녁」은 보다 밀접적이고 현실적인 공간인 '도시'를 배경으로 하고 있다는 점에서 차질적이다.

　　이 도시에 까닭 없이 저녁이 와서
　　산의 그림자가 꺼멓게 선명해질 때
　　문득 그 그림자를 가리는 높은 빌딩들에
　　저만큼 산은 더 멀어져 버렸다
　　빌딩들이 하나, 둘 불을 켠다
　　갑자기 무슨 서늘한 질감을 느꼈던지

가득한 빌딩들의 도시가 낯설어진다

차들은 이 저녁도 치열하게 달리고 있다

창가에 서서 어둠 속 잠겨가는 도시를

바라본다, 도시도 나를 바라본다

문득 곁에 내려앉은

저녁의 빛깔들을 생각한다

저녁의 사람들이 흘러가는 것을 본다

종내에는 모든 사람들이 혼자의 시간으로 돌아가

꽃처럼 피어난 불빛을 바라보며 사색할 것이다

도시의 산들은 뒤로 물러나 어둠에 묻히고

아직 어딘가에 다다르지 못한 사람들은

서로를 스치며 지나갈 뿐이다

우리의 예상도 모두를 스치며 빗나갈 뿐이다

이 도시에 까닭 없이 저녁이 와서

바람처럼 떠돌다 온 그림자 하나 지워진다

　　　　　　　　　　　　　　　　　－「저녁」

시적 자아는 "창가에 서서 어둠 속 잠겨가는 도시를" 응시하고 있다. '하나, 둘 불을 켜는 높은 빌딩들'로 '저녁'은 '저녁'일 수 없게 되고 "저만큼 산은 더 멀어져 버"린다. "차들은 이 저녁도 치열하게 달리고", "아직 어딘가에 다다르지 못한 사람들은 / 서로를 스치며 지나갈 뿐이다" 이처럼 시적 자아에게 '도시'는 파편화된 대상들이 부유하는 공간으로 인식되고 있다.

한편 '빌딩'과 이항대립적 관계에 있는 '산'은 자연의 대유로 구현된다. 자연은 이법이자 영원의 세계이다. 그러므로 "높은 빌딩들에 / 저만큼 산은 더 멀어져 버렸다"는 것은 영원을 잃어버린, 불확실성의 현대를 의미화한 것이라 할 수 있다. "우리의 예상도 모두를 스치며 빗나갈 뿐"인 까닭도 바로 여기에 있는 것이다.

　중요한 것은 시적 자아가 "어둠 속 잠겨가는 도시를 바라보"고 있는 것만이 아니라 "도시도 나를 바라본다"라고 인식하고 있다는 사실이다. 「건물 뒤편」이라는 시에서도 유사한 양상을 확인할 수 있다. "늙수그레한 몸빼바지의 그 여자"의 시선을 통해 "건물 뒤편 풍경 하나 놓치지 않고" 세밀하게 묘사하고 있지만 "옆에 세워둔 낡은 기계 차를 손보는 남자와 / 어쩌면 하나의 풍경으로 낡아가는 그들의 모습을 / 어디서 또 누가 지켜보고 있을까,"라고 주체에 대한 또 다른 응시의 시선을 마련해두고 있기 때문이다.

　일방적이지 않은 이러한 시선을 탈중심적이라 해도 좋고 상호주체적이라 해도 좋다. 중요한 것은 그 까닭일 것이다. 그것은 첫째 시인이 인식하고 있는 현대의 속성에서 찾을 수 있다. 「저녁」에서 드러내 보이고 있는 바와 같이 현대는 영원을 잃어버린 불확실성의 세계라 했다. 주체의 대상에 대한 인식 또한 그것이 진실에 근접해 있는 것인지 확인할 방법도, 따라서 확신도 할 수 없다. "두 손을 합장하고 반복적으로 경문經文을 외고 있으면 내가 현실 속에 있는 것인지, 경문과 경문의 행간에 있는 것인지 허공에 둥둥 떠 있는 것인지, 또 나는 없고 소리들만 들려오는 것인지 이상할 때가 있다 // … // 지금 왜 살고 있으며 어디로 가고 있으며 무슨 불만 속에 탄식하고 있는지, 정신이 어떻게 몰락해 가고 있는지 도무지 알 수 없다"(「독백」)에서 보듯 시인은 끊임없이 존재와 그 당위성에 대해 묻고 회의하고 확인하고자 한다. 영원을 잃어버린 세계, 진실에 대한 불확실성, 이것이 주체의 일방적인 시선을 강요할 수 없는 첫 번째 이유다.

둘째는 '미미한 존재'로서의 인간에 대한 자각에서 찾을 수 있을 것이다. 이 시집의 1부에는 우주와 천체에 관한 시들이 수록되어 있다고 했는데 이들을 관류하는 시정신이란 바로 '미미한 존재'로서의 인간에 대한 자각이라 할 수 있다. "지구는, 광대무변한 은하계 저쪽 한구석을 / 떠도는 조그마한 별 / 우리는, 그 작은 별 위에서 태어난 한 점 생명"(「지구는,」)이라는 것이, 시인이 인식한 인간의 위치다. 시인은 시 곳곳에서 "내 존재의 가치가 너무도 작기 때문"(「밤마다 천체」)이라든가 "우리는 얼마나 작고 미미한 존재들인가"(「작고 미미한 점 하나」)라고 토로하고 있다. 만물의 영장이라 하는 인간, 중심적 존재인 주체란 바로 이러한 '미미한 존재'들인 것이다. 시인이 탈중심적 시선, 상호주체적 시선을 취하는 까닭이 여기에 있다.

2.

시선이란 시간적으로든 공간적으로든 대상 간의 거리가 있어야 가능해진다. 자아와 대상, 주체와 객체와 같은. 그런데 시인의 시에서는 '자아에 대한' 자아의 집요한 시선을 어렵지 않게 확인할 수 있다.

고요가 넘치는 방안에 누워서 나는 약을 한 개 먹고도 잠을 이루지 못한다 바람처럼 누비고 다녔던 영상들이 아직도 가시지 않았을까, 병원 복도에서 만난 사람이 전해준 뜻밖의 소식, 멀쩡하던 그가 아프다고 한다 심장의 핏줄이 막혔다고, 나는 피를 뽑고 검사를 하고, 지하 식당으로 내려가 굴국밥을 사 먹고 결과를 기다리고, 약을 타고 돌아와 어떤 일들을 의논하고, 손수레를 끌고 마트에 간다 돌아오면서 동행인과 티격태격 말

다툼을 하고, 야채를 다져 넣고 볶음밥을 만들고, 저녁을 먹고 설거지를
끝낸 뒤 메일을 하나 보냈다

- 「메일을 하나 보냈다」

위 시는 시적 자아가 잠자리에 들어 하루 동안 "바람처럼 누비고 다녔
던 영상들"을 리플레이하고 있는 형식으로 구성되어 있다. 시간의 흐름
에 따른 사건을 건조하게 나열하고 있을 뿐 시적 자아의 생각이나 감정
은 철저하게 배제되어 있다. "나는 약을 한 개 먹고도 잠을 이루지 못한
다"는 시구에서 불면증, 그리고 그것과 관련된 '약'을 떠올릴 수 있겠다.
"바람처럼 누비고 다녔던 영상들이 아직도 가시지 않았을까"라는 시구
는 자신의 하루를 반추하는 행위가 꽤 오랜 시간, 여러 번 반복되었음을
말해준다.

이 시집에는 위 시와 같은 진술적 시가 많다는 특징이 있다. 흔히 시적
특징으로 꼽는 압축이라든가 상징, 수사적 장치 등이 없고 짧은 산문으
로 봐도 무방할 듯한 시가 대부분을 차지한다. 이러할 경우 시적 긴장이
나 세련된 이미지 등을 담보하기 어렵다는 것은 당위적 사실이다. 그럼
에도 시인이 이러한 형식의 시를 고집하는 까닭은 전언한 바와 같이 불
확실성의 세계에서 삶을 영위해야 하는 '미미한 존재'의 숙명 때문이다.
어떠한 경로를 우회하지 않고 보고 경험한 대로, 직핍적으로 묘사하고
자 하는 것, 그것은 최대한 진실에 근접하고자 하는 의도가 만들어낸 시
적 표현들이다.

또 다른 불면의 밤을 그리고 있는 시로 「밤 두 시」가 있다. 인용한 시가
자아의 행위 곧 외면에 관한 응시를 보여주고 있다면 「밤 두 시」에서 응
시의 초점은 자아의 내면을 향하고 있다.

밤 두 시에 너를 읽고 나는 너와 다르다고 말했다 너는 나의 높은 곳이기도 하고, 나는 너의 낮은 곳이기도 하지만, 모양이 다르기도 하고 내용이 다르기도 하고 방향이 다르기도 하고 모든 것이 다르다고 했다

나는 너를 깊이 느꼈지만 너는 나를 느끼지 않고, 나는 너를 비교하기도 했지만 너는 비교하지도 않고, 너는 내 속에 있었지만 아주 커다랗고, 밤 두 시, 지금에만 커다랗고, 다시 잠자리에 누우면 나는 너를 조그맣게 잊어버릴 것이다

너는 나의 선망일 것 같지만 그렇지도 않은 것 같고, 너는 나를 앞서가고 있었지만 그렇지도 않은 것 같고, 인류라는 이름으로 함께 가고 있었지만 영 그렇지도 않은 것 같고, 너는 내가 만든 허상에 불과하다고 말하고 싶었다

너는 내가 아니다, 나도 네가 아니다 하지만, 나는 너를 읽고 나는 너를 안다 열등감, 모욕감, 그런 것들로 점철된 밤 두 시가 된 것 같은 비애를 느꼈지만, 나는 네가 아니다, 밤이 깊어가면서 나는 불안해졌다

나는 너를 읽고 상처받았다 너는 꽃잎처럼 소리 없이 지나갔지만, 그것은 면도날이었고 생채기에 배인 핏빛은 근원적인 나의 슬픔이다 이것은 네가 아닌 나의 숙명이며 나의 전부이며 내가 받아야 할 나의 과제들이다

너는 잠자는 나를 확, 깨우쳐 주었다 그러나 나는 감사하지 않는다 너는 그저 물처럼 내 곁을 지나갔고, 혼돈의 나는 차가워 화들짝 놀랐을 따름이다 그래도 너는 내가 아니다 내 안에 벗겨야 할 수많은 껍질들의 나일뿐,

— 「밤 두 시」

'너'의 정체는 무엇일까. 우선, "내 속에 있었지만 아주 커다랗"다거나 "밤 두 시"에만 커다랗고 '잠자리에 누우면 조그맣게 잊어버릴 것'이라

는 점에서 '너'란 시적 자아의 의식 속에 자리하고 있는 관념적 대상임을 유추할 수 있다. '너'가 지시하는 바를 명징하게 밝히고 있는 것은 아니지만 묘사하고 있는 내용으로 보면 그것은 존재의 전일성 내지 본질과 같은 것이 아닐까 싶다. 자아 안에 있지만, 결코 동일화 될 수 없는 어떤 것, "나의 선망", "나를 앞서가고 있"는 대상이라는 점에서 그러하다.

그러나 전언한 바와 같이 이 또한 진리인지 확인할 방법이 없다. 시적 자아가 "그렇지도 않은 것 같"다고 부정하거나 "내 안에 벗겨야 할 수많은 껍질들의 나일뿐"이라 규정하면서 '혼돈'에 빠져있는 까닭이 여기에 있다. 영원으로부터 추방된 존재, 세계에 내던져진 존재는 스스로를 규율해가야 하기에 불안을 내재할 수밖에 없다. 존재에 대한 탐구에 '불안', '근원적 슬픔', '혼돈'이 따르는 것은 여기에서 비롯된다.

이처럼 이 시집에는 대상과 세계, 자아 자신에 대한 다층적이면서도 집요한 응시가 산재해 있다. 그것은 시인의 존재에 대한 인식, 그리고 그에 대한 성실한 탐구와 긴밀하게 연결되어 있는 것이었다. 그것을 표현하는 데 있어서 시인은 무척이나 무심하고 건조하다. 최대한 시적 기교를 빼고 현실에서 벌어진 사건, 의식 속에서 펼쳐지는 사유를 있는 그대로 묘사하고 있기 때문이다. 이 또한 시인의 존재 인식과 관련되어 있는 것임을 살펴본 바 있다.

3.

김선희 시인의 시는 먼 것과 가까운 것, 외면적인 것과 내면적인 것을 매우 직핍적으로 표현하고 있다. 그런데 그것들은 동떨어져 있지 않다. 시인의 시들을 읽어가다 보면 문득 아주 멀리 있는 별과 특별할 것 없는 오늘의 일상이 맞물려 돌아가고 있다는 느낌을 받는다. 이를 아름답고도 애틋하게 보여주고 있는 작품이 「할머니와 비스킷」이다.

남쪽 창 앞에 햇살이 환하다 따뜻한 아랫목 이불 밑에 데워진 놋그릇의 하얀 쌀밥 반 그릇과, 그 속에서 같이 데워진 구운 생선 한 토막, 학교에 다녀온 나에게 내놓은 할머니의 성찬이다 할머니는 막내 손녀를 위해 자신의 아침밥을 반만 먹고 고기반찬까지 남겨서 나를 기다린다 추운 곳에서 돌아온 나는 그 따뜻한 밥 반 그릇과, 구운 생선 한 토막이 그렇게 맛있을 수가 없었다 먹다 남긴 밥의 윗부분이 약간 삭아서 달짝지근한 맛이 느껴지는 그 밥을 게눈 감추듯 먹었다

매일 밤 전깃불도 없는 작은 방에서 잠자리에 누울 때는 살그머니 일어나 벽장에 숨겨둔 박하사탕 두 개를 끄집어내어 한 개씩 나눠 입에 넣고 서로가 즐거워 했다 누군가 어른을 뵈러 올 때 가져온 과일이나 과자를 남몰래 숨겨두었다 나만 꺼내 주셨다 스무 살이 다 되도록 할머니의 젖가슴을 만지며 잠들었고, 할머니도 기꺼이 자신의 모든 것을 나에게 내주셨다

어릴 때 별을 하나 오래도록 바라보면 별빛이 눈에 사물거리며 노란 무늬로 퍼져가는데, 비스킷 과자처럼 생긴 무늬들이 모두 웃고 있는 할머니 얼굴로 보였다 참 이상한 눈의 환각이 모두 할머니 얼굴이 되었다 나는 때때로 그것을 넋 잃은 듯 보면서 할머니가 돌아가셔도 저 별빛만 바라보면 되겠구나, 하는 생각이 들었다

－「할머니와 비스킷」

이 시 역시 '할머니'에 대한 기억을 사건 위주로 진술하는 형태를 취하고 있다. '할머니'가 "아침밥을 반만 먹고 고기반찬까지 남겨서" 학교에서 돌아온 시적 자아에게 주던 일, 잠자리에 들기 전 "벽장에 숨겨둔 박

하사탕"을 나눠 먹던 추억이 2행까지의 내용이다. 1, 2행에서 시적 자아에게 "자신의 모든 것을" 내주었던 '할머니'의 사랑을 그리고 있다면 3행에서는 시적 자아의 할머니에 대한 애틋한 마음을 표현하고 있다. 별을 오래 보고 있으면 생기는 '눈의 환각'이 "모두 웃고 있는 할머니 얼굴로 보였다"는 것이 그 내용이다.

각각 다른 사건이지만 이것들은 미각적 이미저리로 연결되어 있다. "먹다 남긴 밥의 윗부분이 약간 삭아서" 내는 '달짝지근한 맛', '박하사탕'과 '비스킷 과자'의 달콤함이 그것이다. '할머니가 반만 먹고 남긴 밥'이나 '벽장 속에 숨겨 두었던 박하사탕'은 기억 속에만 존재할 뿐 다시 감각하는 것은 불가능한 일이다. 그러나 별 하나를 오래 바라보는 것은 여전히 가능하다.

'지금 여기'에서 감각할 수 있었던 것은 돌아올 수 없는 시공간으로 사라져버렸고, 멀리 있는 '별'은 '지금 여기'에서 '할머니'를 감각하게 하고 있다. 현실은 '생각' 속에만 존재하게 되었고 "그것을 넋 잃은 듯 보면서 할머니가 돌아가셔도 저 별빛만 바라보면 되겠구나, 하는 생각"은 현실이 되고 있는 셈이다. 먼 것과 가까운 것, 과거와 현재, 생각과 현실이 길항하면서 서정의 밀도를 높이고 있어 이채로운 느낌을 주는 작품이다.

4.

지나고 나서야 알아지는 게 있다. 역사가 그러하듯, 그때의 의미와 가치를 그때는 알 수 없다. 그 시간이 짧든 길든, 지나고 나서야 비로소 의미화할 수 있게 된다. 안타깝지만 어쩔 수 없는 일이다. "저만큼, 그것은 우리를 지나갔다"라는 시인의 탄식이 아픈 공감을 획득하는 것 또한 동일한 맥락에서일 터이다.

우리가 어제 점심을 먹던 탁자 밑에는
클로버 잎사귀가 무더기로 피어 있었는데
송송한 잎사귀 중에 혹시 네 잎이 없는지
살피고 또 살펴보곤 했다
오늘은 너와 헤어져 창가에 내리는 비를 보면서
그 탁자도, 클로버 잎사귀도 비에 젖어
쓸쓸하게 저물어가고 있을 풀밭을 그려본다
문갑 위에는 어제 네가 사 준
알스트로메리아 꽃들이 더 많이 열리고
경쟁하듯 사다 모은 화분의 꽃향기가
비 오는 날의 음울한 풍경을 지우듯 풍겨온다
요염한 꽃들과 관엽이 문갑 위에 가득하다
일상의 창구窓口처럼 우리들은 강변을 산책했다
꽃망울이 가득 맺힌 나무 아래서 김밥을 먹고
마트도 기웃거리며 시간을 흘려보낸다
노년은 무엇인가가 자꾸 떠나버리는 것 같은
생각들에 몰려버린다
아직은 다가오지 않았다고 했던 그날의 일들이
순식간에 떠나버렸다는 막막함에 맞닥뜨리고 있다
우리는 간과看過하며 그것들을 보내버렸다
저만큼, 그것은 우리를 지나갔다
앞쪽, 뒤쪽 창문에 수많은 빗방울들이 맺혔다

         －「저만큼, 그것은 우리를 지나갔다」

위 시는 어제와 오늘, 과거와 현재가 교차하여 그려지고 있다. 가령

"우리가 어제 점심을 먹던 탁자"와 네잎클로버를 찾느라 "살피고 살펴보"던 풀밭을 오늘은 '그려보고' 있을 뿐이다. "어제 네가 사준 / 알스트로메리아 꽃들"은 예전부터 그랬던 듯 "경쟁하듯 사다 모은 화분"과 함께 문갑 위에 있다. 시적 자아의 의식은 '어제'와 '오늘'을 거쳐 '일상'으로 건너간다. '함께 강변을 산책 하는 것', "꽃망울이 가득 맺힌 나무 아래서 김밥을 먹고 / 마트도 기웃거리며 시간을 흘려보"내는 것은 자주 반복되는 일상의 일인 것이다.

다소 감성적이었던 시적 분위기는 "노년은 무엇인가가 자꾸 떠나버리는 것 같은 / 생각들에 몰려버린다"라는 대목에서 새로운 국면으로 전이된다. 시적 자아는 "막막함에 맞닥뜨리고 있다." "아직은 다가오지 않았다고 했던" 미래의 일이 "순식간에 떠나버"려 과거가 되어버렸기 때문이다. 현재가 없는 셈이다. 지나고 나서야 비로소 "저만큼, 그것은 우리를 지나갔다"고 알아차리게 되는 것이다. 우리가 "간과하여" 보내버린 것들은 어쩌면 특별한 것이 아닐지도 모른다. 함께 네잎클로버를 찾고 강변을 산책하고 나무 아래에서 김밥을 먹고 마트를 기웃거리는 것과 같은.

지난밤 꿈에 당신을 보았습니다 당신은 그저 조용한 극장에서 한 편의 영화를 기다리는 사람처럼 그렇게 앉아있었습니다 나는 내 곁에 앉은 이가 당신이라는 걸 알아챘습니다 우리는 오랜만에 만나서도 서로가 반가운 기색도 없었습니다 나는 그저 당신이 여기 있었구나, 생각하는 정도였습니다

당신은 이 세상에 와서 무엇을 남기고 갔습니까, 당신이 세상을 떠날 때도 아무 일 없었고 내가 세상을 떠난대도 세상은 아무렇지도 않을 것입니다 우리는 어떤 흔적도 없이 세상을 다녀가는 것이 됩니다 조그맣게 세

상을 다녀가는 그 시간 사이에, 내가 징검다리도 없는 냇가에서 망설이고 있을 때, 그저 손을 내밀어 냇물을 건네주는 인연으로, 그리고 초원에서 헤매고 있을 때, 곁에서 가끔 함께 걸어주는 인연으로 우연히 만나 오래 얼굴을 익혔습니다

당신은 헐벗은 진실과 무심의 조용함으로 거기 늘 그렇게 있었습니다 지친 내가 가끔 찾아가면 당신은 또 다른 방으로 안내해 편히 쉬게 하였습니다 우리 사이는 그랬습니다 힘든 삶의 길에 잠시라도 앉아 쉬게 하는 좋은 길동무였습니다

그러한 당신이 떠나고 해가 바뀌고 나는 별 슬픔도 없이 살아가고 있습니다 다만 내가 답답하거나 외로울 때, 찾아갈 벗이 저기 없다는 쓸쓸함만 남았습니다 당신도 나도 남긴 것 없이 떠나야 하는 세상, 우리는 먼 우주의 한 점 티끌임이 분명합니다 그 티끌들이 모여서 아웅다웅 살아가는 세상의 한끝에 서서 당신에게 묻습니다 거기는 존재의 깊이를 알 수 있습니까,

당신은 늘 허름한 모습 그대로 소박한 것들에 묻혀 삶의 외곽을 걸었지요 혼자서 농사짓고, 혼자 밥 먹고, 혼자 글 쓰고 섞여 있어도 늘 혼자였습니다 아무 관심도 없이 살다가 혼자 떠났습니다

세상은 보듬어 사랑해 주어야 할 일들로 가득 차 있고, 그 사랑은 한 잎 한 잎 고갈되어 흩날립니다 그것을 바라보고 있는 남은 시간입니다

－「지난밤 꿈에」

'당신'과의 순간들 또한 시적 자아가 '간과하여 보내버린' 것들 중 하나일까. 꿈속이라지만 "오랜만에 만나서도 서로가 반가운 기색도 없"고 "당신이 떠나고 해가 바뀌고 나는 별 슬픔도 없이 살아가고 있"다. 무심한 것 같지만 인생이란 또 그런 것이 아니겠는가. 시적 자아는 '당신'에

게 "세상에 와서 무엇을 남기고 갔는지를" 탄식하듯 묻는다. 그 물음은 자아 자신에게도 해당되는 것이다. '우리'는 결국 "먼 우주의 한 점 티끌"이며 우리가 "세상을 떠난대도 세상은 아무렇지도 않을 것"이라는 결론에 이르게 된다. 허무할 따름이다. 시적 자아가 "존재의 깊이"를 물을 수밖에 없는 까닭이 여기에 있다.

"티끌들이 모여서 아웅다웅 살아가는 세상", 그러나 또 한편으로는 바로 그러하기에 "보듬어 사랑해 주어야 할 일들로 가득 차 있"는 세상이기도 한 것이다. "헐벗은 진실과 무심의 조용함으로 거기 늘 그렇게 있었"던 것은, '당신'이라는 존재이기도 하지만 '당신'과 '나'의 관계이기도 하고 "티끌들이 모여서 아웅다웅 살아가는" 일상이기도 하다. 어차피 '무한 우주 속에 티끌이고 바람이고 구름'인(「지난밤 꿈에」) 인간이라는 존재, 세상에 왔다 간 흔적이 거창하지 않아도 좋다. "징검다리도 없는 냇가에서 망설이고 있을 때, 그저 손을 내밀어 냇물을 건네주는 인연", "초원에서 헤매고 있을 때, 곁에서 가끔 함께 걸어주는 인연"쯤이면 될 것이다. 우리가 '간과하여 보내버린 것들'이 '함께 밥 먹고 산책하고 마트를 기웃거리는' "그 시간 사이"에 있었듯이 말이다.

김선희 시인의 시세계는 스펙트럼이 넓은 편이라 했는데 그것이 단순히 소재적 측면만을 의미하는 것은 아니다. 멀고 거대한 시공간을 헤매는가 싶으면 어느새 지극히 익숙하고 사소한 일상 속에 내려와 있기도 하다. 의미가 삭제된 행위가 나열되는가 하면 내면의 독백으로 존재의 심연을 환기하기도 한다. 서정적인가 하면 사변적이기도 하다. 시 같은 산문 같기도 하고 산문 같은 시 같기도 하다. 무심하고 건조한 어조 속에 애틋한 서정이 스며 있다. 그리고 이러한 성질들은 이질적인 것 같으면서도 서로 동떨어져 있지 않다. 시인의, 존재와 존재함에 대한 성실한 탐구라는 벼리에 의해 하나로 단단하게 꿰어져 있다. 이것이 김선희 시인만의 득의의 영역이자, 『금성에 관한 소문』을 끝까지 다 들어봐야 하는 이유이기도 하다.

전일적 세계와의 친연성,
그 서정의 밀도

『당분간』은 『귀단지』, 『절대고수』, 『자줏빛 얼굴 한 쪽』, 『아버지 내 몸 들락거리시네』 이후 발간하는 황명자 시인의 다섯 번째 시집이다. 기왕의 시집들에서 보여주었던 대상에 대한 연민과 화해의 시의식, 에로티시즘, 가족 소재, 불교적 색채 등과 같은 특징적 단면들은 이번 시집에서도 확인되고 있는데 이것들의 공통분모랄까, 이를 포회하고 있는 세계가 보다 뚜렷하게 드러나 있다는 것이 『당분간』의 시적 차이라 할 수 있을 것이다. 그것은 자연, 근원, 원초, 영원 등으로 언표할 수 있는 전일적 세계이다. 시인의 시에서 이러한 세계는 과거의 시공간이나 관념의 층위에 고립되어 있지 않다. 시인은 경계를 넘나들며 '지금 여기'에 일상의 구체적 경험으로 현실화한다. 그 친밀하면서도 아름다운 교우가 '어떻게' 펼쳐지는지 살펴보는 것도 『당분간』을 즐기는 방법 중 하나일 것으로 사료된다.

1.

근대에 들어 인간은 자연을 숭배하는 존재에서 지배하는 존재로 전화했다. 이 과정에서 필요한 것은 가능한 한 모든 대상을 인식 가능한 범주에 포함시키는 일이다. 아담과 하와가 하느님이 금지한 선악과를 먹은 까닭은 하느님만이 '아는 것'을 자신들도 '알고자' 하는 욕망에서였다. 인류의 타락과 그로 인한 낙원에서의 추방이 이런 '앎'에 대한 욕망에서 비롯되었다는 사실은 인간의 진보 과정을 상기해볼 때 시사하는 바가 크다.

이성적 주체로서 인간은 시간을 공간화하고 눈, 비, 바람을 예상하는 등 자연을 계측 가능한 대상으로 만들었을 뿐만 아니라 이를 관리하고 개발하기에 이르렀다. 생명의 탄생 또한 더는 신의 영역, 미지의 영역으로 남아 있지 않게 되었다. 이런 현실을 보면 인간이 만물의 영장을 넘어 가히 신의 위치에 자리하고 있다 할 만하다. 그러나 그것이 인간의 행복만을 담보해주는 것은 아니라는 사실을 우리는 경험을 통해 익히 알고 있다.

알지 못하는 것은 불안과 두려움을 수반한다. 따라서 인류의 진보를, '알지 못하는 것'으로 인한 불안과 두려움을 축출하는 과정으로 설명하는 것도 그리 틀린 말은 아닐 것이다. 그런데 황명자 시인은 '앎'과 '두려움'이라는 감정에 다른 방식으로 접근하고 있어 이채롭다. 먼저 '두려움'에 관한 시인의 인식을 살펴보자.

우묵하게 깊은 연못의 일몰을 본다

갈대며, 부들이 진을 치고 있느라
정작, 살아야 할 연꽃들은 보이지 않는
미답지를 떠올리게 하는 연못이다
자칫, 적막의 깊은 수렁으로 빠져들기 십상인 연못은
풀들끼리 헝클어져 못의 깊이를 알 수 없어도
왠지 깊어보이게 하는 마력이 깃든
고요한 늪처럼 숨어 있다
숲을 헤치고 해가 내려앉자
연못 깊은 안에서 뒤적뒤적
소리들 기지개 켠다
이름 모를 어린 새들, 포르르 날아오르게 하고
안이 궁금해지게도 한다 그렇더라도
선뜻 들여다봐지지 않는 건
안의 속을 알 수 없기 때문이다
알 수 없다는 건
어떤 두려움이나 공포심을
담고 있다
어릴 때,
깊은 소에는 이무기가 산다는 둥
귀 달린 용이 산다는 둥 하물며
봤다는 사람의 무용담처럼
저 연못 깊은 바닥엔
해나 달이 흘리고 간 조각들, 물새들의 꽁지깃들이
수초처럼 자라고 있을지도 모른다
시시때때로 변화무쌍해지는 사람 속을 모르듯

상상만 무성한 것도 연못에 대한 예의가 아닐까
우거진 수초 사이로
어제는 못 본
노란꽃창포 꽃대들 불쑥 올라와 있다
    - 「숨은 연못」

   이 시의 시간적 배경은 해가 질 무렵이고 공간적 배경은 '연못'이다.
"연못의 일몰"은 "적막의 깊은 수렁"에 연결되고 있으며 시적 자아에게
'연못'은 "깊이를 알 수 없"고 "안의 속을 알 수 없"는 미지의 공간이기도
하다. 그런데 '연못'은 시원의 세계를 떠올리게 한다는 점에서 주목을 요
한다. "정작, 살아야 할 연꽃들은 보이지 않는 미답지"라든가 "연못 깊은
안에서 뒤적뒤적 / 소리들 기지개 켠다"는 시구가 그것인데, 이렇듯 '연
못'은 중심과 주변이 분별 되지 않고, 막 생명이 탄생하는 순간을 연상
케 하기 때문이다. 뿐만 아니라 그것은 "이무기가 산다는 둥 / 귀 달린 용
이 산다는 둥" 상상만 무성할 뿐이지 그 실체는 알 수 없는 세계이기도
하다. 그런데 이 알지 못하는 세계에 대한 시적 자아의 태도가 눈길을 끈
다. "알 수 없다는 건 / 어떤 두려움이나 공포심을 / 담고 있다"고 하면서
도 정작 시적 자아 자신은 "상상만 무성한 것"이 "연못에 대한 예의"라
하며 '알 수 없는 것'을 알지 못하는 채로 두고 있기 때문이다. 그 까닭이
궁금하지 않을 수 없다.
   알지 못하는 것이 두려움을 수반하는 까닭은 무엇일까. 그것이 좋은
것인지 나쁜 것인지 알 수 없기 때문이다. 좋은 것임을 확신할 수 없고
혹여라도 그것으로부터 해(害)를 입게 될까 불안한 것이다. 두려움은 바
로 이러한 불안에서 비롯된다. 황명자 시인에게서 이와 같은 두려움을

찾아보기 어려운 까닭은 시인의 삶에 대한 초연함과 근원적 세계에 대한 친연성에서 연원하는 것으로 보인다. 「산책 가잔 말」에는 시인의 이러한 삶에 대한 태도가 잘 드러나 있다.

산책 가잔 말에는 어슬렁거림이 숨어 있다
목적지 없이 어슬렁어슬렁 걷다보면,
꼭 정하고 나가는 게 아니라
길과 주변과 자분자분 얘기 나누게 된다
습관처럼 발길 멈추는 곳이 목적지가 되곤 한다
목적한 곳을 찾아 산책하는 건 아니지만
그런 곳이 없다면
사막을 걷는 거나 같을 테다
사막을 걷는 이들이 오아시스를 찾아다니듯
목마르게 갈구하지 않지만
아주 낯설지 않은 길을 걷는다는 건
이미 목적지를 향해 가는 것이나 마찬가지,
결국 그곳에 다다르고 말 테니까
조금 걷다 보면 연못이 있지, 삼십 분 쯤
가다보면 강변이 나오지, 등의 말들을
알려 주는 사람은 무척 재미없다
산책 가잔 한마디 말고는
무작정 걷자고만 하는 사람에겐 묘한 끌림이 있다
다음코스가 버스종점이라고 알려 주는 안내 방송보다
얼마나 더 가야 버스종점일까, 궁금해 하던 때가
그립다 그리워야 살 맛 나는 것처럼

산책시간을 애타게 기다리는 개처럼
궁금증을 불러일으키게 해 주는 사람과
늘 도사리게 되고 자꾸만 기다려지는
산책 가자는 말

　　　　　　 -「산책 가잔 말」

'알지 못하는 것'에 긍정성을 부여하고 있다는 점에서 이 시는 「숨은 연못」과 동일한 맥락에 자리한다. 길을 미리 알려 주는 것에는 "무척 재미없다"고 한다든가 "다음코스가 버스종점이라고 알려 주는 안내 방송보다 / 얼마나 더 가야 버스종점일까, 궁금해 하던 때"를 그리워하는 대목에서 이를 확인할 수 있다.

위 시에서 '모르는 것'은 '작정 없음', '목적 없음'과도 관련이 있다. 이 시는 '산책'을 소재로 하고 있는데 어디에 이를지 '모르고', '무작정' '어슬렁어슬렁 걷'는 것이 시적 자아가 원하는 산책 방법이기 때문이다. '어슬렁거림', "목적지 없이 어슬렁어슬렁 걷"는 행위는 "습의 잣대로 보면"(「뒷배」) 매우 비효율적이고 비생산적인 일임에 틀림없다. 그런데 시적 자아는 이 '작정 없음', '목적 없음'에 '끌림'을 느끼고 있는 것이다.

시인은 자신의 이상이랄까 목적을 "사막을 걷는 이들이 오아시스를 찾아다니듯 / 목마르게 갈구하지 않"는다. 중요한 것은 그럼에도 "결국 그곳에 다다르고 말" 것이라 단언하고 있다는 사실이다. 이는 "목적한 곳을 찾아 산책하는" 것이 아니라 "습관처럼 발길 멈추는 곳이 목적지가" 되는, 의식과 행위의 전도에서 가능해진다.

목적지가 있을 경우 출발지와 종착지 사이에 있는 '길'과 '주변' 대상들은 이곳에 이르기 위한 수단으로 기능하게 된다. 그러나 목적지가 없는 경우엔 상황이 달라진다. "길과 주변과 자분자분 얘기"를 나눌 수도 있게 되고 때로는 '길'이, 때로는 그 '주변'이 목적지가 되기도 한다. 목적과 수단의 경계가 무화되고 모든 대상이 목적이 될 수 있게 된 것이다. 이러한 목적 아닌 목적지는 "아주 낯설지 않"지만 매번 새로운 심상을 불러일으킬 터이다. 이것이 자아가 "산책 가자는 말"을 "늘 도사리게 되고 자꾸만 기다"리게 되는 이유다.

2.

황명자 시인이 알지 못하는 것, 모르는 것에 대해 긍정성을 부여한다고 해서 '앎'에 대한 욕망을 무조건 배척하는 것이 아님은 물론이다. 시인이 '재미없어 하는 것'은 합리적이고 필연적인 것, 인과적, 결정적인 것들이다. 역으로 시인이 궁금해 하는 것은 예측 불가능한 우연적인 것, 생성 변화하는 것, 가령 생명성과 같은 것들이다. 이러한 것들의 공통점은 근원적 속성에 가깝다는 사실일 것이다.

거절이 힘들 때
당분간이란 전제를 붙인다
당분간 헤어져 있자
당분간 생각해볼게
당분간, 당분간,
어린 연못은 무논을 당분간만 연못으로 두겠다는
관할구의 방치된 공간이었지만
당분간이란 어림없다
물빛에 어룽지는 해와 달의 속내를

알 길 없어 내뱉고 보는

허무맹랑한 처사이다

밤새 어떤 일이 일어났는지

어린 연못의 명치 아래서

콜록콜록 올라오는 진흙들의 기침소리에

연못 안 모든 생물들 그만,

단숨에 깨어나는 걸 모르고 하는 소리다

어린 연못에는 매일매일 힘찬 도약을 하는

독수리의 날갯짓과도 같은 에너지가

무궁무진 넘쳐난다는 걸 알 리 없다

어린 연못에게 당분간은 금기어처럼

말해서는 안 될 약속이다

-「방치된 연못」

"연못의 명치 아래서 / 콜록콜록 올라오는 진흙들의 기침소리에 / 연못 안 모든 생물들 그만, / 단숨에 깨어"난다는 시구에서 보듯 이 시에서도 '연못'은 역동적 생명성을 발현하는 공간으로 그려져 있다. 그런데 '관할구'는 이 '연못'에 대해 '당분간'이라는 시한을 둔 채 방치하고 있다. 일종의 관리인 셈이다. 이러한 관리는 '모름'에서 연원한다. '연못 안, 깨어나는 모든 생물들'과 매 순간 '무궁무진 넘쳐나는 에너지'를 알지 못함에서 비롯된 것이다.

이성적 주체로서의 인간은 모든 것을 경제적 효율의 관점에서 계측 가능한 대상으로 환원하고, 이를 '아는 것'의 범주 안에 포함시키려 한다. 그러나 이것이 대상의 진의를 아는 것이 아님은 물론이다. "물빛에 어룽지는 해와 달의 속내"와 생물을 깨우는 "진흙들의 기침 소리" 등이 '관할구'의 인식에 포착되지 않는 것은 바로 이 때문이다. 교환가치로 환원되지 않는 것은 무용한 것들로 분류하고 이를 그 대상에 대해 아는 것으로 간주하기에, 그들이 내리는 처사가 "허무맹랑한" 것이 될 수밖에 없는 것이다.

모례가정* 앞에 서자
우물의 역할이 문득 궁금해진다
정(井)자 모양으로 만들어진
목판뚜껑을 열고
얼굴 깊게 들이미니
녹슨 거울 같은 우물 안에 내가 있다
자화상을 떠올리게 하는 우물이다
뭔가 반성해야 할 것만 같은 우물이다
이끼에 녹슨 우물물 같은 내 모습에
울컥, 하게 하는 눈물 같은 우물이다
아도 화상이 머물렀던 모례네 집 우물이라고
전(傳)해질 뿐인데도
전(傳)을 빼고 모례가정이라 하는데도
곧잘 진실인 양 믿고 몰려드는 사람들에겐
유물로만 기억되는 우물이어서 우물의 겉모습은
무척 고즈넉하다
뚜껑만 열면 안이 둥근 하늘이
오래전부터 그랬다는 듯,
우물 안에 고여 있을 텐데
우물 문 열어 놓으면

온갖 새들이며, 색색 고운 꽃잎들,

나뭇잎들, 바람 타고 나풀나풀 날아들 텐데

모든 소리들, 문전성시 이룰 텐데

우물은 답답하겠다 굳게 갇혀서

굳이 열어 보지 않으면

정지된 조형물일 뿐이어서

*傳모례가정이라고 불리는, 모례의 집에 있었다고 전하는 신라시대 우

물

－「우물」

이 시에서 '우물'의 이미지는 '연못'과 크게 다르지 않다. 물을 담고 있는 닫혀 있는 공간으로 초현실적인 세계를 표상하고 있기 때문이다. 그러나 발현하고 있는 의미는 더 강력하고 명징하다. 이 시에서 '우물'의 의미는 시적 자아와 "곧잘 진실인 양 믿고 몰려드는 사람들"에게 각기 다르게 전달된다. 시적 자아에게 그것이 "뭔가 반성해야 할 것만 같은 우물"이자 "울컥, 하게 하는 눈물 같은 우물"이라면 후자, 즉 진실을 제대로 알지 못하는 '사람들'에게는 "유물로만 기억되는 우물"이기 때문이다. 전자의 경우 '우물'이 존재와 상호 소통하는, 살아있는 대상이라면 후자의 경우 그것은 그저 지나간 '유물', "정지된 조형물"일 뿐인 것이다.

중요한 것은 '우물'의 의미가 고정되어 있지 않다는 사실이다. 그것을 여는 방법 또한 그리 복잡하지 않다. 문만 열어 놓으면 "둥근 하늘이 / 오래전부터 그랬다는 듯, / 우물 안에 고여 있을" 것이고 "온갖 새들이며, 색색 고운 꽃잎들, / 나뭇잎들, 바람 타고 나풀나풀 날아들" 것이며 "모든 소리들, 문전성시 이룰" 것이다. 이 모든 것이 "뚜껑만 열면" 이루어진다

는 것이 사실 허무하게 느껴지기도 한다. 그러나 이 가벼움이야말로 바로 이 작품의 핵심이라 할 수 있다.

시인의 시세계에서 현실과 초월적 세계의 경계가 그리 높지 않다. 그리고 그 의미 또한 절대적 위치에 놓여있지 않다. 시인이 닫혀 있는 공간인 '우물', '연못'을 표상으로 삼고 있는 까닭이 여기에 있다. 무한히 열린 공간인 '하늘'이 우물과 연못의 모양대로 담긴다는 역설이 가능해지기 때문이다. 전일적 세계가 중심과 주변의 분별이 없는 세계라 하지만 서정시에서 전일적 세계와 현실 세계는 이항 대립적 관계로 전자가 중심의 위치를 선취하는 것이 일반적인 사실이다. 시인의 시세계에서 '우물'이나 '연못', '못', '소' 등은 그러한 일방향적인 권위를 무화시키는 장치로 기능하고 있다.

3.
황명자 시인의 시에서는 인간과 사물, 높고 낮음 등과 같은 다양한 관계의 중심과 주변이 해체, 전복되는 양상을 어렵지 않게 확인할 수 있다. 「반곡지」도 그러한 경향의 작품 가운데 하나인데 특히 이를 통해 서정적 동일성에 이르는 과정에 주목할 필요가 있다.

길의 감정이 들어와 눈물을 만들어낸다지
이른 아침 인적 없는 고갯길 넘어보지 않으면 모를 일
그래서 이른 아침이면 온갖 산짐승들이 늑대울음으로
우짖는 것인가
누군가를 떠나오는 길
또 보내고 오는 길

그리고 누군가의 뒷모습이 마지막인 줄도 모르고

손 흔들고 돌아오는 길

반곡지 노목 옆에 숨어 길이 흘리는 눈물 보았다

안개라고도 하고 이슬이라고도 하는데

길이 흘리는 눈물이다

슬프단 생각이 울렁울렁 올라오는 걸 보니

눈물이 왈칵 쏟아지는 걸 보니

길의 눈물임이 자명하다

못은 이미 여러 차례

슬픔을 걷어내고 있다

뿌옇고 습기 찬 안개 같은 눈물 흩뿌리면서

— 「반곡지」

위 시에서는 독특하게도 '산짐승'뿐만 아니라 '길', '못'과 같은 무생물에도 감정을 부여하고 있다. 이를 의인법으로 볼 수도 있겠지만 시인의 의식은 사물의 인간화라는, 그러한 인간 중심의 시선에서 빗겨나 있다. 그보다는 생물과 무생물, 짐승과 인간의 경계를 허물고 '슬픔'이라는 감정을 통해 동화, 교류하는 존재들로 인식하고 있다는 것이 올바른 표현일 것이다.

이 시에서 사물과 시적 자아가 서정적 동일성을 이루는 과정은 놀랍고도 아름답다. 특히 "길의 감정이 눈물을 만들어낸다"라는 것과 "슬프단 생각이 울렁울렁 올라오는 걸 보니 / 눈물이 왈칵 쏟아지는 걸 보니 / 길의 눈물임이 자명하다"라는 시구는 눈길을 끌기에 충분하다. "길의 감정이 눈물을 만들어"내고 시적 자아는 자신이 느끼는 이유 없는 슬픔, 눈물로 "길의 감정"을 확인하고 있기 때문이다. 보통 원인이 되는 서사가 그려지고 그에 걸맞은 정서가 뒤따르는 것이 일반적인 표현 방법일 터인데 여기서는 무턱대고 '눈물을 왈칵 쏟아'내고 이를 통해 "길의 눈물임이 자명하다"라고 확인하고 있는 셈이다. "길의 감정"이 먼저이고 그것을 온전히 자신의 것으로 받아들이는 시적 자아의 마음이, 그리고 자신의 까닭 없는 슬픔을 근거로 "길의 눈물임이 자명하다"라고 확신할 수 있는 그 단단한 동일성이 서정의 맛을 제대로 살려내고 있는 것이다.

　시인의 시에서 '우물'은 "울컥, 하게 하는 눈물 같은 우물"이었다. 위 시의 '못' 또한 '눈물'과 연결되어 있다는 점에서는 동일하다. 여기서 '눈물'은 그 이유가 명확하지 않은 것이 사실이다. 그의 시에서는 이처럼 "이유 없는 슬픔 / 이유 없는 눈물"(「사랑은 눈물의 씨앗」)이 우물, 못 등과 같은 상관물을 매개로 나타난다는 특징이 있다. 이러한 '못', '우물' 등이 눈물, 슬픔과 긴밀하게 관련되는 것도 어떤 근원적 세계가 매개되어 있기 때문이다. "생명체로서 가장 먼저 느낀 감정이자 / 죽음 앞에서 / 가장 많이 느끼는 감정"(「석양증후군」)이 "아픔과 슬픔이 합쳐진" 두려움이었으며 '못'이나 '우물'은 그러한 세계를 환기하게 하는 상관물이기에 그러하다.

　　산동네 지나가는데 하심사(下心寺)란
　　절 표지판이 눈에 들어온다
　　이곳을 지나는 사람들은
　　무조건 마음을 내려놔야 한다고 누군가
　　농담 삼아 내뱉는다
　　꽃들 지천이어도 이름 없이 그냥 꽃이라는
　　산골사람 보았다 꽃이 예쁘면 그만이지

이름 알아 뭐하랴

따지고 보니 사람처럼 호적에 올릴 것도 아닌데

이름 안들 머릿속 복잡한 일 하나 더 늘어날 뿐이다

이름 없는 개도 주인만 졸졸 잘 따른다

뒷배가 든든해야 세상살이 편하다고

뉴스에선 오만상 개구신을 떨어쌓는데

무심한 삶 같지만 복장 편한 그들,

습의 잣대로 보면 답답하겠지만

나름대로 뒷배가 든든하다

생면부지 삶들과 공생 공존하는

그들의 뒷배는 바로 하심이다

— 「뒷배」

'산골사람'이라면 흔히 이곳에 사는 꽃과 나무, 동물의 '이름'을 비교적 자세히 알 것이다. 그런데 위 시에 나오는 '산골사람'은 "꽃들 지천이어도 이름 없이 그냥 꽃"이라 부른다. "꽃이 예쁘면 그만이지 / 이름 알아 뭐하랴", "이름 없는 개도 주인만 졸졸 잘 따른다"는 것은 명명되는 '이름'보다 본질이 더 중요하다는 암시일 것이다. 시 전체 내용을 보면 이 시에서 '이름'의 의미는 단순히 타자와 구분하기 위한 기표에 그치지 않기 때문이다. 그것은 중심과 주변, 높고 낮음을 구별하는 기표이며 그에 따른 힘을 전제하고 있다.

이 시의 제목이기도 한 '뒷배'는 '이름'이 의미하는 바와 다르지 않다. 자아의 고유한 가치가 아닌 정치, 사회, 경제적 신분을 의미하는 것이기 때문이다. "뒷배가 든든해야 세상살이 편하다고 / 뉴스에선 오만상 개구신을 떨어쌓는" 것이 우리의 현실이다. 흔히 회자되는 '금수저', '흙수저' 등과 같은 명명의 기저에 이 '뒷배'가 자리하고 있는 것이다. 이러한 '이름'의 가치에 '무심한' 이들은 "습의 잣대로 보면 답답"한 사람들일지도 모른다. 그러나 '습'의 관점에서 벗어나 있는 시적 자아에게 그들은 "나름대로 뒷배가 든든"한 존재들이다.

이들의 '뒷배'는 '하심(下心)'이다. 이 시에서 '하심'이란 '마음을 내려놓는 것'을 의미한다. 곧 '이름'에 연연해하지 않는 마음이 '하심'일 터다. "이름 안들 머릿속 복잡한 일 하나 더 늘어날 뿐"이라 인식하는 이들에게 존재는 지위의 높고 낮음, 가진 것의 많고 적음으로 구별되지 않는다. "생면부지 삶들과 공생 공존"할 수 있는 까닭이 바로 여기에 있는 것이다.

황명자 시인의 시 세계에서 서정적 자아는 근원의 세계, 전일적 세계에 친연적인 양상을 보여준다. 사실 서정시에서 전일적 세계에 대한 지향을 드러낸다는 것은 그리 특징적이라 할 만한 것이 못 된다. 어쩌면 그것은 서정적 동일성을 본령으로 하는, 서정시의 운명이자 보편적 주제라 할 수 있을 것이기 때문이다. 문제는 그것을 구현하는 방식이다. 시인의 시에서는 자아가 대상에 동화되고 대상이 자아 속으로 들어오는 무경계의 경지가 폭넓게 포진되어 있다.

시인의 시의식은 주체와 객체를 차갑게 가로지르지 않는다. 현실과 초월적 세계의 경계가 높지 않다. 무한이 유한 속에 들어앉는가 하면 목적과 수단이 뒤집히기도 한다. 그의 시에서는 거의 무의식적인 듯 중심과 주변이 해체, 전복되어 표현되고 있다. '친연적'이라 한 까닭이 여기에 있다. 시인은 그러한 세계를 의식하지도, 또 의도적으로 그것을 구현하려 하지도 않는다. 그러나 조금만 세심하게 들여다보면 이러한 세계에 대한 인식이랄까 감각이 그의 시에 얼마나 농밀하게 배어있는지 알 수 있다. 예기치 않은 순간에 말해지지 않은 말이 들릴 수도 있을 것이다. 이런 면이야말로 『당분간』을 보다 꼼꼼하게 읽어야 할 이유일 것이다.

생을 건너가는 힘,
그 역동적 서정성의 아름다움

엄태지 시인이 첫 번째 시집을 상재한다. 2018년 등단했으니 등단한 지 5년 만에 시집을 내는 셈이다. 짧지 않은 시간 동안 써온 시편들임에도 여기에서는 일관되게 천착해온 주제가 뚜렷하게 드러난다는 특징이 있다. 그것은 낮고 낡고 처연한 존재들에 대한 오래고 깊은 응시와 사랑이다.

일찍이 백석은 시인을 '슬픈 사람'으로 언명한 바 있다. "진실로 인생을 사랑하고 생명을 아끼는 마음이라면 어떻게 슬프고 시름차지 아니하겠"냐고, 시인이란 "세상의 온갖 슬프지 않은 것에 슬퍼할 줄 아는 혼"이라 했다. 슬픔에 예민한 존재가 시인이라는 의미일 터다. 시인이라면 슬픔에 예민해야 한다는 뜻이기도 하다. 이때 슬픔이 개인에 한정된 구심적 정서가 아님은 물론이다. '세상', '인생', '생명' 등, 타자와 세계로 확장된 슬픔이기 때문이다. 이러할 때 슬픔은 사랑과 다른 것이 아니게 된다.

이런 맥락에서라면 엄태지는 '시인'임에 틀림없다. 그의 시를 읽어보면 엄태지는 '슬픈 사람'이자, '슬퍼할 줄 아는 혼'을 지니고 있음이 분명하기 때문이다. 그렇다고 그의 시나 시적 대상이 슬픔에 매몰되어 있다는 것은 아니다. 사실 시인은 슬픔이라든가 사랑이라는 말을 거의 쓰지 않는다. 시인의 시를 읽다 보면 슬픔이나 사랑, 희망이라는 말은 장식장 속에 놓여 있는 유리잔이나 교실 벽에 걸려 있는 교훈 같다는 생각이든다. 비루한 현실을 한 발 한 발 힘주어 디뎌가는 존재들, '울음'을 살고 '주름'이 되어가는 존재들, 드디어는 녹고 흘러내려 스며드는 존재들이 시인의 시적 대상들인데 이들의 길고 더딘 역사를, 그 뜨겁고 '붉은' 삶을 시인은 이런 관념적인 말들로는 풀어내기 힘들었을 것이다. 그래서 그는 좀 더 실존적인 '울음'이라는 단어를 즐겨 사용하는 것이 아닌가 한다.

1. 울음

겨울냉이가 농로에 붙어 몸을 웅크리고 있다
인력사무실 연탄난로 가에 모여 있는 붉은 손들처럼
질척거리는 하루 어디쯤
언 깊이를 알 수 없는 길에 뿌리내리고

펼치는 붉은 잎맥들
바람은 치불어 사방이 얼어붙은 길
여밀 것도 없는 형편이란 그저 웅크리는 일이라는 것일까

양지쪽으로 몸을 기댄 목숨이란 게
가까이 다가가 들여다보면 붉게 살아 붙어
막막하다는 말마다 그래도 꽃눈 트는 자리 보였다

살아낸다는 말이 참 뜨겁다
눈은 무엇의 경계처럼 적요하여
그 경계에 뿌리내린 시간 아득도 하여
빨갛게 부풀어 오르는
아, 저 잎들
잎들

쪼그려 앉아 허리를 숙이고서야 보였다
겨울을 건넌다는
그 얼어 터지는 붉은 시간이

-「흠너머에서」

　　시인의 시선은 부단히 "이기는 법보다 지는 법에 더 익숙해진"(「막걸리 한 병 놓고」) 존재, "수 없이 부러지고 허물어지는"(「민들레 골목」) 삶에 가 닿는다. 위 시의 '겨울냉이'도 이러한 존재를 표상하는 상관물 중 하나이다. 추운 겨울 "농로에 붙어 몸을 웅크리고 있"는 '겨울냉이'는 "인력사무실 연탄난로 가에 모여 있는 붉은 손들"과 오버랩된다. "바람은 치불어 사방이 얼어붙"었는데 "여밀 것도 없는 형편"의 이들은 "웅크리는 일"밖에 할 수 있는 게 없어 보인다. 이들에게 삶이란 '사는 것'이 아니라 '살아내야' 하는 것이다. 하루하루가 막막한 삶이다.
　　그런데 이들은 '막막함' 속에 그저 침잠해 있는 존재가 아니다. "막막하다는 말마다 그래도 꽃눈 트는 자리 보였다"는 시구에서 이를 확인할 수 있다. 무력해 보이던 '인력사무실'의 '붉은 손들'은 "붉게 살아 붙"은 '꽃눈'의 이미지로, "빨갛게 부풀어 오르는 잎들"의 이미지로 전화한다. "얼어 터지는" 겨울의 하얀 이미지와 그것을 녹이는 뜨겁고 붉은 시간의 조응이 처연하면서도 아름답다. 그것은 곧 '막막함' 속에서 묵묵히 겨울을 건너는 존재의 처연함이자 아름다움이다.

중요한 것은 이것이 멀리서는 보이지 않는다는 사실이다. 서정적 자아가 "가까이 다가가 들여다"보고 "쪼그려 앉아 허리를 숙이고서야", "꽃눈 트는 자리"를 볼 수 있었던 것처럼 말이다. 이번 시집에서 그리고 있는 대상들은 시인이 가까이에서 오래, 깊게 응시해 온 존재들임을 느낄 수 있다. 그 대상들이 인간 존재에 한정되어 있는 것도 아니다. 시인 자신이기도 한 서정적 자아는 이들을 응시하던 거리마저 무화시키고 동일화를 이룬다. 그 매개가 되는 것이 '울음'이다.

목재소 앞을 지나다가 보았습니다
나무는 층층이 울음을 받아 적었다지요
목판을 받아내는 손도 그러했다네요

날개를 가진 것들이 슬어놓았을 울음에 톱날이 지나갈 때
어깨에 내리는 생나무 톱밥
그들도 노을에 이마를 대고 울었던 적 있었다네요

하루의 문턱에 울음을 쏟아놓고 넘어설 때
또 하루는 어디 닿을 곳이 있어 잎맥을 뻗어갈까 싶었지요

여기와 저기를 건너다니며 우는 생이란 게

한 왕조의 실록처럼 장경각 목판처럼
거창한 내력일까마는
저 노동의 집중이 받아 적는 울음의 변곡

둥근 목판을 보면 난
엘피판 바늘을 그 위에 올려놓고 싶어지지요
둥글둥글 풀려나올
울음의 내력을 듣고 싶어
                        -「목재소 앞을 지나다가」

　　이 시는 원과 선의 조응으로 '울음'의 의미를 구축하고 있어 이채로운
경우이다. 목재소에서 '나무'가 둥근 목판으로 잘리고 있다. 나이테가 보
였겠다. 시인은 이를 "층층이 울음을 받아 적"은 기표로 의미화한다. 그
런데 '울음을 받아 적었다'는 표현에서 보듯 그 '울음'은 온전히 나무의
것만은 아니다. 그것은 "날개를 가진 것들이 슬어놓았을 울음"을 자신의
것으로 받아들인 '울음'이다. 타자의 슬픔과 그로 인한 자신의 슬픔이 켜
켜이 쌓인 것이 나이테라 보는 것이다. "목판을 받아내고 있는 손"도 '울
음'을 받아내고 있다. '나'는 그 "울음의 내력"을 듣고 싶어한다. "울음의
내력"이 '둥근 목판'(원)과 "엘피판 바늘"(선)의 겹쳐짐을 통해 풀어진다
는 발상은 타자의 울음을 받아내는 시적 대상들을 환기하게 하면서 의
미를 심화하는 장치가 되고 있다. 이 시에서는 이처럼 울음의 주체보다
울음을 받아내는 존재에 초점이 맞추어져 있다.

이와 더불어 또 하나 주목할 부분이 있는데, "그들도 노을에 이마를 대고 울었던 적 있었다네요"가 그러하다. 이토록 순하고 아름다운 슬픔이라니. 무엇보다 "그들도"라는 표현이 절묘하다. 여기서 '그들'은 "날개를 가진 것들"이거나 평생 그 울음을 받아낸 '나무'일 것이다. 그런데 '도'라는 보조사로 '그들' 외의 다른 대상 가령 "목판을 받아내고 있는 손"이나 서정적 자아인 '나'도 이 '울음'에 참여하게 된다. "또 하루는 어디 닿을 곳이 있"을까 하는 걱정과 "여기와 저기를 건너다니며 우는 생"은 어느새 이들의 것으로 건너오게 된다. '나도 노을에 이마를 대고 울었던 적 있었는데 너도 그렇구나'라는 의미를 내포하고 있는 언어가 '도'인 것이다.

이 시에서 울음을 받아내는 존재들이 전면화되고 있지만, 이들은 곧 울음의 주체이기도 하다. '울음'을 가져본 자가 '울음'을 알아보는 법이다. '울음'을 매개로 주객의 경계를 무너트리고 서정적 동일화를 구현하고 있는 것이 엄태지 시의 특징이다.

「조의귀뚜라미제문」 또한 동일한 문법을 구사하고 있지만, 파괴적인 이미지와 반전으로 서정성을 극대화 하고 있는 작품이라는 점에서 주목을 요한다.

신발 바닥에 귀뚜라미 한 마리가 밟혀 있다

또르르 또르르

한 울음이 뭉개져 있다

난 걸을 때마다 얼마나 많은 울음을 밟고 왔을까

그래서 내 발은 요족을 앓는다

주기적으로 딱딱해진 울음을 잘라줘야 하는데

나의 칼은 자꾸 미끄러져 내 물렁한 생살을 찢는다

뚝뚝 떨어지는 선혈의 울음통

내 안에 참 선명한 울음이 돌고 있었다는 것

걸을 때마다 그래서 내 길은 또르르 또르르 울었다는 것

어쩌면 귀뚜라미도 요족을 앓고 있는지 모른다

나는 몇 번인가 그의 발바닥에 뭉개진 단명의 생

맑은 노래를 가지라고 으깨진

울음이 걸어와 멈춘 밑창을 들여다본다

귀뚜라미 한 마리가 내 발을 제 발인 것처럼 안고 있다
                              -「조의귀뚜라미제문」

이 시에서 '울음'은 '신발 바닥'에 밟혀 있는 '귀뚜라미 한 마리'에서 비롯된다. '뭉개진 귀뚜라미'가 떼어내 버려야 할 단순한 사체가 아니라, 현실에 계속 개입하는 존재로 의미화 되고 있다는 점에서 이채롭다. '귀뚜라미'는 '울음'이 되어 자아를 성찰하게 하고 변화시키는 기제가 되고 있

다. 서정적 자아는 "걸을 때마다 얼마나 많은 울음을 밟고 왔을까"라는 성찰에서 나아가 이로 인해 '요족'을 앓는다는 인식에 이르고 있기 때문이다.

"내 안에 참 선명한 울음이 돌고 있었다는 것"에서 보듯 이 시에서 '울음'은 귀뚜라미 그 자체이자, '나'의 혈관을 따라 돌고 있는 피와 등가 관계에 놓이고 있다. '울음'을 매개로 '울음'의 주체와 객체의 경계가 무화되고 있다는 점에서 「목재소 앞을 지나다가」와 동일한 구도를 보여준다. 그런데 이 시는 여기에서 한 발자국 더 나아가 밟힌 귀뚜라미와 서정적 자아의 위치를 전복시킨다. "귀뚜라미도 요족을 앓고 있는지 모른다"거나 "나는 몇 번인가 그의 발바닥에 뭉개진 단명의 생"이라는 시구에서 이를 확인할 수 있다.

이 시에서 '울음'은 명사가 아니라 동사이고 관념이 아니라 실존이다. 내가 '울음'을 밟은 것이 아니라 '울음'이 내게 걸어와 멈춘 것이다. "맑은 노래를 가지라고" '울음'이 내게로 와 '으깨'졌다. 이로써 '울음'은 내가 되고 '나'는 '울음'을 사는 존재가 된다. '죽은 귀뚜라미'라는 '울음', '울음'을 살고 있는 '나', '울음'은 이처럼 삶과 죽음의 경계도 넘나들고 있다.

이 시집에서 시인이 그리고 있는 삶은 '울음'과 싸우는 삶도, '울음'에 침잠해 있는 삶도 아니다. '울음'과 함께 '울음'이 되어 그렇게 '얼어붙은 겨울'을 건너는 삶이다. 엄태지 시에서 '울음'은 슬픔을 넘어서는 역동적 정서다.

2. 주름

　시인의 작품에서 '울음'과 긴밀하게 연결되어 있는 것이 '주름'이다. '주름'은『문의 가는 길』에 자주 등장하는 시적 소재 가운데 하나이다. 「주름의 귀퉁이」, 「꽃분홍 주름론」, 「주름, 주련」 등 제목에서도 어렵지 않게 찾아볼 수 있거니와 이 외 다수의 시편에서도 쉽게 눈에 띈다. '주름'에는 오랜 시간의 흐름이 압축되어 있다. '나이테'가 '울음'의 역사였듯, '주름'에 포회되어 있는 시간 또한 '울음'을 함의하고 있다. 시인은 존재가 묵묵히 디뎌온 오랜 시간에, 그리고 거기에 내재되어 있는 '울음의 내력'에 관심이 많다. '주름'이 그의 시선을 자주, 오래 붙잡아 두는 까닭이 여기에 있다.

　　　팔순 노모가 내 저녁밥을 퍼주고 앉네
　　　상 귀퉁이에

　　　저 자리는 언제나 비좁은 자리지
　　　한쪽 면을 다 차지해도 귀퉁이로 몰리는

　　　귀퉁이로 앉아
　　　구부정하게 쌓아 올린 저 수북한 주름

　　　주름이 숟가락을 들고 주름이 우물거리다
　　　또 한 겹 주름을 늘려가는

나는 그것을 뒤적이다
한쪽 끝을 잡아당겨 보는 것이지
주욱 풀려나오는 주름의 일생

한 여자가 달려 나오고 올망졸망 붙어있는 입들
주위가 밝을수록 더 깊이 어두워지는 주름 속이었지

한 뭉치 주름으로 나의 면이 생겨났고

나는 면과는 가깝고 밥솥과는 멀고
귀퉁이와는 뚝 떨어져 있고

우물우물 또 한 숟가락 시간을 넘기는 주름의 입을 보네
한 숟가락 저녁이 툭툭 걸리는
내 면의 귀퉁이를

-「주름의 귀퉁이」

　　이 시에서 '주름'은 팔순 노모이자 그의 길고 지난한 삶을 표상한다.
'나'는 그 '주름'을 '주욱' 늘여본다. 그것은 '울음의 내력'을 듣는 행위와
다른 것이 아니다. '주름'에는 "한 여자가 달려 나오고" 그 '여자'에게는
'올망졸망' '입들'이 붙어있다. 여자의 '울음의 내력'은 바로 이 '입들'에서
비롯된다. '어머니'인 '여자'에게 가장 두려웠던 것은 이 '입들'이 아니었
을까. 굶기지 않기 위해 더 잘 먹이기 위해 "더 깊이 어두워지는 주름 속"
이었을 터다. '나'도 "주름의 입"이 두렵다. 먹는 것이란 곧 사는 것과 같
은 것이기 때문이다. "우물우물 또 한 숟가락 시간을 넘"긴다고 표현한

까닭이 여기에 있다. "한 숟가락 저녁"조차도 수월하게 넘기지 못하고 "툭툭 걸리는" 팔순 노모의 "주름의 입"이 '나'는 못내 아프다.

팔순인 '여자'는 아직도 '어머니'이다. '나'는 노모가 습관적으로 앉는 상 귀퉁이에 시선을 둔다. 귀퉁이는 모서리다. 선과 선이 만나 모서리가 생기고 그 모서리가 있음으로 해서 면이 생긴다. 모서리는 모가 진 가장 자리로, "언제나 비좁은 자리"다. "한 뭉치 주름으로", "주름의 귀퉁이"로 "나의 면이 생겨났"다는 인식은 이런 기하학적 이치에서 나온 것이다. "나는 면과는 가깝고 밥솥과는 멀고 / 귀퉁이와는 뚝 떨어져 있다"는 것은 다시 말하면 '어머니는 면과는 멀고 밥솥과는 가깝고 귀퉁이에 자리 한다'는 말이 될 것이다. 우리가 '면'과 가깝다면 그것은 '귀퉁이'에 앉은 누군가가 있었기 때문이다.

시인의 이러한 인식은 어머니와 아들이라는 친연적 관계에만 해당되는 것이 아니다. 「꽃」이라는 작품에서 시인은 "나 건재하게 살아있는 것도 / 누군가 내 곱창순대가 돼 흐물흐물 썩어가고 있기 때문"이며 나아가 "싱싱한 것 푸른 것의 본질은 썩는다는 것", "잘 썩어가는 것이 많을수록 세상은 활짝 핀다"고 언표하고 있기 때문이다. 이러한 맥락에서라면 '주름'이 시간의 흐름을 함의하고 있다고 할 때 그것은 결국 '썩어가는 것'이라 할 수 있을 것이다.

> 메론바는 실온에 오래 둘 것
> 흘러내리는 것이 지상을 풍성하게 하므로
>
> 잘 큰 나무를 보면 군침이 도는 이유
> 땅에서 난 것은 땅으로 흘러내릴지니

지상의 비옥함을 위하여
익어가는 모든 주름은 녹아 풍요로울지어다

군침 도는가 입들이여
잘 녹아 합일할지니
서로의 식탁에서 너는
나에게로 스미는 지상의 섞임

모든 뿌리의 근원은 돌아감에 있으므로
무덤에서 무덤으로 건너가는 꽃들이 있다고 치자
그대들에게서 어느 별의 치자꽃 향기가 난다면 어떨까
이 지상의 끈적함이여

창세로부터 흘러내리는 저녁
메론바는 멜론으로 건너가는 허공이 있을지니

귀 있는 자 들을지어다
                              -「창세론」

　위 시에서 '녹고 흘러내리는 것'은 '썩는 것'과 동일한 의미망에 자리
한다. "잘 썩어가는 것이 많을수록 세상은 활짝" 피어난다는 것과, "흘
러내리는 것이 지상을 풍성"하게 한다는 것은 같은 의미이기 때문이다.
"익어가는 모든 주름"도 예외가 아니다. "땅에서 난 것은 땅으로 흘러내"
리고 "익어가는 모든 주름"도 결국 녹아 흐른다. 그러나 이는 단순히 존
재의 종말, 소멸을 의미하는 것이 아니다. 그것은 타자와의 '합일'이고

'스밈'이며 '섞임'이다. '울음' 또한 합일의 매개였음을 상기하면 엄태지 시에서 '주름', '울음'은 세계 내 존재의 삶의 방식과 긴밀하게 관계되어 있음을 알게 된다.

"모든 뿌리의 근원은 돌아감에 있"다. 이런 논리대로라면 우리는 잠시 인간, 나무, 꽃의 모습으로 살고 있는 것일 뿐 '녹고 흘러내려 돌아가게' 되면, 구분이 없는 존재로 바뀌게 된다. 지상에서의 삶도 크게 다른 것이 없다. 우리는 우리 아닌 존재에 기대어 살며, 서로에게 스미고 섞이고 있기 때문이다. 각자도생만이 살길이라는 냉소가 편재하고 있는 오늘날의 사회에, 우리는 담백하게 '각자도생'으로 살 수 없는 존재라는 당위적 사실을 경쾌하게 환기시켜주고 있다.

이 시는 「창세론」이라는 제목에 성서적 문체로 쓰여져 있지만 불교적 세계관을 드러내고 있다. 존재의 변이가 인간과, 인간 아닌 생물의 관계를 넘어 생물과 무생물, 자연과 인위의 관계를 가로지른다는 점에서 불교적 세계관도 초월하고 있는 것처럼 보인다. 가령 「스며드는 자전거들」에서는 "안장은 갯버들로 핸들은 뿌리로 / 각들은 다 꽃이" 되는 것으로 그리고 있기 때문이다. 위 시에서도 '메론바'가 '멜론'으로 건너간다지 않은가. 실로 엄태지 시에서 경계의 무화는 대상을 가리지 않고 이루어진다. 이 시는 세상의 거창한 '론(論)'들의 권위를 회화화하는 느낌을 주는 것도 사실이지만 그 함의하고 있는 의미는 결코 가볍지 않다.

저것은 허공
먼 우주에서 날아온 어느 뜨락의 한 잎
또는 바람이 남긴 족적

울타리에서 장미가 제 우주관을 펼쳐 보여요

노을이라고 해도 되겠고
두고 온 어느 한 때라고 해도 되겠어요

꽃으로 한 순간
흩어져 바람으로 한 순간
강으로 흘렀다가 돌아와 내 화분에서 자라는
가만히 들으면 사막을 건너는 낙타의 방울소리가 들려요

무수한 이름들이 참 붉어요
네 안에서 반짝이는 별들아
풀들아 나무들아 내 곁을 스쳐간 주름들아

하나하나 떠올려보면
붉지 않은 것이 없어요

— 「장미」

　모든 존재는 서로에게 스미고 섞인다는 전일적 존재론이 시인의 시의
식었다. '장미'에는 "먼 우주에서 날아온 어느 뜨락의 한 잎", "바람이 남
긴 족적", "노을", "두고 온 어느 한 때" 등이 스며있다. "가만히 들으면"
'장미'에서 "사막을 건너는 낙타의 방울소리"가 들린다. 시공간과 존재의
경계를 넘는 시적 의장을 통해 신비한 아름다움을 직조하고 있다.
　울타리에 핀 장미는 어느새 "내 화분에서 자라는" 그것과 동일화된다.
그 사이에는 "꽃으로 한 순간", "흩어져 바람으로 한 순간", "강으로 흐르

던" 어느 순간이 있었다. 엄태지 시인은 어느 한 순간, 어느 한 장면에서 긴 역사를 헤아리는 감각이 탁월하다. 그가 읽어내는 길고 긴 '울음의 내력'도, '주름'에 함의된 시간도 찰나의 한 장면에서 풀어내고 있지 않은가.

이 시에서 눈길을 끄는 것은 '붉음'이다. 이는 장미의 색에서 비롯된 것이겠으나 "무수한 이름들이 참 붉"다는 것에서 그것은 "인력사무실 연탄난로 가에 모여 있는 붉은 손들"과 '얼어터지는 겨울에 붉게 살아붙은 겨울냉이'(「흠너머에서」)를 환기하게 한다. 그러므로 '별들', '풀들', '나무들', "내 곁을 스쳐간 주름들"이 모두 '붉고 반짝인다'는 것은 이들 모두 누군가의 '울음'을 받아내는 존재이자 '울음'을 사는 낮고 뜨거운 존재였다는 의미로 읽을 수 있다. 엄태지의 시세계에서 모든 존재는 결코 고립적으로 존재하지 않으며 이렇게 끈끈하게 연결되어 있다.

'장미'에는 온 우주의 시간과 공간과 존재가 스며있다. 모든 것이라는 것은 결국 아무것도 아니라는 의미와 통하는 법, '장미'가 결국 '허공'일 수밖에 없는 이유다. '장미' 한 잎에도 온 우주를 담고 그것을 '허공'으로 변주할 수 있는 이가 엄태지 시인이다.

3. 꽃, 문의

어둠도 저리 환해질 수 있단다
나는 목련꽃 아래서
목련이 피워 올린 지층의 어디쯤을 바라본다
뿌리로 뻗어갔을 구간과

별자리처럼 펼쳤을 그 노동에 대해

보아라, 지상의 푸른 나무 아래를

거기 우리는 의자 하나 놓고 앉아

다만 꽃과 그늘진 바람에 관해서만 이야기하지

저토록 환한 순도의 노동을 기억해주었던가

저 눈부신 물 빛

뿌리가 밀어 올린 어둠의 흰 근육들이 툭툭 불거진다

물관으로 이어진 막장

갱도는 목련 꽃송이만 한 불빛으로 환했다고 하자

그리하여 목련이 핀다

나는 이제야 고개를 들고 본다

저 노을과 강과 한 마리 날아가는 저녁 새

무엇이 지고 흘러가는 것이냐

어둠을 밟고 선 지상의 불빛이여

어둠이 아니었다면 어떻게 일어났겠느냐

목련은 송이송이 어둠을 켜 들고 있다

무수히 뻗어간 뿌리의 불빛을

-「목련꽃 아래서」

이 시에서 목련꽃은 '어둠', 더 구체적으로는 '환해진 어둠'이다. 목련
꽃이 피면 모두가 "꽃과 그늘진 바람에 관해서만 이야기"하지만 시인은
어둠과 밝음의 관계, 그것들의 '노동'에 대해 생각한다. 그 '노동'은 "뿌리
가 뻗어갔을 구간", 즉 '지층'에서 이루어진다. 그리고 일반적으로 그것
은 어둠의 공간이다. 아름답고 환한 목련꽃을 피우기 위해서는 어둠 속
에서의 노동이 필요하다는 의미일까. "어둠을 밟고 선 지상의 불빛이여

/ 어둠이 아니었다면 어떻게 일어났겠느냐"라는 시구를 보면 그런 것도 같다. 그런데 이런 인식은 너무 뻔하고 교훈적이다. 시적이지 않다는 의미다.

이 작품이 시가 되는 지점은 어둠과 밝음이라는 이분법적 대립이 깨어지는 대목이다. 우리가 어둠이라고 미루어 짐작하는, 혹은 그렇게 보이는 시공간이 사실은 "목련 꽃송이만 한 불빛으로 환했다"는 것이고 우리가 환한 불빛으로 보는 목련꽃은 "송이송이 어둠"이라는 것이다. 밝음을 위해 어둠이 존재하는 것이 아니다. "어둠의 흰 근육", "송이송이 어둠"에서 보듯 밝음은 곧 어둠이고 어둠 안에 이미 밝음이 있었던 것이다. "저 노을과 강과 한 마리 날아가는 저녁 새"를 두고 "무엇이 지고 흘러가는 것이냐"라고 묻는 까닭이 여기에 있다. 뜨고 지는 것, 가고 오는 것의 의미 또한 이와 같은 이치에서 대립적 관계는 파기된다. 이러한 인식을 보다 구체적으로 보여주고 있는 시가 「꽃의 경계」이다.

> 철조망 울타리를 넘어온 라일락이 이쪽에
> 향초 같은 향기를 풀어놓네
> 이쪽이 뭐 그리 궁금하다고
> 저 쪽문의 틈을 비집고 넘어왔을까 몰라
>
> 영산홍도 넘어오고
> 쥐똥나무도 넘어오고
>
> 내가 저쪽을 궁금해 하면서 늙어가듯
> 저쪽에서는 이쪽이 궁금한 모양

어쩌면 이쪽저쪽이 한 세계인지 몰라
가고 오는 일이 꽃 한 송이 피었다 지는 일일까 몰라

새 풀 먹인 베옷 같은 꽃송이들이 참 곱기도 하지
저쪽에서 넘겨받은 수의 같은 꽃 한 벌
흰나비가 꽃의 경계를 넘어가네 이 봄날
-「꽃의 경계」

　"철조망 울타리"를 경계로 '이쪽'과 '저쪽'으로 구분되는데, 그 각각의
방향은 삶과 죽음의 세계를 표상한다. 여기에서 죽음은 비극적으로 그
려지지 않으며 '라일락 향기', "새 풀 먹인 베옷 같은 꽃송이들"과 같이
오히려 아름다움으로 은유되고 있다. 시인은 "내가 저쪽을 궁금해 하면
서 늙어가듯 / 저쪽에서는 이쪽이 궁금한 모양"이라며 그 경계를 한껏
낮추는가 하면 "어쩌면 이쪽저쪽이 한 세계인지 몰라 / 가고 오는 일이
꽃 한 송이 피었다 지는 일일까 몰라"라고 경계를 무화시키고 있다. 생과
사라는 견고한 이항대립조차도 과감하게 허물고 있는 것이다.
　어떻게 삶과 죽음이 한 세계일 수 있는가 의아하지만, 앞에서 살폈던
시인의 순환론적 세계관이라든가 전일적 자연관을 상기하면 이는 금방
이해할 수 있게 된다. '장미' 한 송이에도 '무수한 이름'의 탄생과 소멸이
내재되어 있으며 그 삶들은 어느 하나 "붉지 않은 것이 없"었다.(「장미」)
삶 속에 이미 죽음이 자리하고 있으며 죽음은 또 다른 삶으로 계속 이어
지고 있는 것이다.

　나는 이쪽에 서 있다 궁촌리 겨울 강

그 위에 눈은 내려 모든 경계는 모호하다

그러나 저 얼음 아래로는

얼마나 깊고 건강한 강이 흘러가는가

나는 쩡쩡 갈라 터지는 강의 소리를 듣는다

울음이었다고 하고

직벽의 낙화와 같이 떨어져 내렸다던가

그런 까닭에 이제 모든 지점이 한 곳에서 만나

또 다른 우화의 세계로 흐른다

어디이던가 바다도 끝이 아니었으므로

물은 하늘빛 서녘

무너져 내린 꽃무리의 계절과 허옇게 드러난 뿌리에서까지

반짝이는 반짝이는 별을 떠올린다

지금 강은 얼어서 눈에 묻히고

누가 저 여백의 흰 등뼈에 갑골문으로 저를 내려놓았는가

"미치게 사랑한다"

아, 봄이면 강은 저 미친 사랑도 풀어 안고 흐르리라

어디 한 번이라도 얼어 터져 보지 않은 생이 있었을까

내면은 그리하여 소용돌이치고

바다를 지나 모든 기도가 가 닿아야 할 거기 어디

꽃이 핀단다

나는 거기 꽃을 향해

오늘 겨울 강의 흰 등을 밟고 건너는 것이다

-「겨울 강」

엄태지 시인의 시에는 꽃이 많이 등장한다. 꽃이 나오지 않는 시를 찾

기 어려울 정도다. 그의 시에서 꽃은 인간 존재, 인생, 죽음 등 다양한 의미로 변주된다. 위 시에서 '꽃'은 이상 세계의 표상이다.

'나'는 '이쪽'에 서 있고 '꽃'은 '거기'에 있으며 그 사이에는 얼어붙은 '강'이 있다. 여기에서 '겨울 강', 얼어붙은 '강'이란 냉혹한 현실의 실존적 삶을 의미하는 것임을 어렵지 않게 유추할 수 있다. 이러한 삶의 이미지가 "직벽의 낙화", "무너져 내린 꽃무리", "허옇게 드러난 뿌리" 등이 될 것이다. 그러나 시인이 이와 같은 삶을 비극적으로 인식하는 것은 아니다. "반짝이는 반짝이는 별을 떠올린다"거나 얼음 아래로 "깊고 건강한 강이 흘러가"고 있다는 표현에서 삶에 대한 긍정적 인식을 확인할 수 있다. 눈이 덮여 있는 얼어붙은 강 위에 새겨져 있는 "미치게 사랑한다"는 갑골문은 또 어떠한가. 고통이든 미친 사랑이든 그 모든 것을 풀어 안고 흐르는 것이 삶이라고 다독이는 듯하다.

강은 흘러서 바다에 이른다. 그런데 시인은 "바다도 끝이 아니"라고 언표하고 "바다를 지나 모든 기도가 가 닿아야 할 거기"를 상정한다. '거기'에 '꽃'이 핀다. 서정적 자아가 "오늘 겨울 강의 흰 등을 밟고 건너는" 까닭은 "거기 꽃"에 이르기 위해서다. 그렇다면 '거기'는 어디일까. 이 시집의 표제작인 「문의 가는 길」에서 간취해볼 수 있다.

길은 숲에서 끝나 있었지 그 숲에
버려진 구두 한 짝
속에서 냉이가 꽃대를 올리고 있었어

누구의 길이었을까
닳은 뒷굽에 참 여러 번 휘청거렸겠다 싶었네

어쩌면 냉이는 구두를
읽고 또 읽고 점자를 읽듯 꽃을 찾았을지도
젖은 골판지 같은 발바닥으로 길을 읽듯

또각또각 피워 올린 하얀 구두꽃

설마 누가 길을 버리기야 했을까마는
버려진 구두를 신은 냉이가 꽃으로
내게 물었던 것인지 몰라

문의는 어디로 가나요
                    -「문의 가는 길」

　서정적 자아는 "숲에 버려진 구두 한 짝 / 속에서 냉이가 꽃대를 올리
고 있"는 것을 보게 된다. 그의 시선은 뒷굽이 닳아 있는 "버려진 구두 한
짝"에 가닿고 거기에서 "여러 번 휘청거렸"을 삶을 읽어낸다. '냉이' 또한
"구두를 읽고 또 읽"는데 "점자를 읽듯" '울음의 내력'을 더듬고 있는 것
이다. 중요한 것은 이것이 '꽃'과 연결된다는 사실이다. "또각또각 피워
올린 하얀 구두꽃"은 냉이와 "버려진 구두 한 짝"이 동일화되어 꽃을 피
운 것을 형상화한 것이다. 구두의 울음을 읽고 또 읽어 온전히 구두와 하
나가 되었을 때 꽃을 피울 수 있었다는 의미이다.
　"버려진 구두"와 하나가 된 '냉이'가 서정적 자아에게 '문의 가는 길'을
묻는 대목은 의미심장하다. '문의'는 어디이고 무엇을 상징하는 것일까.
「겨울 강」에서 서정적 자아는 "거기 꽃"에 이르기 위해 얼어붙은 "강의
흰 등을 밟고 건너"고 있었다. 주어진 고통의 삶을 한 발 한 발 내디디고

서야 이르게 되는 '거기', "모든 기도가 가 닿아야 할 거기"가 바로 '문의'
가 아닐까. 그런데 냉이는 "버려진 구두"와의 동일화를 통해 꽃을 피웠
다. 그러므로 '거기'는 "버려진 구두 속"이자, '길이 끝나 있'는 '여기'가 된
다. 중요한 것은 '거기' 혹은 '문의'의 정체성이 존재의 울음을 읽고 울음
으로 들어가 하나가 되는 것에 있다는 사실이다. '문의 가는 길'이란 결
국 타자의 울음에 이르는 길이 되는 셈이다.

　시인에게 '거기'나 '문의'는 현실을 벗어난 초월적 세계가 아니었다. 시
인은 초월적 세계를 상정해 두고 '거기'로 도피하지도, '거기'에 이르기
위해 현실을 유보하지도 않는다. 오히려 그 세계를 '지금 여기'의 현실로
끌어들이고 있다. 타자의 울음을 이해하고 자신의 것으로 받아들이는
여기가 바로 '거기'이고 '문의'인 것이다.

　엄태지 시의 주요 소재는 '울음', '주름', '경계', '꽃' 등인데 이들은 때
때로 원이나 선, 면 등 기하학적 이미지를 통해 의미로 발현한다. 또 이
들은 단독적인 소재로 작용하는 것이 아니라 서로 유기적으로 연결되어
이 시집의 전체 주제랄까 의미를 직조한다. 그런 의미에서 시인의 작품
들은 매우 논리적이고 구조적이라 할 수 있다. 그러면서도 존재와 세계,
삶과 죽음에 대한 인식은 논리나 합리성과는 거리가 멀다. 신비주의에
가까워 보이기까지 한다. 이성적인 신비주의랄까. 시인에게는 허물어지
지 않는 경계가 없는 듯하다. 모든 경계를 모호하게 하고 무화시키는 시
적 의장을 그는 시세계의 구조에도 적용하고 있다. 이런 조응이 그의 시
를 아름답게 하는 요소이거니와 읽는 재미이기도 하다.

　엄태지 시의 존재들은 처연하고도 눈물겹다. 그런데 이 낮고 낡고 비
루한 존재들이 '울음'을 매개로 이루는 연대와 동일성에서는 "깊고 건강

한 강"의 흐름을 느낄 수 있다. 이 서정적 역동성, 역동적 서정성의 아름다움이야말로 엄태지 시인만의 득의의 영역이 아닌가 한다.

실존적 신화 세계를 향한 여정

김공호 시인이 두 번째 시집 『달』을 상재한다. 시인은 2017년 『시와정신』으로 등단하고 2022년 첫시집 『달팽이 시인』을 발간했다. 등단 전 동인지 활동 기간이 5년여 정도 되니 시를 쓰기 시작한 지 10여 년 만에 첫 시집을, 그 1년 뒤 두 번째 시집을 내는 셈이다. 첫 시집의 의미는 존재론적 전일성이 파괴된 현실과 그것을 완성하기 위한 방법적 모색을 드러내고 있다는 것에서 찾을 수 있다. 두 번째 시집 또한 그 모색의 연장선에 놓이는 것이긴 하지만 시간에 대한 인식을 중심으로 의미의 깊이와 미적 성취를 이루고 있다는 점에서 첫 시집과 구분된다고 할 수 있겠다.

1.

근대 이후 시간은 계측 가능한 것의 범주로 편입되었으며, 인류의 진보는 자연의 순환론적 시간관이 아닌 문명의 직선적 시간관을 내재하게 되었다. 과학 기술과 문명의 발전이 인류의 진정한 진보를 담보해주는 것이 아님을 우리는 제국주의의 횡포나 전쟁 등 여러 역사적 사건을 통해 경험한 바 있으며 지금도 경험하고 있다. 이러한 감각에 더 예민할 수밖에 없는 존재가 시인인바, 시인은 궁극적으로 서정적 동일성을 지향하는 존재이기 때문이다. 시인들이 일반적으로 자연의 순환론적 시간 의식을 발현하는 까닭이 여기에 있다 하겠다. 그런데 김공호 시인의 경우엔 좀 다르다. 대부분의 시가 자연을 소재로 창작되었고, 시간에 관한 의식을 드러내고 있는 작품이 상당하지만 순환론적 시간관을 발현하고 있는 작품을 찾기란 쉽지 않기 때문이다. 그렇다면 시인의 시간 의식은 어떠한 것이며 그러한 시간 의식은 어디에서 기인하는 것일까.

우선 인간 존재의 유한성, 즉 태어나면서부터 안게 되는 시간적 한계에 대한 인식을 드러낸 작품을 보자.

모바일 폰이 울린다
엊그제 만났던 동창이 가지에서 툭! 떨어져 나간다
지금은
중추仲秋이다
여름까지 그렇게 푸르러던 갈색 잎들
한 밤 머물다 가면,
휑하니~ 하나씩
어디론가 누군가 데려간다

눈 깜박이며
가지엔 몇몇 열매들만 매달려 있다

빈 하늘만 쳐다본다

모두
기다린다, 내일을

하늬바람이 곧 불어올 것이다
                                           -「갈색 잎들」

  존재의 유한성에 대한 의식은 죽음이라는 실존적 현상에서 연원한다.
인간은 태어나고 살고 그리고 반드시 죽는다. 인간이 불변하는 것, 영원
한 것, 절대적인 것을 끊임없이 갈구하는 것은 죽음이라는 인간 한계에
대한 불안 의식 때문이다. 죽음은 인간이 알지 못하는 미지의 세계이기
에 두려움의 대상이며, 현실과의 단절을 의미한다는 것만큼은 부인할
수 없는 사실이기에 슬픔이 수반될 수밖에 없다.
  인용한 시에서는 이러한 정서가 정제된 상태로 이미지화되어 드러나
고 있다. 이 시의 시간적 배경은 늦가을로 접어들 무렵인데 이는 물리적
계절만을 의미하는 것이 아니라 시적 자아와 그의 동창들이 위치해 있
는 인생의 계절이기도 하다. "엊그제 만났던 동창"의 죽음이 가지에서
열매가 "툭! 떨어져 나간" 것으로 표현되어 있는 까닭이 여기에 있다.
  '열매'는 시적 자아를 포함한 '동창'들의 은유다. 그러므로 "가지엔 몇
몇 열매들만 매달려 있다"는 것은 시적 자아를 포함하여 남아있는 동창
들이 많지 않다는 의미일 터다. 남아있는 '열매들'은 이제 "빈 하늘만 쳐
다"보고 있다. 뒤에 이어지는 '모두 내일을 기다리고 있다'는 시구를 보
면 이 "빈 하늘만 쳐다"보고 있는 행위는 허무함보다는 죽음에 대한 불

안과 두려움에서 비롯되는 것임을 알 수 있다. 이러한 정서들로 인한 긴장은 점점 고조되다가 "하늬바람이 곧 불어올 것이다"라는 마지막 연에서 극대화되고 있다.

시인은 이처럼 죽음에 대해 인식하고 있지만, 그것이 내생의 또 다른 삶이나 다른 존재로의 전이라는 형태로 이어지지 않는다. 대신 시인은 과거로의 여행을 떠난다.

곶자왈이 익는다 오소리가 어슬렁거린다 밤나무 감나무 억새밭 틈새로 돌빌레 가을이 빨갛게 익는다 그는 한 겨울이 무섭다 지금 무얼 찾아 먹어야 한다 살찐 몸으로 바람 소리 잘 들리지 않은 동굴의 잠에서 혹한의 추위를 곰같이 잊어야 한다 산길 따라 족제비들도 저마다 갈 길이 바쁘다 청미래덩굴도 하늘타리도 갈색 잎 글씨로 점점이 한 해의 회고를 알리고 산벚나무 덜꿩나무도 붉은 잎으로 지나온 길을 하나둘씩 떨어뜨린다 밤나무가 서 있는 돌빌레의 외로운 틈 사이를 어젯밤 오소리가 다녀간 흔적이 흔하다

산촌 노모는 초가집 문틀 붙잡고 깊어지는 가을 숲 돌빌레의 외로움을 동경하며 쳐다본다 올해의 초가집 새 * 는 어디서 구해 올꼬? 하는 단풍 잎 물음이 그녀의 앞섶에서 펄럭인다

30대 청춘
그때 그 시절, 있었다

곶자왈 외곽 가장자리 돌빌레 틈샛길 따라 소떼 행렬이 띠의 물결 속으로 잠긴다 칠순 마부가 소떼를 몰며 올해는 언제쯤 저 자유를 겨울의 우리에 가두어 놓아야 하나?

들녘에

띠의 파도가 출렁인다

　　　　　-「제주의 가을」

　인용한 시도 가을을 배경으로 하고 있다. 1연에서는 현재의 시점에서
가을의 정취가 그려져 있다. '오소리', '밤나무', '감나무', '족제비', '청미
래덩굴', '하늘타리', '산벚나무', '달귕나무' 등등 산의 온갖 존재들이 저
마다의 방식으로 가을을 보내고 있다. 시인은 하나하나 호명하며 그들
의 가을을 그리고 있다.

　"한 해의 회고"라든가 "지나온 길을 하나둘씩 떨어뜨린다"는 표현에
서 알 수 있듯 가을은 지나온 길을 되돌아 보는 때이기도 하다. 인생의
가을 또한 다르지 않다. 태양으로 표상되는 가열한 열정의 계절이 여름
일진대 이 시에서 "30대 청춘"이 의미하는 바가 바로 '여름'이기 때문이
다. 시적 자아는 "30대 청춘 / 그때 그 시절, 있었다"라고 인생의 여름을
환기하고 있다. 이 '30대의 청춘'은 시적 자아의 청춘일 수도, '산촌 노모'
의 청춘일 수도 있다. 그것은 중요하지 않다. 누구에게나 청춘은 있었을
것이기 때문이다.

　눈길을 끄는 점은 '30대 청춘'을 환기하는 어조가 매우 단호하다는 사
실이다. 그것은 단순한 회고나 그리움의 정서가 깃든 어조도 아니고 그
러한 시절이 있었다는 사실에 대한 확인, 내지 각인을 위한 언표처럼 들
리기 때문이다. 시인은 왜 이토록 힘주어 청춘을 호명하는 것일까. 그것
은 지나가버린, 다시 오지 않을 시절에 대한 아쉬움이나 서러움과 같은
감정적 차원에서 설명되지 않는다. 시인의 시에서 감정은 최대한 절제
되어 있거니와 위 시에서도 1연과의 연결에서 감정이 전제되어 있지 않

기 때문이다.

　이는 존재론적 완성, 그 밀도의 차원에서 이해하는 것이 타당해 보인다. 지금의 자아는 과거의 순간들이 모여 이루어졌다. 그렇다고 '왕년에' 운운하는 그런 류의 과거가 아님은 물론이다. 오늘의 자아가 있기까지 직면해야 했던 현실과 그것에 응전했던 자아의 선택, 의지, 실천 등이 그 내용이 될 것이다. 조락의 계절 가을, 그 시들고 떨어짐이 노쇠와 허무로 귀결되는 것이 아니라 성숙과 비움으로 의미화되기 위해서는 지나온 시간에 대한 성찰과 인정이 따라야 할 것이기 때문이다.

　2.

　감정의 절제와 이미지즘적 기법으로 시를 전개하고 있는 까닭에 시인의 시에서 과거에 대한 성찰과 인정의 의미들이 직접적으로, 표나게 드러나고 있는 것은 아니다. 그의 시를 꼼꼼히 읽다 보면 이미지와 이미지 사이, 행과 행 사이에서 말해지지 않은 의미를 간취할 수 있을 뿐이다. 그 간극이 멀 경우 때때로 신인의 미숙함으로 읽힐 위험이 따르는 것이 사실이나 이는 시의 깊이와 긴장감을 담보하는 요소로 작용한다는 점에서 그 의의가 있다.

　　어릴 적
　　뒷동산이 달려온다

　　둥지를
　　떠나온 45년, 여름날 오후

숨겨놓은 4.3사건 신문스크랩 몇 조각, 주인 잃은 누런 고서, 아들딸 함께 찍은 빛바랜 사진 몇 장, 그이 앞 밥 한 공기 올려놓던 놋사발 한 벌, 추운 겨울 얼굴 마주 보며 정 담아 쬐던 오래된 숯불 난로, 늘 방안 걸어 놓고 보는 참새 그림 한 점, 시집올 때 가져온 낡은 경대 한 벌과 누런 반지 한 벌, 둥지처럼 그이 옷 담아 간직해 오던 오래된 소나무 궤짝 하나, 어릴 적부터 소중히 감추어 두었던 어머니의 손글씨와 빛 잃은 그날의 유품들

뒷동산은 그날처럼
오늘도

소들이
능선의 풀을 뜯고 있다고 한다

지금은 시로만 남아 떠도는 것들

-「지금도 가슴에 시를 쓰는 여자」

위 시는 시인에게 시란 어떤 의미인지 일러주고 있다는 점에서 주목을 요한다. 시인은 제주도 출신이며 지금도 제주도에서 살고 있다. 제주도에는 4.3사건이라는 아픈 역사가 자리하고 있는데, 제주도민이라면 이 사건의 영향에서 자유로운 사람은 없을 것이다. 이 시의 소재가 바로 4.3사건이다. 그러나 시인의 시가 대부분 그러하듯 이 시에서도 감정의 동요나 기복을 읽을 수 없는 것은 마찬가지이며 연과 연 사이 의미의 간극이 크다. 감정은 철저히 배제한 채 사건을 환기하게 하는 물건들과 "어릴 적부터 소중히 감추어 두었던 어머니의 손글씨와 빛 잃은 그날의 유품들"을 나열하고 있을 뿐이다.

시적 자아에게 그날의 비극은 과거에 머물러 있는 박제된 사건이 아니다. "어릴 적 / 뒷동산이 달려온다"거나 "뒷동산은 그날처럼 / 오늘도 // 소들이 / 능선의 풀을 뜯고 있다"는 표현에서 보듯 그것은 현재 생생하게 재현되고 있다. 과거와 현재, 변한 것과 불변한 것, 인위적인 것과 자연 등 이항대립적인 성질의 것들이 서로 상응하며 새로운 차원으로 나아가고 있는 것이다. 이러한 인식의 구도를 가능케 하는 것이 바로 '시'이다. "지금도 가슴에 시를 쓰는 여자"라는 제목에서 보듯 4.3사건을 환기하게 하는 모든 물건이나 이미지는 과거의 것으로도 현재의 것으로도 남아있지 않고 '어머니'가 가슴에 쓴 시로 남아있는 것이다.

시인에게 시란 역사에 대해 혹은 존재에 대해 묻는 수단이다. 그가 〈시인의 말〉에 쓴 것처럼 "울지 못하는 암 말매미"의 울음이 바로 시인 것이다. '울지 못하는 누군가의 울음'이 시라면 시인이 끊임없이 과거를 돌이키는 것은 그것의 울음을 울게 해주기 위해, 그것의 의미를 말해주기 위해서가 아닐까.

풀밭에 날아와 앉아 하루를 보내는 방아깨비처럼, 멀구슬나무 하늘 가지에 앉아 구슬피 울어대는 말매미들처럼 또 하루가 저무네, 능선을 타고 올라가야 기다리는 집이 있는데 얼마 걸어오지 않았는데 하루 해가 저무네 내 앞엔 갈 길 먼 바람만 부네
휘어진 언덕 길
동산 능선 몇 굽이 돌고 돌아 좁은 길 앞 산 보며 투덜대며 투덜거리며 걸어왔는데, 앞장서 서둘러 가야 한다고 빨리 일 끝내고 가야 한다고 힘들여 걸어왔는데 벌써 하루 해가 저무네
갈 길이 아득한데 해가 저무네

언덕 넘어 기다리는 집이 있는데
앉아 좀 얘기하자고,
나와 함께 걷던 조릿대도 여기 앉아 잠깐 쉬어 가자고 그러는데 벌써
해가 저무네

앞산은
나를 여기 붙잡아 앉히네

능선 위 올라가야 기다리는 집이 있는데, 나무 밑 소슬바람도 발밑 시
냇물 돌담도
나를 당겨 앉히네,

나를 당겨 앉히네

-「그집」

위 시는 일을 끝내고 집으로 돌아가는 시적 자아의 여정과 그 여정에
서의 심리를 그리고 있는 작품이다. 집으로 가야 하는데 벌써 해가 저물
고 있다는 것, 서둘러 가야 하는데 자연이 자꾸 붙잡아 앉힌다는 것이 이
시의 내용이다. 그런데 인생을 계절에, 시인의 현재를 가을에 비유했던
것을 상기하면 이 시의 '하루' 또한 인생의 비유로 읽을 수 있을 것이다.
하루 중 해가 저물 즈음은 가을이라는 계절과 등가를 이루는 셈이다. 이
시의 2연까지는 시구 말미에 '하루가 저무네', '하루 해가 저무네', '해가
저무네' 등의 표현을 반복하고 있다. 이토록 반복 강조하고 있다는 것은
시인의 의식에 '저문다는 것'에 대한 인식이 강하게 자리하고 있다는 의
미일 것이다.

이 시에는 시적 자아의 의식의 흐름 또한 잘 드러나 있다. 1연에는 온통 해가 지고 있다는 사실에 의식이 닿아 있다면 2연에서는 해가 지고 있는데 좀 쉬었다 가자고 하는 주변의 권유가 들리기 시작한다. 3연부터는 해가 지고 있다는 사실은 의식에서 사라지고 자아를 붙잡아 앉히는 것들에 사로잡혀 있다. 마지막 연에는 오로지 "나를 당겨 앉히네"라는 언표만이 확고하게 자리하고 있다. 중요한 것은 '그집'에 이르러야 하는데 이미 해는 저물고 시간이 얼마 남지 않았다는 불안감에 사로잡혀 있던 시적 자아가 주변 대상들과 더불어 시간을 보내고 있다는 사실이다.

시적 자아가 도달해야 하는 종착지는 '집', 보다 구체적으로는 '기다리는 집'이다. 그런데 이 시의 제목은 '그집'으로 시적 자아와 거리를 상정하고 있다는 점이 이채롭다. '집'이 단순히 주거지를 의미하는 것이 아님을 알 수 있는 대목이다. 이를 '하루'가 인생을 표상하는 것과 연결 짓게 되면 '그집'이란, 존재의 완성이나 죽음과 같은 현실을 초월한 세계에 대한 의미화로 읽을 수 있을 것이다. '그집'에 이르기 위해서는 "투덜대며 투덜거리며" 맹목적으로 걷기만 해서는 안 된다. 아이러니하게도 "나를 당겨 앉히"는 것들과 더불어 '얘기하고', '쉬어 가야' '그집'에 이를 수 있는 것이다.

주변 목소리에 귀기울이는 것, 기꺼이 앉혀져 이야기를 나누고 시간을 보내는 것, 이것이야말로 시인의 시를 쓰는 행위가 아닌가 한다.

3.
존재의 유한성에 대한 비극적 의식에서 존재의 가치를 확인하고자 하는 욕망이 추동되고 있으며, 과거를 통해 그 가치를 확인하는 과정, 시간을 들여 타자와의 관계를 만들어가는 과정이 바로 시인에게는 시를 쓰는 행위이자 시 쓰기의 의미였다. 또한 그 과거는 과거에 머무는 것이 아니라 현재로 건너와 그것을 초월한 또 다른 세계에 이르게 하는 구도를 보여주고 있다. 시인은 개인적 차원이든 역사적 차원이든 과거의 시간들을 거슬러 올라가 그것들을 자리매김한다. 그 시간들이 '지금 여기'의 자아를 이룬 근간이었음 확인하는 과정이다. 그리고 그 근간의 중심에는 '어머니'가 있다.

그님

함박 동안童顔으로
웃으신다

트리토니아꽃 * 피는 올레 입구까지 걸어 나와 한참을
기다리시는 어머니!

어머니는,
태양이다
봄꽃이다
봄 향기 그윽한 땅찔레꽃이다 양지바른 봄볕이다

어머니의 어머니
그 어머니의 어머니 어머니의 어머니이다

온 밤을
각지불 * 켜 놓으시고 기다리시는 어머니의 어머니이다

꾸지뽕나무 가시 돋친, 높새바람 불어오는 길 목

반기며 나를
안아주는

함박 동안의
나목裸木이시다

-「어머니」

　어머니로부터 분리되면서 인간은 근원적인 상실과 결핍을 내재한 채 사회라는 공동체에 편입된다. 인간의 존재론적인 고독은 아이러니하게도 인간의 탄생, 곧 어머니로부터의 분리에서 연원하는 것이 되는 셈이다. 이러한 결핍과 고독은 결코 채워질 수 있는 것이 아니다. 태어난 이상 다시 모태로 돌아갈 수도 없는 일이거니와 금기와 욕망을 내면화한 사회적 자아에게 실존적 어머니는 이미 근원적 결핍을 메워줄 수 있는 존재가 아니기 때문이다. 시인이 '어머니'를 신화적 존재로, 어머니가 있는 고향을 신화적 공간으로 그리고 있는 것은 이러한 까닭에서다.
　인류사의 흐름이 발전과 진보를 목표로 직선적 진행을 이루어간다고 할 때 영원성, 무시간성을 특징으로 하는 신화의 세계는 그것에 대항하는 위치에 놓이게 된다. 1930년대, 근대성의 폐해로 형해화된 자아가 신화적 세계에 의탁하여 전일성을 회복하고자 했던 까닭이 여기에 있다. 백석의 '고향'이나 정지용의 '자연'이 그 대표적 예가 될 것이다. 김공호 시인이 구현하고 있는 무시간성의 세계도 이와 동일한 맥락에서 이해해 볼 수 있을 것이다.

이 시에서 '어머니'는 "트리토니아꽃 피는 올레 입구까지 걸어 나와 한 참을 / 기다리시는" 실존적 존재로 시작해 "어머니의 어머니 / 그 어머니의 어머니 어머니의 어머니"라는, 영원성을 담보한 신화적 존재로 승화되고 있음에 주목할 필요가 있다. 이 '어머니'는 '태양'이고 '봄꽃'이고 '봄 향기 그윽한 땅찔레꽃'이며 '양지바른 봄볕'이기도 하다. 자연 그 자체인 셈이다. 시적 자아에게 '어머니'는 자연이고 자연은 곧 '어머니'이다. '어머니'이자 자연인 '그 님'은 시적 자아를 기다리고 안아주는 존재이다. 존재의 근원적 결핍을 보상하고 파편화된 자아의 전일성을 회복하는 시공간이 어머니로 표상되는 자연인 것이다.

중요한 것은 시인이 어떠한 초월적 시공간, 관념적 유토피아를 상정하고 있지 않다는 점이다. 오히려 실존적 존재로서의 '어머니'와 그 '어머니'가 현존하는 시공간에 신화성을 입히고 있다고 하는 것이 더 정확한 표현일 것이다. 시인은 존재의 유한성과 근원적 결핍, '근대인'으로서의 파편화라는 비극에 대한 해법을 관념이나 초월적 세계에서 찾으려 하지 않는다. 이러한 문제를 현실에서 해결한다는 것은 불가능한 일이나 시인은 그 불가능성을 껴안고 현실에서 방법을 거듭 모색하고 있는 것이다. 시인의 시에서 순환론적 시간관이 발현되지 않는 까닭이 여기에 있다고 하겠다. 이를 잘 보여주고 있는 작품이 「노모1」과 「뿌리」이다.

1
봄 동산에서
망텡이 짐을 지고 가는 노모가 있다, 간헐적으로 내리는 안개비와 마파
람 가슴 한가득 끌어안은 고사리와 굽어 있는 등
새 풀잎과 가시덩굴 풀밭이 노모의 바짓가랑이를 잡아당긴다

하루 해가 짧다

2
이제부터 시작이다

새 꿈의 풀잎과 지저귀는 저 소리를 들으면

노모의 눈은
절망을 포롱포롱 날며 내일을 새 순筍으로 피워낸다

온종일
꿈이 꺾인 동산에도, 산 넘어 온 세상으로

고사리는 새 잎을 편다

-「노모1」

   인용한 시도 '노모', 즉 '어머니'를 소재로 하고 있는 작품이지만 「어머니」에서처럼 영원성을 직접적으로 부여하고 있지는 않다. 그러나 이 시의 공간도 과거, 현재, 미래가 공존하고 있는 신화적 세계라는 점에서는 동일하다. 1장에서 묘파되고 있는 노모와, 노모를 둘러싼 주변 환경의 모습은 고사리를 꺾는 노모의 현존이기도 하면서 또 한편으로는 핍진한 노모의 일생에 대한 은유이기도 하다. 1장의 마지막 연에 쓰인 "하루 해가 짧다"는 시구는 '굽어있는 등'과 함께 노모의 저무는 인생을 연상하게 한다.
   그런데 2장은 "이제부터 시작이다"라는 시구로 시작하여 시적 분위기를 완전히 전복하고 있다. 자연 속에서 '노모'는 "절망을 포롱포롱 날며 내일을 새순으로 피워"내는 존재로 거듭난다. "온종일 / 꿈이 꺾인 동산에도, 산 넘어 온 세상으로" 새잎을 펴내는 고사리 또한 노모와 동일화되어 있다. 과거와 현재 미래가 공존하고, 끝과 시작, 절망과 희망이 교응하고 있는 세계가 '봄 동산'이며 이는 신화의 세계와 다른 것이 아니다.

1
할머니 한 분이
걸어온다

서사로
길모퉁이 끝점으로

지팡이 짚고,

허리가
90° 구부러져 있다

한 걸음 한 걸음이
노을처럼 힘들다

그 곁,
베어진 나무뿌리 그루터기

문어 발 같은 자세로

텅 빈 잔디 밭 화단에 덩그러니 내팽개쳐 놓여 있다, 족히 100년은 넘게 살다 간 생명 같다

어느 날
누구에게 베어짐을 당한 뿌리

흙 위로 도두라져 나온
낡은 근육들, 굵직한 발들

들비들기들도
잠시

그날의 쉬어 감을 즐기곤 했겠다!

2
노을빛이
오늘을 지우며 어둠으로 사라져 가는 순간이다

만원 버스다

할아버지 여기 앉으시죠? 한다

초등학교 6학년쯤 되어 보이는 사내의 복숭앗빛 밝은 얼굴

그냥

앉아 간다

어쩐지 미안하다

퇴근 시간이라
버스는 파도에 밀려 쓰러졌다 일어난다

용천 마을 정류장이다

그 학생도
나도 동시에 내린다

황혼이 흔들린다
가로수들 사이로 그러나 고맙다 아름답다

-「뿌리」

　이번 시집에는 유난히 늙고, 지고, 저무는 대상이나 풍경에 대한 표현
이 많은 점이 이채롭다. 그만큼 시인의 의식에 시간의 한계, 존재의 유한
성에 대한 인식이 강하게 자리 잡고 있다는 의미일 것이다. 그렇다고 이
것이 시인의 시세계가 비극적 인식에 침잠해 있다는 의미는 아니다. 시
인은 지고 저무는 것들에 새로운 것, 시작하는 것을 부단히 교응시키고
있기 때문이다. 위 시에서도 이를 확인할 수 있다.
　1장에서는 "지팡이 짚고", "허리가 90° 구부러져 있"고 "한 걸음 한 걸
음이 / 노을처럼 힘"든 '할머니 한 분'과, "족히 100년은 넘게 살다 간 생
명 같"은 "베어진 나무뿌리 그루터기"에 대한 묘사가 이어지고 있다. 둘

은 오랜 시간 존재해왔고 이제 늙고 낡아, 제 기능을 제대로 하지 못한다는 공통점이 있다.

2장에서도 이러한 분위기는 이어지는 듯하다. "노을빛이 / 오늘을 지우며 어둠으로 사라져 가는 순간"으로 시작하고 있고 시적 자아 또한 '할아버지'로 불리는 오래된 존재이기 때문이다. 그런데 "초등학교 6학년쯤 되어 보이는 사내의 복숭앗빛 밝은 얼굴"의 등장으로 이 분위기는 전환된다. 퇴근 시간의 만원 버스 안, 버스가 '파도에 밀려 쓰러졌다 일어서는 듯' 혼잡한 공간이지만 '할아버지'와 '복숭앗빛 밝은 얼굴'의 마주침으로 공간의 성질이 달라진다. 둘이 함께 내리는 '용천 마을 정류장'은 고마움과 아름다움으로 충만한 공간이며 그것은 황혼을 흔들 만큼 강력한 것이다. 이 시에서 그리고 있는 공간은 이처럼 실존적 현실의 공간이자 과거와 미래가 공존하는 신화적 세계로 겹쳐진다.

김공호 시인의 시간관은 근대의 일시적 순간이나 영원에 놓여 있지 않다. 시인은 그의 시에서 존재론적 고독과 유한한 존재, 파편화된 존재에 대한 비극적 인식을 드러내고 있는데 그 초월을 관념이나 형이상의 세계에서 구하고 있지 않기 때문이다. 그의 시에서 신화적 세계는 실존적 현실에서 탐색 되고 있다는 사실이 이를 증명한다. 노인과 아이, 절망과 희망, 낡은 것과 새로운 것이 교응하며 현실 속에 신화적 세계를 덧씌우는 방식이 그것이다. 시인이 그의 시에서 그리고 있는 세계는 새로운 것이 낡은 것을 밀어내는 직선적 시간의 세계도 아니고, 상충하는 대상을 물리치고 어느 하나가 중심이 되는 수직적 세계도 아니다. 공존의 시간이 흐르는 '고맙고 아름다운' 세계, 그 실존적 신화 세계를 구현하고 있다는 것이 김공호 시인의 두 번째 시집 『달』의 의의가 아닌가 한다.

생에 대한 긍정에 이르는
그 가열한 발걸음

1. 들어가며

하희경 작가가 드디어 첫 번째 수필집 『민낯』을 상재한다. '드디어'라는 표현을 쓴 것은 작가의 습작 기간이 무척이나 길었기 때문이다. 필자가 알고 있는 것만 해도 5, 6년 정도 되니 실제 글을 써 온 기간은 그 이상일 것이다. 더욱이 작가는 매일 글을 쓴다고 했으니 기간뿐만 아니라 그양 또한 가늠하기 어려운 정도이다. 하희경 작가는 왜 이토록 글쓰기에 매달리는 것일까. 그에게 글쓰기란 어떤 의미인지, 그의 작품세계가 함의하고 있는 것은 무엇인지 무척이나 궁금하던 터였다.

수필집 제목처럼 작가는 아무것도 덧씌워지지 않은 삶의 '민낯', 자아의 '민낯'을 글을 통해 그대로 보여주고 있다. 여기에는 자신의 삶과 내면을 있는 그대로 인식하고자 노력했던 작가의 치열한 시간들이 녹아있다. 수필집을 읽어보면 그의 삶은 고난과 상처로 점철되어 있다. 그래서 아프다. 그의 삶도, 글도. 그런데 작가의 글에서는 그러면서도 긍정적이고 역동적인 힘이 느껴진다. 아픈 것을 표현하는 것에서 그치지 않고 부단히 그것을 딛고 넘어서는 과정을 보여주기 때문일 것이다. '딛는다는 것'이 중요하다.

작가는 그의 삶에서 아프고 부끄러운 부분을 괄호 속에 넣고 없었던 듯 넘어가지 않는다. 하나하나 밝혀 드러내고, 그것에 응전했던 자아의 내면 또한 진솔하게 들여다본다. 그런 후에 작가는 그것들과 손잡고 앞으로 한 걸음 나아간다. '딛는다는 것'은 현실을 인식하고 인정한다는 의미이다. 작가는 이러한 과정을 거쳐, 있는 그대로의 현실을 긍정하기에 이른다. 그래서일까. 수필집을 읽다 보면 자연스럽게 니체가 떠오른다.

니체는 삶은 고통이라는 것, 인간은 불완전하다는 것을 인정하고 그것 자체로의 생을 긍정하고자 했던 철학자였다. 하희경 작가의 '민낯'을 드러내는 작업은 있는 그대로의 자신을 '인정'하는 과정에 다름 아니다. '인정'을 거쳐 '긍정'에 이르는 밀도 높은 생의 여정이 『민낯』에 그려져 있다.

2. 낙타, 사자, 어린아이

니체는 인간 정신의 3단계를 '낙타', '사자', '어린아이'로 표상한 바 있다. '낙타'는 주어진 짐을 지는 정신, 즉 복종하는 정신이다. '사자'는 기존의 일방적이고 수직적인 관계, 관습적인 인식을 파괴하는 정신이다. 기존의 가치, 관습, 규범, 관계 등에 무조건 복종하는 것이 아니라 자신의 의지로 거부하는 부정의 힘을 표상하는 것이 '사자'다. 마지막 단계인

'어린아이'는 유희하는 정신이다. 저항하고 부정하는 '사자'와는 달리 다시 순종하는 정신이라 할 수 있겠다. 그러나 외부의 힘에 복종하는 '낙타'와는 다르다. 있는 그대로의 자기 자신과 세상을 긍정한다는 의미이다. '어린아이'의 정신은 '낙타'처럼 무겁지도 않고 '사자'처럼 위험하지도 않다. 자신에게 주어진 세계를 놀이로, 예술로 창조해내는 정신이다.

『민낯』에는 이 3단계의 정신세계가 뚜렷하게 드러나 있다. 달리 말하면 작가 자신이기도 한 수필적 자아가 정신적으로 성숙하는, 혹은 자아를 고양하는 과정이 구체적으로 드러나 있다는 의미이다.

1) 복종하는 자아, 낙타

탄생이 모체로부터의 분리라는 점에서 인간은 태어나면서부터 무의식적 상실과 그로 인한 결핍을 내재하게 된다. 무의식적 결핍뿐 아니라, 타자와의 관계 속에서 삶을 영위해야 하는 인간은 다양한 양태의 결핍을 경험할 수밖에 없다. 그러나 하희경 작가가 경험한 결핍은 보편적인 범주를 넘어선다. 결핍의 정체가 당연히 담보되었어야 할 부모의 보살핌과 사랑이기 때문이다.

낙타의 눈물을 보면서 한 여인이 생각났다. 어쩌면 그녀도 아이를 낳기까지의 고통이 너무 심해 모성애를 잃어버린 것일까? 아이를 낳으면서 당신 인생이 막다른 곳에 몰렸다고 생각한 그녀는 원초적인 '미움'으로 아이를 대했다. 처음 만나는 순간부터 '미움'이라는 옷을 입히고 갈아입힐 생각조차 하지 않았다.

"꼴 보기 싫어 젖도 안 물렸는데 기어이 살아남더라."라는 말을 태연하게 하던 그녀도 상처받은 어미낙타였을까?

　… 중략 …

　나의 첫 기억은 '엄마'하고 부르면 돌아보던 차디찬 얼굴이다. 어린 시절 내내 그녀의 얼음 같은 얼굴을 보고 자랐다. 그녀는 쉬지 않고 가시 돋친 말들을 쏟아냈다. 사랑받고 싶어 다가가면 뾰족한 말과 차가운 눈빛으로 나를 밀어내곤 했다. 아무리 노력해도 다가갈 수 없었다. 말간 얼굴로 다른 사람을 대하다가도 나를 볼 때면 낯빛부터 달라졌다. 미워하면서 사랑받기 위해 안간힘쓰던 어린 내가 있었다.

　　　　　　　　　　　　　　　　　　　　　　　-「마두금 소리」

　한 사람의 '첫 기억'이 "'엄마'하고 부르면 돌아보던 차디찬 얼굴"이라니, 가장 원초적인 결핍이라 할 수 있을 터다. 작가는 "엄마 아빠의 기분에 따라 학교를 밥 먹듯이 결석하"면서 "왁자하게 노는 아이들 곁을 지나 시장에서 먹을거리를 얻어오거나 산중턱에 있는 샘물"을 날라야 했다.(「혼자 노는 아이」) 그나마도 아버지는 그가 초등학교를 졸업하자마자 중학교에 보내준다는 거짓으로 남의 집에 가정부로 보내버렸다.(「나의 소풍」) 오죽하면 "세상살이에 분하고 억울한 일을 당하면 머릿속에서 '내 부모보다는 나은 사람이잖아.', '그래도 그때보다 지금이 괜찮잖아.' 하는 소리"가 들린다고 했을까.

　부모는, 특히 어머니는 아이의 온 우주이자 모든 것이다. '모든 것'으로부터의 거부는 존재 이유를 상실한 것이나 마찬가지다. 그러므로 자아가 존재 이유를 찾으려는 욕망에 사로잡히게 되는 것은 당연한 수순이라 하겠다.

사랑받고 싶은 마음은 평생 저를 따라다니는 그림자입니다. 어린 시절 부모한테 거부당한 어린아이가 아직 제 안에 있습니다. 전 그 아이에게 자주 휘둘립니다. 오랜 시간 사랑받고 싶다는 감정이, 저로 하여금 제대로 서지 못하고 타인에게 기대어 사는 기생식물로 만들었습니다. 무엇을 해도 스스로의 기준이 아니라 다른 사람이 어떻게 생각하는지가 기준이었습니다. 어떤 일을 할 때마다 제대로 했는지 다른 사람의 눈치를 보곤 했습니다. 남들과 다른 가정에서 별난 부모와 살다보니 저도 모르게 습득한 살아남기 위한 방법이었습니다.

-「세 가지 소원」

자아가 자신의 존재 이유를 타인에게서 찾으려 할 때 이 욕망은 자아를 구속한다. 자아가 자신의 주인으로 서지 못하고 타인을 그 주인의 자리에 앉히게 된다는 의미다. "사랑받고 싶은 마음은 평생 저를 따라다니는 그림자"였다는 것, "사랑받고 싶다는 감정이, 저로 하여금 제대로 서지 못하고 타인에게 기대어 사는 기생식물로 만들었"다는 고백이 바로 그것이다. 무엇을 해도 "스스로의 기준이 아니라 다른 사람이 어떻게 생각하는지가 기준"이 되었다는 것에서 보듯, 작가는 인정받기 위해 타인을 자신의 주인으로 세우게 되는 것이다.

과거는 그저 지나간 사건에 지나는 것이 아니다. 그것은 부단히 현재에 틈입해 들어와 자아의 정체성을 흔들고 타인과의 관계에 영향을 미친다. 그것은 본능이라 할 수 있는 친밀한 존재로부터 거부당했던 결핍에서 비롯되었다. 과거의 자아가 '지금 여기'의 자아를 자기의 주인으로 설 수 없게 만들고 있는 셈이다. 이때 자아는 무거운 짐을 지우는 주인의 명령에 온순하게 따르는 '낙타'와 다를 바 없다.

2) 저항하는 자아, 사자

작가는 무력했던 어린아이 때부터 부모가 시키는 대로 복종해야만 했다. 학교도 제대로 다니지 못하고 노동 현장에 뛰어들었다. 그 이후엔 사랑의 결핍을 보상받고자 하는 무의식적 욕망에 복종했다. 그러한 시간을 보내면서 작가는 끊임없이 자신의 행위를, 심리를, 정신을 회의한다. 그리고 변화한다. 중요한 것은 그것이 꼭 개인적 욕망과 관계에만 한정된 것이 아니라는 사실이다. 작가의 의식은 타자와의 관계로, 나아가 자아와 타자가 이루는 세계와의 관계에까지 범주가 확장되고 있다.

태어나면서부터 여자는 이래야 한다, 여자가 그러면 못써 등의 말을 듣고 자라서인지 대부분의 여자들은 순종적이다. 순종하기를 바라는 사회에서 다른 행동을 하려는 여자는 주변의 손가락질을 감당할 만큼 강한 기질을 가져야만 한다. 나는 강한 성격이 아니다. 아니 그보다는 부모에게 사랑받고 싶은 마음에 무조건 순종하는 아이였다. 부모의 마음에 들기 위해 내 욕구를 죽이고 시키는 대로 하고 살았다. 아이에서 어른이 되기까지 그런 생활태도는 별반 달라지지 않았고 시어머니와 남편의 뜻을 우선으로 여기며 지냈다.

그렇게 생활하던 나에게 언젠가부터 책에 나온 여성들처럼 의문이 생기기 시작했다. 알 수 없는 현상이었다. 없는 살림에 오지랖 넓은 남편, 아이들과 끊임없이 드나들던 손님들까지 하루 24시간이 부족한 나에게 불쑥불쑥 치고 나오는 '이게 전부인가?'라는 의문은 정말 뜬금없고 대책 안 서는 문제였다. 아무리 생각해도 답을 알 수 없는 의문이라 스스로 묵살하기를 얼마나 했던지, 지금도 의문이 생길 때마다 서둘러 '잊어야지'하면서 고개 흔들던 내 모습이 선명하게 떠오른다.

참다못해 몇 번인가 '이게 전부인가?'란 질문을 남편이나 다른 여성들에게 한 적이 있다. 그럴 때면 한결같이 "남들도 그렇게 사는데 그만하면 됐지, 뭘 원하는 건데?", "복에 겨워서 그러지, 살 만하니까 그런 헛된 생각을 하는 거야"라는 답이 돌아왔다.

－「이름 붙일 수 없는 문제」

젊은 시절 잠시 노동운동에 참여했던 적이 있다. 어린 나이지만 가족을 돌보기 위해 공장에서 일할 때였다. 새벽부터 밤까지 기계 소리와 라디오 소리에 묻혀 지냈다. 그 무렵 전태일에 대해서 알게 되었다. 청계천 봉제 공장의 노동자 전태일이 분신자살했다는 것을 비디오테이프를 통해 보게 된 것이다. 노동 현장의 열악함을 개선하려고 노력하다가 끝내 자기 목숨까지 바친 사람이 가슴을 아프게 했다.

－「사월이면 생각나는 사람」

위 글들은 그저 시키는 대로 무거운 짐을 지고 가는 '낙타'의 정신에서 '사자'의 그것으로 전화하는 경계를 보여준다. 작가는 더는 여자인 이상, 노동자인 이상 이러이러해야 한다는 관습적 규범을 아무런 의심 없이 수용하지 않는다. 주어진 대로 사는 삶에, 타인이 원하는 삶에 "이게 전부인가?"라는 의문을 던진다. 그것은 관념적 차원을 넘어 실천적 행위로까지 이어진다. 사회의 차별과 부조리에 맞서 노동운동에 참여하기도 했고 여성 존재에 관한 문제를 외부를 향해 묻기도 했다.

'사자'의 정신이 위험하고도 불편한 까닭이 바로 여기에 있다. 오랜 시간 많은 사람이 암묵적으로 동의해왔던 것을 거스르는 것이기 때문이다. '남들도 그렇게 산다'거나 '살 만하니까 그런 헛된 생각을 한다'는 말들에서 다수의 불편함을 확인할 수 있다. 이처럼 작가는 자신의 개인적

무의식의 문제에서부터 사회적 문제에 이르기까지 끊임없이 성찰하고 질문하고 부정하고 저항하고 있다.

　사람들에게 그런 생각을 하게 한 것은 바로 나 자신이었다. 아무 말 없이 하다 보면 언젠가는 마음을 알아주리라 여겼는데 그게 실수였다. 말을 했어야만 했다. '지금 힘들어', '나 좀 도와줄래?', '위로가 필요해', '힘이 되어주면 좋겠다.', 등등 그때마다 말을 했어야만 했다는 걸 이제야 알게 되었다. 난 그날 동생에게 말했다.

　"이제 그만하자. 다시는 내게 어떤 요구도 하지 마. 따듯한 밥이 먹고 싶고, 가족의 정이 그리우면 와도 돼. 하지만 그게 다야. 난 네 엄마가 아니야."

　입 벌리고 멍하니 있는 동생을 뒤로 하고 문을 닫았다. 그제야 머리가 맑아지면서 숨통이 트이는 것 같았다.

　요즘 나는 거절하는 법을 연습하고 있다. 힘에 부치는 일을 요구하는 사람들에게 그건 할 수 없다고 말한다. 남이 나를 사랑해주길 바라기 전에 내가 나 자신을 사랑하는 법을 배우는 중이다. 너무 늦게 시작해 서툴지만 이제라도 할 수 있어 다행이다.

ー「취중진담」

　인용한 작품에서 수필적 자아는 자신이 놓여 있는 현실과 그러한 현실을 초래한 자아의 내면을 직시하고 있다. 사랑받고 싶은 마음에 타인의 욕망을 채워주는 데 성실했던 자아와 그러한 선의를 당연한 것으로 여기고 도리어 당당하게 요구하는 타인의 태도에 대한 인식이 그것이다. 현실에 대한 인식은 변화를 가능케 한다. 작가는 타인의 시선에 끌려다니던 자신과 이별하기로 한다. 그것은 자신의 내면에서 들려오는 소리에 집중하고 그것을 타인에게 말하는 행위로 드러난다. "힘에 부치는 일을 요구하는 사람들에게 그건 할 수 없다고" 거절하는 것과 같은 것들이다. 이는 "남이 나를 사랑해주길 바라"면서 하는 것이 아니라 "내가 나 자신을 사랑하는 법"으로서의 행동이라는 사실에 의미가 있다.

3) 유희하는 자아, 어린아이

'세계에 내던져진 존재'라는 말이 있듯 인간은 주어진 본질이 있는 것이 아니라 자신의 선택을 통해 본질을 만들어가는 존재다. 그렇다고 선택이 온전히 자아 자신의 몫이라는 의미는 아니다. 자신의 의지대로 태어난 것이 아닌 것처럼, 무력한 존재로서 부모와 맺었던 관계를 통해 무의식에 고착된 정신적인 어떤 것이 선택에 개입하게 된다.

하희경 작가는 어렸을 때는 부모의 강요에 의해, 성장하고 나서는 결핍된 부모의 사랑과 인정을 대체할 타인의 시선에 의해 자신을 돌보지 않은 채 '착한 사람'으로 살았다. 작가는 그러한 과정과 그런 선택을 하게 된 자아의 내면을 치열하게 들여다본다. 그리고 그것을 부정한다. 그것은 진정한 자기의 의지에 의한 행위가 아니었기 때문이다. 이 저항과 부정의 정신이 '사자'가 표상하는 바다.

그렇다면 그의 삶 또한 모두 부정되어야 하는 것일까. 그렇지 않다. 곰곰이 생각해보면 그 부정이란 것은 내 삶을 온전하게 주인으로 살고 싶다는 바람에서 비롯된 것이다. 다시 말해 삶의 긍정을 위한 부정이 되는 셈이다. '사자'의 부정은 '낙타'의 삶에 대한 경험과 인식에서 비롯된다. 그리고 그것을 초월한, 변화된 삶에 대한 희구에서 저항과 부정이 발현하게 되는 것이다.

나는 요즘 말랑말랑하게 변해가는 중이다. 주변의 요구에 맞추면서 어른인 양 몸에 힘주던 나를 풀어주었다. 하늘바라기를 즐기고 발가락이 꼼지락거리면 산과 바다를 찾아 나선다. 멀리 가지 못할 때는 동네 한 바퀴 돌면서 작은 여행을 한다. 비 내리는 날은 빗방울을 만나러간다. 햇살이 좋아서, 날이 흐려서, 바람이 불어서 좋다. 아무에게도 인정받지 못하고 나조차도 인정하지 않았던 내 안의 어린아이를 풀어주고 나니 들숨날숨이 편안하다. 공연히 웃을 일이 많아졌다. 이 아침 목련꽃을 뜯어먹는 직박구리를 보면서 말랑말랑한 봄날을 즐긴다.

-「봄」

위 글은 작가가 '낙타'와 '사자'를 거쳐 '어린아이'의 단계에 들어섰음을 보여주고 있다. 먼저 "주변의 요구에 맞추"던 자아를 놓아주었다는 것에서 이를 확인할 수 있다. 작가는 '어린아이'가 활개 치지 못하도록 묶어두었다. 기왕의 글들을 통해 보면 '어린아이'는 주어진 핍진한 환경과는 상관없이 꿈을 꾸는 자아이다. 작가는 그 아이를 풀어주었다. 다른 사람의 눈치를 보면서 자신의 행동을 통제했던 자아가 환경의 지배에서 벗어나 주체적으로 환경을 수용하고 있는 것이다. 환경이 좋아져서가 아니다. 인생이란 맑은 날도, 흐린 날도 있게 마련이다. 맑으면 맑은 대로, 흐리면 흐린 대로 놀이를 하는 존재가 '어린아이'이다. "햇살이 좋아서, 날이 흐려서, 바람이 불어서 좋다."라는 고백은 바로 작가의 정신이 자유로운 '어린아이'의 그것에 닿아 있음을 보여주고 있는 것이다.

3. 자아를 더 강하게 만드는 고통

니체는 "나를 죽이지 못하는 고통은 나를 더 강하게 만든다."라고 했다. 하희경 작가에게 적확하게 적용되는 말이라는 생각이 든다. 작가는 자신에게 주어지는 절망적 현실에 힘겨워하기도 했지만, 결국엔 그 상황을 있는 그대로 인정하고 최선을 다한다. 그러나 작가 자신은 그것을 최선이라고 생각하지 않는다. 그러한 행동을 유발하게 한 근원적인 차원에까지 내려가 잔인하다고 생각될 만큼 냉철하게 원인을 파헤친다. 일반적인 시선에서는 '선행'이라 할 행위를 부정하는 까닭이 여기에 있다. 부정을 거쳐 자신을 '죽이지 못하는 고통'이 작가를 더욱 강하게 만들었다는 사실을 인정하게 된다.

> 살아오는 동안 하고 싶은 것들을 미루기만 했다. 숱한 변명들을 늘어놓으며 나의 나약함을 감추었다. 교묘하게 용기 없음을 감추고 남의 탓을 하면서 지내온 날들이 눈앞에 펼쳐진다. 어쩌면 조금 더 어려울 수도 있는 길이기에 지레 겁을 내고 피한 것이다. 남을 핑계로 삼는 한, 일이 잘못되어도 내 책임이 아니라는 것을 이용한 것이다. 아버지, 어머니, 남동생, 시어머니, 남편, 자식을 방패막이로 삼는 한 나는 착한 사람이면서 없어서는 안 될 필요한 사람이었다.
>
> 계집애라며 쓸모없는 취급을 당했던 내가 누군가에게 쓸모 있는 사람이 되는 게 기분 좋았다. 착한 사람이라는 말은 묘하게 중독성이 있어 마약처럼 빠져들게 했다. 착한 사람으로 지낸 날들이 분명 잘못은 아니다. 잘못이라면 다른 사람의 욕구를 채우기 위해 노력하는 만큼 내 욕구도 채워야 하는 걸 잊어버린 것뿐이다. 작은 소녀가 어른이 되기까지 정작 자

신은 내버려두고 엉뚱하게 다른 사람의 인생만 챙긴 것이다. 착한 사람이란 이미지에 중독되어 먼 길을 돌았다.

-「그녀는 이별 중」

작가는 '시각 장애인 시설'에서 만난 자원봉사자와 결혼하여(「종자돈 삼천 원」) 두 아이를 입양했을 뿐만 아니라(「가족이란」) 기회가 닿을 때마다 외면하지 않고 어려운 이웃들을 품었다.(「어떤 가족」) 사실 이러한 일들은 주위로부터 어떤 칭찬이 따른다고 하더라도 그것을 바라고 쉽게 하겠다고 나설 수 있는 것들이 아니다. 그런데 이 '선행'들을 두고도 작가는 자신 내면에 자리했던 '착한 사람'이라는 이미지에 대한 욕망을 직시한다.

하희경 작가는 자신의 삶을 '착하게 살았다'는 두루뭉술한 말로 포장하지 않는다. 오히려 그것이 타인에 의해 부여되는 "착한 사람이란 이미지에 중독"된 결과였음을 밝히고 있다. 이러한 통렬한 성찰은 자기 스스로도 돌보지 않은 자아에 대한 인식에 이르게 된다. "다른 사람의 욕구를 채우기 위해 노력하는 만큼 내 욕구도 채워야 하는 걸 잊어버린" 자아, "작은 소녀가 어른이 되기까지 정작 자신은 내버려두고 엉뚱하게 다른 사람의 인생만 챙긴" 자아가 바로 그것이다. 그렇다고 작가가 "착한 사람으로 지낸 날들"을 부정하는 것이 아님은 물론이다. 작가는 이제 타인의 시선이나 어린 날 채워지지 않았던 욕망에 휘둘려 자신에게 강요했던 '착한 사람'이라는 이미지와 "이별 중"이다.

아버지는 일제시대에 유학을 하고 지금도 존재하는 대기업에서 잘나가는 인재였다. 그러던 사람이 술로 인해 망가지기 시작했다. 그것을 견디지 못한 본부인이 내 어머니에게 슬쩍 자기 남편을 떠넘긴 것이다. 내 어머니에게 버려지듯 남겨진 아버지는 잃어버린 것들을 향한 몸부림을 술로 달랬다. 가끔 술에 덜 취한 날이면 나를 뚫어져라 바라보던 아버지의 눈길이 생각난다. 그 눈길의 뜻을 이제야 조금 알 것 같다. 어쩌면 아버지 역시 내가 아니었으면 되돌아갈 수 있었던 자신의 빛나던 날들을 생각했을지 모른다.

술에 영혼을 판 남자인 줄 모르고 넘겨받은 어머니는 살아있는 동안 내내 나를 원망했다. 나라는 존재가 태어나지 않았다면 당신이 그리 살지 않았을 텐데 하면서 말이다. 어쩌면 어머니의 그 말도 사랑이었을지 모른다. 내가 생기는 바람에 힘들어도 떠나지 않고 살았다는 말, 그 말 속에는 그래도 널 버릴 수는 없었다는 뜻이 숨어있는 것이다. 자식이기에 버릴 수 없지만 눈앞에서 웃는 모습을 봐주기는 어려웠던 어머니의 그 마음이 어쩐지 슬프다.

-「낙인의 힘은 무소불위다」

작가는 '원초적'이라 할 만큼 가장 가까운 존재로부터 부정당했던 경험을 하나하나 들여다본다. 그리고 그 원인을 헤아려본다. "아이를 낳으면서 당신 인생이 막다른 곳에 몰렸다고 생각한" 엄마, '내가 아니었으면 자신의 빛나던 일상으로 되돌아갈 수 있었을지도 모르는' 아버지에 대한 이해가 그것이다. 놀라운 것은 그 이해의 깊이이다. 작가는 '너라는 존재가 태어나지 않았다면 나는 그리 살지 않았을 것'이라는 원망의 말에서 사랑을 읽어낸다. "내가 생기는 바람에 힘들어도 떠나지 않고 살았다는 말, 그 말 속에는 그래도 널 버릴 수는 없었다는 뜻이 숨어있는 것"이라고 말이다. 그것은 이해를 넘어 "자식이기에 버릴 수 없지만 눈앞에서 웃는 모습을 봐주기는 어려웠던 어머니의 그 마음이 어쩐지 슬프다."

라는 연민에까지 이르고 있다. 도대체 이러한 인식의 폭과 정서의 깊이는 어디에서 연원하는 것일까.

원인을 어느 한 가지로 규정지을 수 없음은 물론이다. 작가의 성정과 주변 환경도 영향을 미쳤을 것이다. 그러나 무엇보다도 작가의 배움에 대한 갈급과 열정, 그리고 글쓰기가 주요한 요인이 되었을 것으로 생각된다. 작가는 공장에 다니면서도 배움에 대한 꿈을 포기하지 않았다. 야근을 포기하면서까지 야학에 다닐 정도로 열정적이었다. 가족의 방해로 공부를 이어갈 수는 없었지만 그것이 오히려 배움에 대한 갈망을 부추기는 기제로 작용했다. 작가는 기회가 닿는 대로 책을 읽었고 그것이 훗날 글쓰기에까지 이어지게 된 것이다.

제게는 기억의 공백이 군데군데 있습니다. 마치 어떤 사고라도 당해 기억상실증에 걸린 것처럼 어린 시절의 몇 년간이 텅 비어있습니다. 어쩌면 특별한 부모를 만나 유난스런 일들을 겪으면서 늘 잊으려고 노력한 때문인지도 모릅니다. 가끔은 잃어버린 기억이 마음에 걸립니다. 언젠가 상담 심리에 대한 공부를 할 때, 잃어버린 기억을 찾아 정리해야만 한다는 말을 들었습니다. 그래야 자신의 삶을 똑바로 살 수 있다고 하면서요. 그 말을 들은 뒤 한동안 기억을 되살려보려고 노력한 적이 있습니다. 하지만 오래전에 먼 길 떠난 기억은 돌아오지 않았고 몸과 마음이 많이 힘들었습니다. 결국 현실에 집중하면서 지난 일은 생각하지 않기로 결정했습니다. 그랬던 제가 글을 쓰기 시작하면서 달라졌습니다.

……중략……

글을 쓰기 위해 오랜 기억들을 끄집어내는 작업은 지난합니다. 자칫 감정을 추스르지 못해 며칠씩 우울하기도 합니다. 그럼에도 열심히 꺼낼 수밖에 없는 이유는 글이 가진 힘을 알게 되었기 때문입니다, 제게 글은 힘입니다. 남의 글을 읽으면서 미처 모르던 것을 알게 되고 때로는 위로를 받습니다. 무엇보다도 제 자신이 치유를 받습니다. 이왕이면 군더더기 없이 잘 쓰인 글이면 좋겠지만 그렇지 않은 글도 누군가에게는 위로가 된다는 것을 알게 되었습니다.

-「글을 쓰는 이유」

인간은 자기 보호를 위하여 충격적인 일이나 자아에게 고통을 주는 기억은 지우기도 한다. 무의식적이고 본능적으로 이루어지는 일이다. 작가에게도 그러한 "기억의 공백"이 있다. "마치 어떤 사고라도 당해 기억상실증에 걸린 것처럼 어린 시절의 몇 년간이 텅 비어" 있는 것이다. 작가에게 내재되어 있는 상처가 그만큼 깊고 고통스러운 것이라는 의미일 터다.

"외관상으로는 나도 분명히 어른이지만 내 안에는 어른을 무서워하는 어린아이가 도사리고 있었다."(「어른이 되고 싶다」)라는 고백처럼 하희경 작가의 내면에는 상처받은 채 자라지 않는 어린아이가 살고 있었다. 작가에게 글쓰기란 아무도 돌보지 않았던 그 아이를 들여다보고 아이의 이야기를 들어주는 일이었다. 그것은 현실의 자아가 건강하지 않다는 인식에서 비롯되었다. 작가는 마주하고 싶지 않은 오랜 기억들을 하나하나 꺼내어 글로 써낸다. 그것이 "며칠씩 우울"하게 만들기도 하지만 멈출 수 없다. 이러한 과정을 거쳐 '치유'에 이른다는 것을 체득했기 때문이다.

글을 쓴다는 것은 단순히 과거를 복기하는 것이 아니다. 외면하고 덮어두었던 상처의 정체를 정면으로 들여다보는 작업이다. 이를 통해 작가는 자신을, 자신의 삶을 객관적으로 볼 수 있게 된다. 정확하게 인식하기 위해서는 대상과의 거리가 필요하다. 숲속에 있을 때 숲을 볼 수 없듯이 자아를 들여다보기 위해서는 자아와의 거리가 필요하다. 현재 자아의 상태를 인식했을 때 그 자아로부터 벗어날 여지가 생긴다는 의미다. 거리를 두고 자아를 살펴볼 수 있을 때 현재보다 한걸음 더 나아간 진보의 거리를 확보할 수 있게 되는 것이다. 그 거리를 담보하게 하는 것이 바로 글쓰기이다. 작가에게 글쓰기가 '치유'이자 '힘'인 까닭이 여기에 있다.

4. 운명에 대한 사랑

가끔 궁금할 때가 있다. 지금과 꼭 같은 삶이 다시 한번 반복된다고 한다면 얼마나 많은 사람이 기꺼운 마음으로 그 제안을 받아들일까. 아마도 좋은 환경을 전유했던 사람들이거나 주어진 환경과 관계없이 생에 대한 긍정을 견지했던 사람들이 수용하지 않을까. 전자의 경우는 확신할 수 없다. 노력과 상관없이 좋은 환경이 주어졌거나, 자신의 노력으로 성공을 성취했을 때라도 허무에 빠지는 경우를 종종 볼 수 있기 때문이다. 그러나 생에 대한 긍정의 태도를 견지한 경우엔 환경의 유불리를 떠나 삶의 반복을 긍정할 가능성이 크다. 생을 긍정하는 주체는 고통이 크면 클수록 생에 대한 의지 또한 그와 비례해 강해질 것이기 때문이다.

하희경 작가는 어떨까. 아마도 같은 삶을 다시 한번 반복하고 싶지는 않다고 할 것이다. 지금보다는 좋은 환경에서 태어나 조금은 편안하게 공부도 하고 꿈을 이루고 싶다고 할 수도 있겠다. 그러나 그런 환경에서 살았다면 지금의 하회경 작가는 없었을 것이다. 지금의 작가를 있게 한 것은, 힘겨운 현실을 회피하지 않고 맞서 응전하며 끝내는 생을 긍정하기에 이르는 작가의 태도이기 때문이다.

무엇보다 작가는 이미 삶을 통해 그 대답을 보여줬다. 여러 선택의 갈림길에서 작가는 자신의 이익보다는 타인의 슬픔에 공감하고 그것을 해소하는 방향으로 자신의 삶을 이끌어왔다. 당연히 그로 인해 삶이 고단해지는 경우가 많았지만, 다시 그러한 상황에 맞닥뜨리게 되었을 때 또 어김없이 작가는 같은 선택을 해왔기 때문이다.

오래전 친정 부모와의 인연이 남들과 조금 다른 길을 걷게 했다. 난 어려워하는 사람을 보면 그냥 지나치질 못한다. 특히 부모와의 관계가 힘든 아이들을 보면 내 일처럼 가슴이 아프다. 이런 저런 이유로 여러 아이들이 우리 가정에 머물다가 떠났다. 아이들과 인연을 맺은 이유는 때마다 다르지만 근본적으로는 하나였다. 울타리가 되어주어야 할 부모가 길을 잃고 방황할 때, 잠시나마 비바람을 피해갈 수 있는 우산이 되어주고 싶었기 때문이다. 내게 있어 가족의 의미는 혈연이 아닌 감정의 문제였다.

때때로 힘에 부쳐 벗어나려고 노력한 적도 있다. 하지만 그런 상황에 처한 아이와 부딪히면 나도 모르게 다시 시작하게 된다. 가진 것 없고 힘없는 내가 오지랖 넓은 행동을 멈추지 못하는 걸 보면 어쩌면 이게 나의 달란트인지도 모른다. 조금은 특별한 아이들과의 만남이 하나의 가족이 되었고 그 가족이 내게 살아가는 힘을 주었다. 잠시 흔들리다가도 그 작은 선택의 순간들이 나를 이끌어 왔다.

-「어떤 가족」

어린 시절의 결핍이 사실 나쁘기만 한 건 아니었습니다. 부족한 부분을 채우려는 마음이 다양한 일을 할 수 있는 원동력이 되었기 때문입니다. 힘든 처지에 놓인 사람에게는 작은 관심이라도 큰 힘이 된다는 걸 알기에 가난한 살림에도 힘들어하는 사람들을 끌어안을 수 있었습니다. 덕분에 아이들을 입양하고 여러 곳에서 봉사활동을 하면서 열심히 살 수 있었습니다. 사랑받고 싶다는 마음이 제 삶을 이끈 겁니다. 노년으로 가는 길목에 들어선 지금, 그토록 받고 싶어 애쓰던 사랑이 제 안에 자리 잡고 있다는 걸 알게 되었습니다.

-「세 가지 소원」

니체는 "아모르 파티(Amor Fati)", 운명을 사랑하라고 했다. 그것이 주어진 운명을 받아들이라는 체념적 언표가 아님은 물론이다. 사랑이 어떻게 체념과 등가일 수 있겠는가. 사랑은 정열이다. 현실도 마찬가지이다. 인간이 자신의 삶을 사랑하는 경우가 얼마나 될까. 더욱이 고통스러운 현실을, 운명이라고 체념하면서 어떻게 사랑할 수 있겠는가. 인간이 자신의 고통스러운 삶을 사랑할 수 있는, 긍정할 수 있는 힘은 그의 삶에 대한 태도에서 나온다. 다시 말해 고통의 의미를 주어진 그대로가 아니라 자신의 의지로 새롭게 해석하고 그 삶을 주체적으로 헤쳐나가기로 결의했을 때 있는 그대로의 자신의 삶을 긍정할 수 있게 된다는 말이다. 그 결과는 타자의 시선에 별 볼 일 없는 것으로 보일지 모르지만 그것은 중요하지 않다. 의지 그 자체가 중요한 것이다. 하희경 작가처럼 말이다.

하희경 작가는 끊임없이 자신의 의지가 어디에서 연원한 것인지, 만약 그것이 결핍으로부터 발현한 것이라면 그것을 진정한 의지라 할 수 있는 것인지 묻고 또 묻는다. 그리고 그 의지를 깎아내리기도 하고 냉정하리만큼 자신의 타인에 대한 선행을 부정하기도 한다. 그러나 부정을 통해 결국 다시 그 상황이 와도 같은 선택을 할 것이라는 사실을 확인하게 된다. 궁극적으로는 자신의 의지를, 이를 통해 이끌어 온 삶을 긍정하기에 이르는 것이다.

꿈은 꿈으로 끝날지 모른다. 처음 글쓰기를 시작할 때 50%의 시신경이 죽은 상태에서 시작했다. 삼 년째인 현재 75%의 시신경이 죽었다는 말을 들었다. 앞으로 어떻게 변할지 모르는 시력을 가지고 생활한다는 것은 맑은 가을날 느닷없이 불어 닥치는 겨울바람을 맞는 기분이다. 방심하고 웃다가 불쑥 눈가에 이슬이 맺힐 때도 있다. 오랜 시간 가슴에 품어 온 세상을 끝내 볼 수 없을지도 모른다는 사실을 인정하기 싫다. 시야가 좁아지면서 마음마저 덩달아 어둠에 잠긴다.

세상 거칠 것 없이 자신만만하던 내가 어느 순간 어린아이가 되었다. 기를 쓰고 버티던 동아줄이 툭 끊어지면 이런 느낌일까? 수시로 땅으로 곤두박질치는 나를 다루는 일이 쉽지 않다. 운명 따위는 상관없이 못 할 일이 없다고 생각했는데 갑자기 못하는 일이 많아졌다. 언제나 타인에게 도움이 되는 삶을 살려고 노력했던 내가 남의 도움을 받는 처지가 된다는 게 달갑지 않다. 생로병사는 선택이 아님을 알면서도 나만은 예외였으면 좋았을 걸 하는 생각을 잠시 해본다. 모두 부질없는 생각이라는 걸 알면서 말이다. 그 어둠이 내게 글을 쓰게 한다.

-「바쇼 하이쿠 선집을 읽다」

처음 아프기 시작할 때만 해도 어지간히 복 없는 여자란 생각을 했다. 하지만 달리 생각하면 몸이 불편해지는 바람에 일에서 놓여날 수 있었다. 덕분에 공부를 할 수 있으니 감사한 마음이 드는 건 지나친 긍정일까? 이른 새벽이면 일어나 커피 한 잔을 마시면서 궁리한다. '오늘은 어떤 책을 읽을까, 무슨 즐거운 일을 할까,' 그런 생각으로 시작하는 하루가 즐겁다.

지금 이 순간은 머뭇거리며 망설이기만 했던 내게 온 귀한 선물이다. 난 이제 핑계가 찾아와 속삭이면 망설이지 않고 대답한다.

"지금은 내 시간이야. 널 방패 삼아 버려두었던 나는 이제 여기에 없어. 난 이제 이 행복한 순간을 놓지 않을 거야."

오래전 낯선 학교에서 교실 창문을 넘겨다보던 소녀가 웃는다. 끈질기게 붙어 다니던 핑계라는 친구와 이별 중인 그녀가 환하게 웃는다.

-「그녀는 이별 중」

안타깝게도 하희경 작가에게 고통은 여전히 현재진행형이다. 시력을 잃어가고 있기 때문이다. "꿈은 꿈으로 끝날지 모른다."는 생각은 어쩌면 누구나 할 수 있는 보편적인 생각일지 모른다. 그러나 하희경 작가에게 이러한 생각은 절망 중에서도 끝자락의 절망이라 할 수 있을 것이다. 어렸을 때부터 꿈꿀 수조차 없는 환경에서도 꿈을 생각해왔고 성인이 되면 주체적으로 살 줄 알았지만, 또다시 꿈을 미루어야만 하는 환경에 놓여 있었기 때문이다. 그런데도 작가는 "꿈이라는 것은 억누른다고 해서 없어지는 게 아니었나 보다."라며 꿈을 포기하지 않았다. 그랬던 그가 "꿈은 꿈으로 끝날지 모른다."라고 읊조리고 있는 것이다.

고통에 직면했을 때 그것을 극복하기 위해서는 먼저 인정하는 과정이 필요하다. 그러나 처음부터 인정될 리 없다. '믿을 수 없다'거나 '왜 하필 나여야 하는지' 등 현실을 부정하는 것이 가장 먼저 하게 되는 반응일 터다. 작가도 그랬다. '화가 났'고 "하필이면 이런 형태로 나를 쉬게 하나 싶어 아무에게라도 화풀이하고 싶"어했다. "남에게 화풀이하는 방법을 모르"는 작가는 자신을 괴롭혔다. '굴을 파듯이 자신 안에 틀어박혀 온갖 우울하고 불행한 일들을 곱씹'기도 했고(「알고 싶다」) "어지간히 복 없는 여자"라고 운명을 탓하기도 했다.

이러한 과정을 거쳐 작가는 자신의 현실을 인정하고 생각을 전환한다. "몸이 불편해지는 바람에 일에서 놓여날 수 있었"고 "덕분에 공부를 할 수 있"게 되었다는 것이다. 한 걸음 더 나아가 작가는 고통스럽다면 지극히 고통스러울 현실에 대해 "귀한 선물"이라며 오히려 "감사한 마음"이 든다고 고백하고 있다. 어떤 고난도 그의 꿈을 향한 행보를 멈추게 할 수는 없을 듯하다. 그것은 작가에게 자신을 방치하게 하는 '핑계'일 뿐이다.

작가는 자신이 하고 싶은 것들을 미룬 것은 현실 때문이 아니라고 단언한다. 현실 때문이라고 생각한 과거에 대해 "숱한 변명들을 늘어놓으며 나의 나약함을 감추었"다고, "교묘하게 용기 없음을 감추고 남의 탓을 하면서" 자신을 '버려두었다'고 성찰한다. 이러한 뼈아픈 성찰이 있었기에 "널 방패 삼아 버려두었던 나는 이제 여기에 없어."라고 선포할 수 있게 된 것이 아닐까.

돌이켜 생각해보면, 지난날 키다리 아저씨는 곳곳에 있었다. 내가 키다리 아저씨를 찾아 헤매는 동안 여러 모습으로 곁에 있었던 것이다. 처음 『키다리 아저씨』란 책을 건네준 이웃집 아저씨, 힘들어할 때마다 안아주며 힘을 주던 수녀님, 수시로 도움을 건네준 여러 선생님, 모녀지간의 좌충우돌을 말없이 지켜본 가족, 당시에는 알지 못했지만 그들 모두가 키다리 아저씨였다.

-「키다리 아저씨」

내게 있어 가족이란 의미는, 한 시대를 살면서 서로의 아픔을 보듬어 줄 수 있는 사람이라면 누구나 가족이다. 더불어 자식이란 말의 의미도 배 아파 낳은 자식만을 뜻하지 않는다. 난 열 손가락으로도 셀 수 없을 만큼 많은 자식이 있다. 하나하나 꼽아보면 늘 보고 싶고 안아주고 싶은 아이들이다. 비록 지금은 나의 부족함으로 연락이 끊어졌지만 언제나 아이들을 위해 기도한다. 한때나마 인연 맺었던 아이들이 어디에서 무엇을 하든 건강하고 행복하기를 바라면서....

-「가족이란」

작가가 '키다리 아저씨'를 찾아 헤맬 수밖에 없었던 까닭은 그만큼 가족으로부터의 결핍감과 상처가 컸기 때문이다. 하희경 작가는 그러한 상처를 외면하거나 분노로 표출하지 않았다. '키다리 아저씨'라는 희망을 포기하지 않았으며 자신 또한 결핍이 있는 이들에게 '키다리 아저씨'가 되어주었다. 그들의 상처를 누구보다 잘 이해할 수 있었기 때문이다.

무력 무구했던 어린 날부터 가족으로부터 상처를 받아왔던 작가는 오히려 '가족'의 의미를 확장한다. 작가에게 가족이란 "한 시대를 살면서 서로의 아픔을 보듬어 줄 수 있는 사람이라면 누구나 가족"이다. '자식'의 의미 또한 "배 아파 낳은 자식"에 한정되지 않는다. 입양하여 키운 아이들도 있고 시설에서 보살피던 아이들도 많다. "하나하나 꼽아보면 늘 보고 싶고 안아주고 싶은 아이들" 모두 작가에게는 '자식'이다.

작가의 상처는 상처에 머물지 않았다. 작가는 상처를 매개로 자신을 파괴하는 괴물로 자라지도 않았다. 오히려 그의 상처는, 타자를 이해하고 사랑하는 기제로 자리하고 있다. 자신 또한 타인에게 키다리 아저씨가 되어주면서 작가는 자신 주변에 늘 키다리 아저씨와 같은 존재가 있었음을 깨닫는다.

5. 나가며

수필은 그 어떤 장르의 문학보다 작가의 삶이 잘 드러난다는 특징이
있다. 자신의 경험을 소재로 삶의 진실을 드러내는 장르이기 때문이다.
여기에서 우리는 수필 장르가 획득하고 있는 두 가지 의미를 읽어낼 수
있다. 첫째 수필은 치유로서의 글쓰기에 가장 부합하는 장르라는 점이
다. 자신의 삶을, 내면을 깊이 들여다보고 진솔하게 드러내는 과정을 포
함하고 있기 때문이다. 아픔과 부끄러움을 쓰는 과정에서 자아는 건강
해지고 부끄러움에서 벗어날 수 있게 된다. 둘째 같은 맥락에서 수필의
경우 글의 완성도란 궁극에는 삶의 완성도와 긴밀하게 연결된다는 사실
이다. 글을 잘 쓰기 위해서는 그 어떤 기법을 단련하는 것보다 삶을 잘
가꾸어야 한다는 의미가 수필에서는 성립하게 되는 것이다.

하희경 작가의 첫 수필집 『민낯』의 경우 이러한 특징들을 담보하고
있는 수필 문학의 전범이라 할 만하다. 상처받은 채 자라지 않는 내면의
'어린 자아'가 서서히 성장해 '키다리 아저씨'가 되는 과정을 보여준다.
그것은 '낙타'와 '사자'로 표상되는 정신적 단계를 거쳐 자유로운 '어린
아이'의 세계로 나아가는 과정이기도 하다. 어떠한 환경에서도 꿈을 잃
지 않고 끝끝내 삶을 긍정하는 태도가 감동을 준다. 치유의 과정으로서
의 글쓰기도 그러하거니와 자아를, 삶을 더 높은 지점으로 끌어올리고
자 하는 작가의 고투가 감동을 주고 있다는 의미이다. 하희경 작가의 글
에서 절망과 괴로움은 더 큰 긍정을 위한 발판으로 작용한다. 아픔만큼

성숙한다는, 식상한 진실을 생생하게 현현해 보여주고 있는 것이 하희경 작가의 삶이고 글이다.

그러나 수필이 문학인 이상 작가의 감동적인 삶과 그 태도만으로 완성될 수 없음은 물론이다. 문학성이 담보되어야 한다는 의미이다. 하희경 작가의 『민낯』에서도 그러한 미적 감각을 확인할 수 있다. 다만 『민낯』이 작가의 첫 번째 수필집인 만큼 그 가치가 전자, 즉 자신의 삶을 진솔하게 드러내면서 획득하게 되는 치유의 의미에 더 기울어있을 뿐이다. 그래서인지 작가 자신이 아닌 타자의 관점에서 쓴 작품일 경우 이러한 미적 감각이 훨씬 잘 드러나는 경향을 보인다. 고양이가 화자가 되어 글을 이끌어 가고 있는 「고양이의 수다」가 대표적 예가 될 것이다. 「혼자 노는 아이」나 「시인과 여공」의 경우 수필의 경계를 자유롭게 넘나들며 동화의 세계나 시적 감수성을 느끼게 하는 작품들이다. 앞으로 펼쳐질 작가의 작품세계가 기대되는 까닭이 여기에 있다. 그의 두 번째 수필집이 벌써 기다려지는 이유이기도 하다.

생의 긍정에 이르는 성실한 발걸음, 삶이 문학이 되는 그 투명하고도 아름다운 여정, 이것이 하희경 작가의 첫 번째 수필집 『민낯』이 함의하고 있는 바다.

{ 3장 }

'우리'에 이르게 하는,
결핍과 슬픔의 역설적 힘

    이동순 시인의 시선집『생각만 해도 신나는 꿈』(시선사, 2022년)을 읽는다. 이동순 시인은 1973년 동아일보 신춘문예에「마왕의 잠」으로 등단한 이래 첫 시집『개밥풀』(창비, 1980년)에서 최근 펴낸 시집『고요의 이유』(애지, 2022년)에 이르기까지 21권의 시집을 발간했다.『생각만 해도 신나는 꿈』은 등단 50주년을 맞은 시인이 21권의 시집 가운데 가려 뽑은 작품으로 발간한 시선집이라는 점에서 의미가 깊다. 50여 년이라는 시력에 축적된 시인의 시적 성취는 매우 넓고도 깊다. 역사적 진실, 민족 민중에 대한 애정, 통일에 대한 염원, 현실 인식과 비판, 자연에의 동화, 연정이나 혈육에 대한 그리움 등 주제의 스펙트럼이 넓고 정서의 밀도 또한 높다. 이토록 다양한 대상에 대한 관심과 애정, 미래에 대한 염원과 의지는 어디에서 연원하는 것일까.

1. '어머니'라는 결핍의 힘

어머니와 내가
모자간의 인연으로 이 세상을
함께 살았던 시간이란 고작 열 달
무슨 볼일 그리도 급하셔서 어머니는
내가 첫돌도 되기 전에
내가 땅에 두 발을 딛기도 전에
서둘러 가신 것일까
생각하면 때로 어머니가 야속하기도 하고
원망스럽기도 하지만
어린 핏덩이를 남기고 떠나실 즈음
어머니 심정이야 오죽 하셨으랴
사진도 한 장 없고
어찌 생기셨는지 얼굴조차 모르지만
그 어머니께서 늘 내 속에 와 계시고
또 자식 옆을 잠시도 떠나지 않으시며
살아계실 때처럼 이것저것
보살펴주신다는 것을
나는 안다

-「어머니」

이동순 시인의 시심은 어머니로부터 시작된다. 실상 '어머니' 내지 모성은 상징적으로도 실질적으로도 존재의 근원이자 성장의 바탕이 된다. 자아는 애초에 어머니와 한 몸이었다. 따라서 탄생이란 자아와 어머니

산책시간을 애타게 기다리는 개처럼
궁금증을 불러일으키게 해 주는 사람과
늘 도사리게 되고 자꾸만 기다려지는
산책 가자는 말

– 「산책 가잔 말」

'알지 못하는 것'에 긍정성을 부여하고 있다는 점에서 이 시는 「숨은 연못」과 동일한 맥락에 자리한다. 길을 미리 알려 주는 것에는 "무척 재미없다"고 한다든가 "다음코스가 버스종점이라고 알려 주는 안내 방송보다 / 얼마나 더 가야 버스종점일까, 궁금해 하던 때"를 그리워하는 대목에서 이를 확인할 수 있다.

위 시에서 '모르는 것'은 '작정 없음', '목적 없음'과도 관련이 있다. 이 시는 '산책'을 소재로 하고 있는데 어디에 이를지 '모르고', '무작정' '어슬렁어슬렁 걷'는 것이 시적 자아가 원하는 산책 방법이기 때문이다. '어슬렁거림', "목적지 없이 어슬렁어슬렁 걷"는 행위는 "습의 잣대로 보면"(「뒷배」) 매우 비효율적이고 비생산적인 일임에 틀림없다. 그런데 시적 자아는 이 '작정 없음', '목적 없음'에 '끌림'을 느끼고 있는 것이다.

시인은 자신의 이상이랄까 목적을 "사막을 걷는 이들이 오아시스를 찾아다니듯 / 목마르게 갈구하지 않"는다. 중요한 것은 그럼에도 "결국 그곳에 다다르고 말" 것이라 단언하고 있다는 사실이다. 이는 "목적한 곳을 찾아 산책하는" 것이 아니라 "습관처럼 발길 멈추는 곳이 목적지가" 되는, 의식과 행위의 전도에서 가능해진다.

목적지가 있을 경우 출발지와 종착지 사이에 있는 '길'과 '주변' 대상들은 이곳에 이르기 위한 수단으로 기능하게 된다. 그러나 목적지가 없는 경우엔 상황이 달라진다. "길과 주변과 자분자분 얘기"를 나눌 수도 있게 되고 때로는 '길'이, 때로는 그 '주변'이 목적지가 되기도 한다. 목적과 수단의 경계가 무화되고 모든 대상이 목적이 될 수 있게 된 것이다. 이러한 목적지 아닌 목적지는 "아주 낯설지 않"지만 매번 새로운 심상을 불러일으킬 터이다. 이것이 자아가 "산책 가자는 말"을 "늘 도사리게 되고 자꾸만 기다"리게 되는 이유다.

2.

황명자 시인이 알지 못하는 것, 모르는 것에 대해 긍정성을 부여한다고 해서 '앎'에 대한 욕망을 무조건 배척하는 것이 아님은 물론이다. 시인이 '재미없어 하는 것'은 합리적이고 필연적인 것, 인과적, 결정적인 것들이다. 역으로 시인이 궁금해 하는 것은 예측 불가능한 우연적인 것, 생성 변화하는 것, 가령 생명성과 같은 것들이다. 이러한 것들의 공통점은 근원적 속성에 가깝다는 사실일 것이다.

거절이 힘들 때
당분간이란 전제를 붙인다
당분간 헤어져 있자
당분간 생각해볼게
당분간, 당분간,
어린 연못은 무논을 당분간만 연못으로 두겠다는
관할구의 방치된 공간이었지만
당분간이란 어림없다
물빛에 어룽지는 해와 달의 속내를

와의 분리를 의미하게 되는 것이다. 자아와 어머니의 2자 관계에서 시작해 그 관계의 지평을 넓혀가는 여정이 성장이며 사회화의 과정일 터이다. 그러므로 어머니는 본디 자아의 일부이자 전부였으며 탄생 이후에는 그 분리로 인한 상실감을 애정과 돌봄으로 상쇄시켜주는 존재인 셈이다.

그런데 이동순 시인에게 어머니라는 존재의 의미는 더 특별해 보인다. 시인과 어머니가 "모자간의 인연으로 이 세상을 / 함께 살았던 시간이란 고작 열 달"에 지나지 않았기 때문이다. 어머니와의 분리 이후 상실과 결핍을 채울 시간이 턱없이 부족했다는 의미이다. "내가 첫돌도 되기 전에 / 내가 땅에 두 발을 딛기도 전에" 어머니는 떠났으며 "어찌 생기셨는지 얼굴조차 모"른다는 시구에서 이를 확인할 수 있다.

모체와의 분리로 인한 결핍감은 사실 영원히 채워질 수 없는 성질의 것이다. '부부는 일심 동체'라는 말이 있지만 아무리 사랑한다 한들 실제로 '동체', 곧 한 몸이 될 수는 없기 때문이다. 다시는 실질적인 타자와의 동일성을 구현할 수 없다는 점에서, 다시 말해 누군가와 한 몸을 이루었던 때로 돌아갈 수 없다는 점에서 '어머니'는 영원히 채워지지 않는 결핍, 신화적 존재로 의미화 될 수 있을 것이다. 인간 욕망의 근원은 바로 이 채워지지 않는 결핍에서 비롯되는 것일 터, 욕망은, 채울 수 없는 것을 채울 수 있다고, 부지런히 채우라고 자아를 추동한다. 인간이 욕망에서 벗어나기 힘든 까닭이 여기에 있다.

채워지지 않는 욕망은 인간을 더 단단하게 구속하여 치열하게 살게 하거나 혹은 반대로 허무와 무기력에 빠지게 하기도 한다. 어느 쪽이든 자아가 주위를 찬찬히 돌아보거나 대상과의 합일을 도모할 수 없는 상태라는 점에서는 다르지 않다. 그런데 이동순 시인의 경우 인식적으로도 감성적으로도 타자와의 합일을 이루는 것에 탁월한 감각을 보여준다. 너무 일찍 돌아가신 까닭에 얼굴도 떠올릴 수 없는 어머니이건만 시인은 "그 어머니께서 늘 내 속에 와 계시고 / 또 자식 옆을 잠시도 떠나지 않으시며 / 살아계실 때처럼 이것저것 / 보살펴주신다는 것을 안다"라고 하고 있지 않은가. 이러한 합일의 감수성은 시인에게 매우 소중한 것인데, 대체 어디에 그 연원이 있는 것일까. 「별이 풀에게」라는 작품에서 그 일면을 간취해 볼 수 있다.

해 저물도록
뽀얀 먼지 뒤집어쓴 채
하늘만 멍하게 바라보는 풀

개가 앉았다 가고
참새가 작은 발로 통통 밟고 가고
구름도 잠시 머물다 가고

비바람 몰아칠 때도
다부지게 이리저리 몸 뒤채며 종일
누굴 기다리나

마침내 별들이
제 가슴 열고 지상을 물끄러미 보살피는 시간
풀은 그제야 일어나 춤을 추네

별은 칭얼대는 아기 달래듯

이슬에 젖은 풀을 안고 토닥이네

너를 일으켜 세울 자는 너뿐이란다

-「별이 풀에게」

　여기서 '풀'은 모진 풍파 속에 홀로 남겨진 존재를 표상하는데 1연에서는 먼저 존재의 무력함으로 구현되고 있다. "해 저물도록 / 뽀얀 먼지 뒤집어쓴 채 / 하늘만 멍하게 바라보"고 있는 모습이 그러하다. '개', '참새', '구름' 등은 '풀'과 어떠한 형태로든 관계를 맺고 있는 대상들인데 이들은 '풀'에 상처를 준다. 깔고 앉고, 통통 밟고 가고, 해를 가리는 등의 행위가 그것이다. 그렇다고 이들에게 어떤 의도가 있는 것은 아니다. '개'는 '개'대로 '참새'와 '구름'은 또 그들 나름대로 자신에게 필요한 행위를 하고 있을 뿐이다.

　인생이란 다층적으로 구성된다. 아프고 슬픈 사람, 약하고 소외된 사람에게는 타자의 평범한 일상도 상처가 되는 경우가 많은 까닭이다. 가령 함께 놀다가 저물녘 하나둘씩 엄마의 부름을 받고 집으로 들어가는 친구들을 생각해 보자. 저녁 먹으라고 부르는 친구의 엄마나, 더 놀고 싶지만 마지못해 따라 들어가는 친구나 그 어떤 의도도 없지만, 불러주는 이 없이 홀로 남겨진 아이에게는 크나큰 결핍과 상처를 환기하게 한다. 어떤 의도 없이도 주고 받게 되는 상처, 시인은 이것이 자연스러운 현상이라는 사실을 알지만, 그의 시를 꼼꼼하게 읽어보면 혹여 타자에 상처가 되지 않는지 자신의 행위를 섬세하고도 엄격하게 검열하는 시적 자아를 자주 마주하게 된다.

　한편 이 시에서 '풀'로 표상되고 있는 존재는 상처에 주저앉아 있는, 나약하기만 한 존재가 아니다. "비바람 몰아칠 때도 / 다부지게 이리저리 몸 뒤채며" 버티고 있는 것에서 이를 확인할 수 있는데, 그런 풀이 누군가를 기다리고 있다. 그것은 '별'이다. '별'은 "제 가슴 열고 지상을 물끄러미 보살피는" 존재다. 사실 '물끄러미'는 "우두커니 한곳을 바라보는 모양"을 뜻하는 것으로, 보살피는 행위와는 어울리지 않는 말이다. 그럼에도 시인이 굳이 '물끄러미 보살핀다'라는 표현을 쓴 까닭은 무엇일까. 물론 '물끄러미'에는 '풀'과 '별' 사이의 물리적 거리가 함의되어 있는 것이기도 하겠지만 그것의 궁극적 의미는 마지막 연의, '별'이 풀에게 건네는 말에 있다. "너를 일으켜 세울 자는 너뿐이란다"라는 언표가 바로 그것이다.

이 시에서 '풀'이 표상하는 바는 처연한 운명에 놓여있는 존재이자 시인 자신이다. '별'은 실존적 자아와는 거리가 있는, 자아가 의지하는 대상, 자아를 위무하고 일으켜 세우는 이상적 대상을 표상한다. 절대자나 자연일 수도, 돌아가신 부모일 수도 있을 터이다. 중요한 것은 이들 대상이 실질적으로 무엇인가를 해주는 것이 아니라는 사실이다. 주체는 자아 자신이다. 짓밟히거나 비바람에 쓰러졌을 때 다시 일어서는 것은 결국 자아 자신의 몫이라는 것이다.

시인이 "어머니께서 늘 내 속에 와 계시고 / 또 자식 옆을 잠시도 떠나지 않으시며 / 살아계실 때처럼 이것저것 / 보살펴주신다"고 느끼는 것 또한 동일한 맥락에서 이해해 볼 수 있다. 시인에게 상실과 결핍의 표상일 수밖에 없는 부재의 '어머니'는 시인을 안고 토닥이고 '물끄러미 보살피는' 존재로 자리한다. 이 시의 제목이기도 한 '별이 풀에게' 하는 것처럼 말이다. 시인이 결핍과 상처를 어떻게 내면화하는지를 알 수 있는 대목이다. '어머니'의 부재가 절망과 원망이 아닌 그리움의 정서로, 한발 더 나아가 현실의 시간을 초월하여 자아를 보살피는 힘으로 작용하는 것은 순전히 시인 자신의 선택과 의지, 감수성의 소산이다. 시인은 그에게 닥친 시련과 고통을 절망과 비극으로 인식하는 것이 아니라 자아를 고양시키는 매개로 받아들인다.

2. 타자의 고통에 대한 연민과 공감

아직 새벽인데
왜 나는 가파른 언덕을 오르는가
가장 높은 곳에 가 닿으려고
내 자전거는 맨 아래쪽 산 입구에서 서성대네

모든 출발은 팽팽한 긴장
굽을 박차고 콧심 무르륵거리는
한 마리 말과도 같이
내 자전거는 씩씩하고도 경쾌한 두 바퀴로
성큼성큼 산허리를 오르네

비가 한참 오지 않아
산길에는 흙먼지 풀풀 이는데
여기저기 날 선 칼날 드러내고 도사린 돌멩이
땅 위엔 뱀처럼 드러난 나무뿌리도 있네

가랑비 뿌려 살포시 젖은 날
자전거 바퀴가 저런 곳 타 넘게 되면

몹시 위험하지 녀석들은 빈틈 노려 나를 쓰러뜨리려 하네
하지만 그것을 두려워하지 말게
그런 고비 건너야 비로소 너의 길 만나리니

험한 길 투덜대는 사람이여
지금 그대가 골라서 가고 있는 평평한 길은
열반으로 가는 길인가
과연 그러한가

-「열반(涅槃)으로 가는 길」

　시적 자아는 새벽부터 자전거를 타고 "가파른 언덕을 오르"고 있다. 출발 전 자아의 "자전거는 맨 아래쪽 산 입구에서 서성대"고 있었다. 출발의 긴장감 때문일 것이다. "모든 출발"에는 "팽팽한 긴장"이 포회되어 있다. 그 까닭은 아마도 "가장 높은 곳에 가 닿"고자 하는 열망 때문이 아닐까 한다. '가장 높은 곳'에 이르고 싶지만 그 길을 가늠해보면 까마득하기만 하다. 아니나 다를까. 정상까지 가는 길에는 "여기저기 날 선 칼날 드러내고 도사린 돌멩이"도 있고 "뱀처럼 드러난 나무뿌리"도 있다. 이 모든 것들은 빈틈을 노려 자아를 쓰러뜨리려 하는 '몹시 위험한' 것들이다. 그러나 그것을 두려워하여 움직이지 못한다면 그야말로 '가장 높은 곳'은커녕 맨 아래쪽 산 입구에서 한 발짝도 나아가지 못할 것이다. '가장 높은 곳'에 이르고자 한다면 반드시 그 '고비'를 건너야만 하는 것이다.
　이 시에서 '가장 높은 곳'이 의미하는 바는 제목에서도 드러나는 바와 같이 '열반'의 세계이다. '열반'이란 완성된 깨달음의 세계이며 더 이상의

어떠한 고통도 욕망도 번뇌도 없는 상태를 의미한다. 이러한 경지를 꿈꾸는 존재에게는 고통과 욕망과 번뇌가 더 예민하게 인식된다는 아이러니가 상존한다. 그래서 시인은 진정한 고통이 무엇인지 모르고 왜 나만 이렇게 힘든 것이냐고 '투덜대는 사람', 욕망과 번뇌 속에 있으면서 그 사실을 알아차리지 못하는 존재에게 묻는다. "지금 그대가 골라서 가고 있는 평평한 길은 / 열반으로 가는 길인가 /과연 그러한가"라고.

이처럼 시인에게 결핍과 고통은 '가장 높은 곳', '열반'에 이르기 위한 과정으로 인식된다. 또 다른 한편으로 이러한 상처에 대한 감수성은 그의 시에서 타자의 고통에 대한 연민과 공감으로 이어지는 양상을 보인다.

내가 기운차게
산길을 걸어가는 동안
저녁밥을 기다리던
수백 개의 거미줄이 나도 모르게 부서졌고
때마침 오솔길을 횡단해가던
작은 개미나 메뚜기 투구벌레의 어린 것들은
내 구둣발 밑에서 죽어갔다

내가 기운차게
산길을 걸어가는 동안
방금 지나간 두더지의 땅속 길을 무너뜨려
새끼 두더지로 하여금 방향을 잃어버리도록 만들었고
사람이 낸 길을 초록으로 다시 쓸어 덮으려는

저 잔가지들의 애타는 손짓을

일없이 꺾어서 무자비하게 부러뜨렸다

내가 기운차게

산길을 걸어가는 동안

풀잎 대궁에 매달려 아침 햇살에 반짝이던

영롱한 이슬방울의 고고함을 발로 차서 덧없이 떨어뜨리고

산길 한복판에 온몸을 낮게 엎드려

고단한 날개를 말리던 잠자리의 사색을 깨워서

먼 공중으로 쫓아버렸다

내가 산길을 걸어가는 동안

이처럼 나도 모르게 저지른 불상사는

얼마나 많이도 있었나

생각해 보면 한 가지의 즐거움이란

반드시 남의 고통을 디디고서 얻어내는 것

이것도 모르고 나는 산 위에 올라서

마냥 철없이 좋아하기만 했었던 것이다

-「내가 몰랐던 일」

「별이 풀에게」라는 시에서 보면 시인은 자아의 의도하지 않은 행위가 타자에게 상처가 될 수도 있다는 사실을 인식하고 있다. 인용한 시에서는 이를 더 구체화하면서 의미를 심화시킨다. "한 가지의 즐거움이란 / 반드시 남의 고통을 디디고서 얻어내는 것"이라는 통찰을 여러 예시를 통해 드러내고 있는 방식이 그것이다.

위 시에 드러나 있는 시적 자아의 행위는 특별한 것이 아니다. 누구나 일상에서 할 수 있는, 혹은 하고 있는 지극히 평범한 일이다. 이 시가 의미 있는 것은 일상적으로 이루어지는 행위에 의식과 의미를 부여하고 모든 존재가 유기적으로 연결되어 있음을 밝히고 있다는 점이다. 가령 산길을 걷다가 거미줄을 건드리는 것은 종종 있는 일이다. 그럴 때마다 눈에 잘 보이지도 않고 떼어내기도 힘들어 불쾌한 기분이 든다. 중요한 것은 이런 정서는 어디까지나 인간 중심에서 비롯된다는 사실이다. 초점을 거미로 옮겨보면 그것은 시간과 정성을 들여 만든 집이 하루아침에 사라진 사건이 된다. 시적 자아가 "기운차게 산길을 걸어가는 동안" '작은 개미'나 '메뚜기' '투구벌레의 어린 것들', '새끼 두더지', '잠자리' 등은 밟혀 죽거나, 길이 무너져 방향을 잃거나, 휴식을 취하고 있던 공간에서 쫓겨난다. "내가 몰랐던 일"이라는 제목에서 보듯 이런 사실은 인식하지 않으면 모르고 지나가는 일이다.

시적 자아는 혼자 산길을 가고 있지만 혼자가 아니다. 그 시공간을 이루고 있는 모든 존재들과 관계를 맺고 있는 것이다. "한 가지의 즐거움이란 / 반드시 남의 고통을 디디고서 얻어내는 것"이라는 통찰은 이런 유기론적 사유에서 연원하는 것이라 할 수 있다. 이러한 사실을 한 번 인식하고 나면 모든 행동이 조심스러워질 수밖에 없다. 무의식적이고 일상적인 행위가 누군가에게 상처가 되지 않는지 끊임없이 돌아보게 되기 때문이다.

양말을 빨아 널어두고
이틀 만에 걷었는데 걷다가 보니
아 글쎄 웬 풀벌레인지

긴 겨울 동안 지낼 자기 집을

내 양말 위에다 지어놓았지 뭡니까

참 생각 없는 벌레입니다

하기야 벌레가 인간의 양말을 알 리가 없겠지요

양말이 뭔지 알았다 하더라도

워낙 집짓기가 급해서

이것저것 돌볼 틈이 없었겠지요

다음 날 아침 출근길에

양말을 신으려고 무심코 벌레집을 떼어내려다가

작은 집 속에서 곤히 잠든

벌레의 겨울잠이 다칠까 염려되었지요

그래서 나는 내년 봄까지

양말을 벽에 고이 걸어두기로 했습니다

―「양말」

　　나의 평범한 일상과 즐거움이 무수한 존재들의 고통을 기반으로 이루
어졌다는 부채 의식은 자아를 겸허하게 하고 타자에 다정다감한 정서를
갖도록 만든다. 위 시의 시적 자아의 행동은 이를 잘 보여준다. 자아는
양말을 걷다가 '웬 풀벌레'가 "긴 겨울 동안 지낼" 집을 자신의 양말 위에
지어놓은 것을 발견하게 된다.

　　우선 눈길을 끄는 것은 시적 자아의 의식의 흐름이다. 풀벌레는 미물
이다. 그래서 죽이거나 쫓아서 눈앞에서 없애는 등의 행동을 별 의식 없
이 하게 된다. 그러나 자아는 "참 생각 없는 벌레"라고 벌레를 미물이 아
닌 의식 있는 존재로 인식한다. 더 나아가 "벌레가 인간의 양말을 알 리
가 없겠"다거나 "양말이 뭔지 알았다 하더라도 / 워낙 집짓기가 급해서 /

이것저것 돌볼 틈이 없었겠"다고 풀벌레의 입장에서 사건을 헤아려보기까지 한다. 인간이 중심이 되고 벌레는 타자화되는 구도가 아니라 둘이 대등한 위치에 놓여있다는 점에서 눈길을 끄는 것이다.

이런 공감의 정서는 곧바로 행동으로 이어진다. 출근하기 위해서는 양말을 신어야 하고 양말을 신기 위해서는 벌레집을 떼어내야 하지만 자아는 그렇게 하지 않고 "내년 봄까지 / 양말을 벽에 고이 걸어두기로" 한 것이다.

이 시는 다정스러운 감각을 환기한다. 이웃에게 말하는 듯한 어투도 그러하고 "작은 집 속에서 곤히 잠든 / 벌레의 겨울잠이 다칠까 염려"하는 시적 자아의 섬세한 마음은 더할 나위 없이 따뜻하다. 자아가 "무심코 벌레집을 떼어"낼 수 없는 까닭이 여기에 있다. 자아는 '무심'할 수 없기 때문이다. 이 '무심할 수 없음' 즉 '유심'은 나의 평범한 일상과 즐거움은 모든 존재에 빚진 결과라는 유기론적 인식에서 비롯된 것이다.

아버님 돌아가신 후
남기신 일기장 한 권을 들고 왔다
모년 모일 '終日 本家'
'종일 본가'란
하루 온종일 집에만 계셨다는 이야기다
이 '종일 본가'가
전체의 팔 할이 훨씬 넘는 일기장을 뒤적이며
해도 저문 저녁
침침한 눈으로 돋보기 끼시고
어둔 방에서 날마다 '종일 본가'를 또박또박 쓰셨을

아버님의 고독한 노년을 생각한다
나는 오늘
일부러 '종일 본가'를 해보며
일기장의 빈칸에 이런 글귀 채워 넣던
아버님의 그 말할 수 없이 적적하던 심정을
혼자 곰곰이 헤아려보는 것이다
                              −「아버님의 일기장」

　이동순 시인의 시들은 편안하면서도 따뜻하다. 특별한 기교나 수식이
없지만, 아니 오히려 그 꾸밈없음으로 인해 전해오는 정서는 더욱 웅숭
깊고 여운은 오래 남는 것이 아닌가 한다. 그것은 대상과의 평등한 관계,
타자의 입장에서 바라보는 시선, 그에 따른 탁월한 공감 능력에서 비롯
된다. 그의 시에서 공감은 정서 차원에서 그치는 것이 아니라 행위가 수
반된다는 특징이 있다. 이 행위가 정서에 진정성을 부여하여 깊이를 더
한다.
　위 시의 시적 자아는 아버님이 돌아가신 후 아버님의 일기장을 보고
있다. 일기장에 쓰여 있는 '終日 本家'. 시에 쓰여 있는 대로 '종일 본가'란
하루 종일 집에만 있었다는 의미이다. 이 '종일 본가'라는 단어가 일기
전체의 8할이 넘는다는 대목에서는 잠시 읽기를 멈추는, 정서의 공백을
느끼게 된다. 독자의 심정이 이러할진대 아들의 마음은 어떠할까 가늠
하기 어렵다. "해도 저문 저녁 / 침침한 눈으로 돋보기 끼시고 / 어둔 방
에서 날마다 '종일 본가'를 또박또박 쓰셨을 / 아버님의 고독한 노년"이
라는 묘사는 아버님의 시선에서, 아버님의 심정으로 '종일 본가'를 되새
겨 본 후에라야 나올 수 있는 표현일 것이다.

중요한 것은 시적 자아가 '아버님의 고독'에 대한 공감에서 그치지 않는다는 사실이다. 자아는 일부러 '종일 본가'를 해본다. 일기장의 빈칸에 '종일 본가'라는 글귀를 채워 넣던 "아버님의 그 말할 수 없이 적적하던 심정"을 헤아려보기 위한 행위이다.

3. '우리'에 대한 감각

시인의 결핍과 상실감은 그의 시에서 공감과 연대의 기반으로 작용하고 있음이 드러난다. 슬픔을 겪어본 자만이 열 수 있는 문이 있다고 했다. 시인은 아무나 쉽게 경험할 수 없는 슬픔의 문을 통해 타자의 슬픔과 결핍을 섬세하게 들여다본다. 이러한 정서는 개인적인 층위에 한정되지 않는다. 라이따이한(「미스 사이공」), 새터민, 다문화 여인(「독도」) 등 '갖은 소외와 적막 속에' 놓인 사회 계층에까지 확장된다. 특히 강제 이주 고려인에 대한 정서는 깊고도 애절하다.

> 이삿짐 꾸려
> 화물차에 싣고서
> 정든 집 뒤로 두고 길 떠나는데
> 키우던 삽사리
> 아무 영문도 모르고
> 컹컹 짖어대며 따라오던
> 그 모습이 눈물 속에 어룽거리네

한참 달려오다 지친 개
길 복판에 멀뚱히 서서 바라보는데
두 볼 타고 저절로 흐르는 눈물
우리 떠나면 저 삽사리
어느 누가 밥이라도 제때 챙겨줄까
화물차가 굽잇길 돌자
살던 집 점점 멀어져 안 보이네

초목도 왈칵 뽑아
다른 곳으로 떠서 옮기면
제자리 잡아가기 힘이 드는데
하물며 사람 터전을
어찌 그리 준비도 없이 떠밀어가나
코뚜레 없이 코가 꿰였고
고삐 없이 목줄 매여 끌려가는구나

우리가 너희들 닭이냐
우리가 너희들 소 돼지냐
이렇게 마구 다루고 부릴 정도로
우리가 그렇게도 만만하더냐
왜놈 피해 떠나온 연해주
이제 다시 아득한 중앙아시아로 떠밀려가네
가련한 우리 고려인 신세

       -「떠나던 날」

인용한 시를 비롯해 「가장 비통한 그림」, 「고려인 무덤」, 「싸라기풀」 등에는 1937년 러시아 연해주에서 중앙아시아로 강제 이주를 당한 고려인들의 애환과 설움이 그려져 있다. 시인의 강제 이주 고려인에 대한 관심은 홍범도 장군과의 관련성에서 비롯되는 것일 터다. 잘 알려진 대로 홍범도는 1920년 봉오동 전투에서 일본 정규군을 상대로 대승을 거둔 대한독립군 총사령관이다. 1910년 대한제국이 일본에 병합되면서 의병 항쟁 여건이 열악해지자 1911년 연해주로 망명하여 독립군 양성에 힘썼다. 봉오동 전투 이후 항일단체들을 통합해 대한독립군단을 조직했으며 러시아령인 자유시에 주둔했다. 1937년 스탈린에 의해 한인강제이주정책이 시행되면서 카자흐스탄으로 이주를 당했고 1943년 조국의 해방을 보지 못한 채 타계했다. 위 시에서 시인은 연해주에서 중앙아시아로 떠밀려가는 고려인들이 처절한 심정을 핍진하게 그려내고 있다.

  시인은 독립운동가 이명균 의사의 자손이자 40년 넘게 홍범도 장군을 연구하여 '홍범도 전문가'로 불리기도 한다. 그 결과 2003년 10권 분량의 장편 서사시 「홍범도」를 발표했고 2023년에는 평전 『민족의 장군 홍범도』를 발간했다. 시인이 많은 독립운동가 중에서 특히 홍범도에 대해 관심을 갖게 된 것은 그가 다른 독립운동 지도자들과 달리 귀족 출신이 아니라 포수 출신이었으며 김좌진에 가려 제대로 알려지지 못한 측면이 있기 때문이라 밝힌 바 있다. 주변화된 존재에 대한 관심과 애정이 그의 연구에서도 빛을 발한 경우라 할 수 있겠다.

  그런데 요즘 『민족의 장군 홍범도』가 다시 주목을 받고 있고 저자인 이동순 시인이 여러 대중 매체에 등장하고 있다. 정부의 홍범도 장군 흉상 철거 움직임 때문이다. 육군사관학교에서 홍범도 장군 등 독립전쟁 영웅 5인의 흉상을 이전하기로 했다가 부정적 여론이 빗발치자 소련 공산당 가입을 이유로 홍범도 장군 흉상만 이전하기로 한 것이다. 뿐만 아니라 국방부 청사 앞 흉상 철거, 해군 잠수함 '홍범도함' 명칭 변경까지 검토하고 있다고 하여 논란이 끊이지 않고 있다. 일제에 저항해 독립운동에 온몸을 바친 홍범도의 유해는 2021년이 되어서야 고국으로 봉환될 수 있었다. 유해는 국립대전현충원에 안장되었는데 안장식에서 문 전 대통령은 이동순 시인의 시 「홍범도」를 인용하며 추도했다.

> 나 홍범도, 고국 강토에 돌아왔네. 저 멀리 바람 찬 중앙아시아 빈 들에 잠든 지 78년 만일세. 내 고국 땅에 두 무릎 꿇고 구부려 흙냄새 맡아보네. 가만히 입술도 대어보네, 고향 흙에 뜨거운 눈물 뚝뚝 떨어지네.
>
> ―「홍범도」에서

시인은 『민족의 장군 홍범도』 북토크에서 홍범도 장군이 소련 입국신고서에 직업 항목에는 '의병', 목적과 희망란에는 '고려독립'이라고 적은 점을 제시하며 그가 이데올로기가 아니라 오로지 조국의 독립만을 염원했다는 점을 강조했다. 흉상 이전 논란이 일자 시인은 「홍범도 장군의 절규」라는 시를 통해 이러한 사태에 맞닥뜨리게 된 참담함과 시국에 대한 비판의식을 강하게 드러내었다.

> 그토록 오매불망 나 돌아가리라 했건만 막상 와본 한국은 내가 그리던 조국이 아니었네
> 그래도 마음 붙이고 내 고향 땅이라 여겼건만
> 날마다 나를 비웃고 욕하는 곳 이곳은 아닐세 전혀 아닐세
> 왜 나를 친일매국노 밑에 묻었는가

그놈은 내 무덤 위에서 종일 나를 비웃고 손가락질하네 어찌 국립묘지
에 그런 놈들이 있는가
그래도 그냥 마음 붙이고 하루하루 견디며 지내려 했건만
오늘은 뜬금없이 내 동상을 둘러파서 옮긴다고 저토록 요란일세
야 이놈들아 내가 언제 내 동상 세워달라 했었나
왜 너희들 마음대로 세워놓고 또 그걸 철거한다고 이 난리인가
내가 오지 말았어야 할 곳을 왔네
나, 지금 당장 보내주게 원래 묻혔던 곳으로 돌려보내주게
나, 어서 되돌아가고 싶네 그곳도 연해주에 머물다가 함부로 강제이주
되어 끌려와 살던 남의 나라 낯선 땅이지만
나, 거기로 돌아가려네
이런 수모와 멸시 당하면서 나, 더 이상 여기 있고싶지 않네
그토록 그리던 내 조국강토가 언제부터 이토록 왜놈의 땅이 되었나 해
방조국은 허울뿐 어딜 가나 왜놈들로 넘쳐나네
언제나 일본의 비위를 맞추는 나라
나, 더 이상 견딜 수 없네 내 동상을 창고에 가두지 말고 내 뼈를 다시
중앙아시아 카자흐스탄 크즐오르다로 보내주게나
기다리는 고려인들께 가려네

-「홍범도 장군의 절규」

조국 독립과 민족을 위해 헌신했던 독립운동가들은 우리의 힘으로 독
립을 쟁취하여 하나 된 민족으로 외세에 흔들리지 않는 강한 나라가 되
기를 염원했을 것이다. 독립운동가의 후손이자 이들을 반평생 넘게 연
구해온 이동순 시인도 그 결을 같이 한다.

내 이름 독도는
그동안 이루지 못한 독립
어서 성취하라는 뜻
배달겨레 하나 되어 단단히 다부지게
잘 살아가라는 뜻

독도의 독은
독립이란 뜻의 독(獨)
한 번도 완전 독립 이뤄보지 못했으니
지금이라도 올바른 독립
이루라는 바로 그 뜻

나는 동섬 끝에
독립문 바위까지 세우고
오늘도 동해 깊숙이 무릎 담근 채
제대로 된 독립 이루라며
두 손 모으네

-「독도의 뜻」

이번 시선집에는 위 시를 비롯해 「독도」, 「형제 섬」, 「독도 등대」 등, 독도와 관련된 시가 여러 편 수록되어 있다. 시인에게, 아니 우리 민족에게 독도는 단순한 섬이 아니다. 일제 강점기의 상처를 환기시키는 곳이자 여전히 분쟁의 중심에 놓여 있는 공간이기 때문이다. 시인에게 독도는 "삶이 유난히 / 거칠고 가파른 사람"과 같이 "바람과 파도에 시달리며 / 밤새 잠들지 못하는 섬", "온갖 거짓과 시련 속에 / 이 밤에도 외로워 흐

느끼는 홀로섬"(「독도」)으로 인식된다. "틈만 나면 / 침탈의 기회 엿보고 / 순시선 보내어 주도권 빼앗으려는 일본 / 그 흉계"(「독도 등대」)를 단호히 물리쳐야 한다고 시인은 토로하고 있다.

그런데 독도가 대한민국의 영토라는 인식에 대한 공감대는 형성되어 있지만 독립이 이루어지지 않았다거나 "한 번도 완전 독립 이뤄보지 못했"다는 표현은 생소하게 들리는 것이 사실이다. 여기에는 독도가 처한 현실을 포함한 일본과의 관계가 원인으로 작용하고 있을 것이며 분단된 조국의 현실 또한 관계가 있을 것이다. 독립이 우리의 힘으로 이룬 것이 아니었던 만큼 분단 또한 강대국의 논리에 의해 이루어졌다고 보는 것이다. 우리 민족은 남과 북으로 나뉜 채 서로 대립하는 관계가 된 상태이다. 시인이 말하는 '완전 독립', '올바른 독립'이란 "배달겨레 하나 되어 단단히 다부지게 / 잘 살아", 그 어떤 나라도 흔들지 못하는 강건한 나라가 되는 것일 터다.

애들아 내가 어느 날 꿈을 꾸었는데
모든 총칼은 제철소로 보내고
녹여선 쓸모 있는 과도나 농기구를 만들고
철모는 공사판 안전모로 쓰게 하고
수통 탄피 배낭은 등산가에게
요긴한 것 필요한 이에게 모조리 주고
그래도 내놓지 않고 몰래 숨긴 총검들은
즉시 빼앗아서 부숴버리거나
고철 다발로 엮어서 용광로로 보내고
군대란 군대도 모조리

그들의 총검처럼 싸늘한 마음도 모조리

뜨거운 불화로 속으로 쓸어 넣고

가장 깨끗한 이 세상에서

마음이 밝고 향그런 사람들끼리

흐뭇하게 둘러앉아 웃고 있었거든

참 이런 일이 있을 수도 없고

단지 생각만 해도 신나는 꿈이지만

그러나 너희들은 앞으로 장난감이라도

총과 칼은 절대로 갖고 놀지 말아요

　　　　　　　　　　－「생각만 해도 신나는 꿈」

　시인의 통합에 대한 감수성은 비단 우리나라의 분단에 한정되어 있는 것이 아니다. 결핍과 상처를 매개로 타자에 대한 이해, 타자와의 연대와 합일로 나아가는 심리적 구도가 모든 경계와 분별을 초월하는 차원으로 확장되는 것은 자연스러운 일이다. 코로나 팬데믹을 겪으며 '우리'와 '우리 아닌 것'의 경계에 대한 감각을 새롭게 인식한 바 있다. 우리만 잘 살고 우리만 평화로울 수 없음을, 모두가 연결되어 있음을 절실하게 깨달았다. '우리만'을 강조하다가 모두 다 죽는 수가 있다. 기후 위기나 핵, 전쟁 등 더 이상 어느 한 나라만의 문제가 아닌 것이 늘어간다. 분열과 갈등, 우리와 너희의 분별이 아닌 합일의 감수성이 더 절실히 요구되고 있는 까닭이다.

　위 시는 시선집의 표제작으로 시인의 50여 년의 시력이 어디를 향하고 있는지를 보여준다는 점에서 의미가 있는 작품이다. 빼앗고 지키기 위해 더 강한 힘을, 더 강력한 무기를 비축해야 하는 세계가 아니라 더 이상 무기가 필요 없는 평화의 세계가 그것이다. "가장 깨끗한 이 세상에서 / 마음이 밝고 향그런 사람들끼리 / 흐뭇하게 둘러앉아 웃고 있"는 그런 세상이란 있을 수 없다는 것을 시인은 잘 알고 있다. 그래서 "단지 생각만 해도 신나는 꿈"이라 하지 않았는가. 그럼에도 그 꿈을 포기할 수는 없다. 불가능성을 끌어안고 꿈을 향해 한발 한발 실천해 나아가야 한다. 그것이 아이들로 하여금 "장난감이라도 / 총과 칼은 절대로 갖고 놀지" 않게 하는 사소한 일이라도 말이다.

> 이 땅에 살아있는 것들은 모두 죽어서
> 남아 있는 어린 것들을 제대로 살아있게 한다.
> 달리던 노루는 찬 기슭에 무릎을 꺾고
> 날새는 떨어져 그의 잠을 햇살에 말리운다
> 지렁이도 물속에 녹아 떠내려가고
> 사람은 죽어서 바람 끝에 흩어지나니
> 아 얼마나 기다림에 설레던 푸른 날들을
> 노루 날새 지렁이 사람들은 저 혼자 살다 가고
> 그의 꿈은 지금쯤 어느 풀잎에 가까이 닿아
> 가쁜 숨 가만히 쉬어가고 있을까
> 이 아침에 지어먹는 한 그릇 미음 죽도
> 허공에 떠돌던 넋이 모여 이루어진 것이리라
> 이 땅에 먼저 살던 것들은 모두 죽어서
> 남아 있는 어린 것들을 제대로 살아있게 한다
> 성난 목소리도 나직이 불러 보던 이름들도
> 언젠가는 죽어서 땅위엣것을 더욱 번성하게 한다
> 대자연에 두 발 딛고 밝은 지구를 걸어가며

죽음 곧 새로 태어남이란 귀한 진리를 얻었으니
하늘 아래 이 한 몸 더 바랄 게 무어 있으랴
                                                    –「서시」

　죽음이란 무엇일까. 인간의 한계일까. 현세의 삶에 대한 심판이 기다
리고 있는 세계일까. 아니면 그저 무(無)일 뿐인가. 그것은 아무도 모른
다. 그러나 분명한 것은 "이 땅에 살아있는 것들은 모두 죽어서 / 남아 있
는 어린 것들을 제대로 살아있게 한다"는 사실이다. 살아있는 모든 것들
의 육신은 다시 자연으로 돌아가서 다른 존재의 생명을 이루는 물질이
되기 때문이다. 지금 내가 살아있는 것은 먼저 살던 존재들에 빚진 결과
이며 나 또한 죽고 나면 남아 있는 어린 것들을 제대로 살아있게 할 것이
다.
　시인에게 죽음은 경계가 무화되는 세계이다. 지위의 높고 낮음도 가
진 것의 많고 적음도 배움의 길고 짧음도 문제가 되지 않는다. "성난 목
소리도 나직이 불러 보던 이름들도" 모두 한데 어우러지는 세계가 죽음
인 셈이다. 그런 어우러짐은 "아침에 지어먹는 한 그릇 미음 죽"에도 깃
들어 있다. 시인에게 죽음은 무(無)이자 끝이 아니라 "새로 태어남"이라
는 희망이다. 이 '새로 태어남'에는 모든 경계가 사라진 존재들의 어우러
짐, 그 "생각만 해도 좋은 꿈"이 함의되어 있는 것이다. 통합과 유대의 아
름다운 세상에 대한 시인의 꿈은 이토록 강하다.

환상과 현실의 교호,
그 마술적 리얼리즘의 향연

『고래 서방』(천년의 시작, 2023)은 이중도 시인의 여섯 번째 시집이다. 시집에는 36개의 섬이 등장하는데 시인에 따르면 모두 사람이 한 번도 산 적 없는 통영 소속 무인도라고 한다. 1부에 35개의 섬과 그 섬에 존재하는 다양한 대상들의 삶이 묘사되어 있고, 2부에는 '내죽도'에 관한 이야기가 1978년에 쓰인 일기 형태로 그려져 있다.

시집에 등장하는 섬들은 인간이 자연을 지배하기 이전인 원초적 자연의 세계, 문명 이전의 세계를 표상한다. 데카르트 이후 중요한 가치로 자리해온 이성, 객관, 논리, 합리 등의 개념을 이 섬들에서는 찾아보기 어렵다. 그것들에 의해 배제되었던 육체, 본능, 주관, 상상으로 구동되는 세계가 36개의 섬, 무인도다. 이 섬들은 모두 그곳만의 특징적 서사를 함의하면서 신화적·마술적 세계를 구현하고 있다는 특징이 있다. 중요한 것은 이 섬들이 현실과는 동떨어진, 환상적 시공간이 아니라는 사실이다.

시집의 마지막 페이지를 덮고 나면 기묘한 느낌이 든다. 익숙한 듯 낯

선 이야기들 속에서 우리의 현실이 까마득하게 느껴지다가도 어느 순간
혹 들어와 있는 현실과 맞닥뜨리게 된다. 현실과 환상이 공존하는 세계
이자 현실이 끊임없이 마술적 세계에 개입하고 있는 것이다. 이런 맥락
에서 『고래 서방』의 세계를 '마술적 리얼리즘'의 시학으로 명명할 수 있
을 것이다. 그 매개가 되고 있는 것이 '나그네'이다.

시인 자신이기도 한 '나그네'는 도시에 살았던 문명인으로, 그의 섬 유
랑을 통해 현실과 상상이 교묘하게 섞인다. 이 혼류는 시세계에 한정되
지 않는다. '나그네'에 오버랩된 시인으로 인해 마술적 세계가 시집을 벗
어나 현실로 틈입해 들어오는 진귀한 경험을 하게 되기 때문이다. 인간
과 자연, 문명과 야만, 육체와 정신, 현실과 상상의 교호가 펼치는 '마술
적 리얼리즘'의 세계, 이중도 시인만의 독자적인 영역이 구축되고 있음
을 알리는 신호가 아닐까 한다.

> 이름과 실상이 정반대인 섬도 있습니다
>
> 남해 한 가운데에 수련처럼 다소곳하게 떠 있을 것 같지만
> 상여도는 한마디로 거대한 파충류입니다
>
> 상여도에 있는 모든 것들은 너무도 빠르게 자랍니다
> 초목이나 바위들은 물론이고
> 갯가에 묶여 있는 나무배도 자고 일어나면 몸집이 커져 있습니다
> 그래서 부지런히 돌아다니며 섬의 살을 깎는 것이
> 상여도에 사는 바람과 파도의 직무가 되었습니다

고승도 토굴에 들어가지 않고 열흘만 지내면 산적이 되어 버리는 이 섬
에서
종교는 필수적입니다
종교는 성스러운 이야기들로 무지막지하게 부풀어 오르는 섬의 살을
대패질합니다
이야기의 공장인 종교의 창작 속에서 비루한 땡추는 대사로 변신합니
다
땡추가 데리고 살던 여자들은 고결한 비구니가 됩니다

이 섬에서 벌어지는 살과 성(聖)의 끝없는 싸움의 판세를 보여주는 상
황판은
바로 달입니다
살의 힘이 강해지면 달은 차오르고
바람과 파도나 종교의 힘이 강해지면 달은 여위어 갑니다

그러나 싸움의 과정에서 양측은 상대를 완전히 제압하지는 않습니다
이들의 밀고 당김은 싸움이라기보다 놀이에 가깝습니다
섬의 산정에 세워진 장신의 불상은 살의 정수리에 박힌 말뚝이 아니라
싱싱한 살이 머리에 꽂고 있는 백옥 비녀처럼 보입니다……

육지가 매화 한 송이를 겨우 밀어 올리는 시절에
나그네는 상여도에 첫발을 디뎠습니다
모계사회 여인들의 허벅지처럼 굵은 동백나무들이 수많은 꽃들을 내
뿜고 있었습니다
뿌리로 바위를 뚫는 나무들의 짙은 체취는

고대의 미라도 벌떡 일으켜 세울 것 같았습니다

섬의 머리에서부터 섬의 꼬리에 있는
대취한 해신(海神)의 간을 꺼내 술기운을 빼고 있는 것 같은 불그레한
억새밭까지 걷는 사이에
나그네의 키가 한 뼘쯤 늘어나 있었습니다
보름달이 뜨는 날이었던 것입니다
　　　　　　　　　　　　-「보름달이 뜨는 날이었던 것입니다」

　'상여도'라는 이름은 죽음을 연상케 한다. 그런데 이 섬은 이름과는 반
대로 삶과 욕망, 생성과 변화가 충만한 곳이다. 모든 것들이 너무 빠르게
자라는 곳이 '상여도'이기 때문이다. 여기에서 빠르게 자란다는 것은 단
순히 성장만을 의미하는 것이 아니다. "고승도 토굴에 들어가지 않고 열
흘만 지내면 산적이 되어 버"린다는 시구에서 보듯 '너무 빠르게 자란다'
는 것에는 제어되지 않는 욕망이라는 의미가 내포되어 있다. "이 섬에서
종교는 필수적"이라는 까닭이 여기에 있다.
　"이 섬에서 벌어지는 살과 성(聖)의 끝없는 싸움"은 달과 긴밀하게 연
결되어 있다. "살의 힘이 강해지면 달은 차오르고" 반대의 경우 달은 여
위어 간다. 그런데 차고 나면 기울고, 기울고 나면 다시 차오르는 것이
달의 속성이다. '살과 성'의 관계도 이와 다르지 않다. 인류의 역사를 돌
이켜보면 '살'이 차올랐던 때도 있었고 '성'의 힘이 강했을 때도 있었다.
달이 차고 기울며 생성과 변화의 시간을 밀고 가듯 '살과 성'의 "밀고 당
김"을 통해 인류 역사는 앞으로 나아간다는 것을 이 시는 말해주고 있다.
　'상여도'에서 삶과 죽음, 성과 속, 영원과 현실 등의 이항 대립적 관계

는 공존과 보족의 관계로 제시된다. "섬의 산정에 세워진 장신의 불상은 살의 정수리에 박힌 말뚝이 아니라 / 싱싱한 살이 머리에 꽂고 있는 백옥 비녀처럼 보"인다는 시구는 이러한 관계를 보여주는 탁월한 표현이다. 이 섬에서 종교는 진리를 담보하고 있는 절대적 위치에 자리하지 않는다. 그것은 "성스러운 이야기들로 무지막지하게 부풀어 오르는 섬의 살을 대패질"해대지만 그 '성스러운 이야기'라는 것의 실체가 "비루한 땡추는 대사로 변신"하고 "땡추가 데리고 살던 여자들은 고결한 비구니"가 되는 것이기 때문이다.

이런 이유로 '상여도'에서 종교는 "살의 정수리에 박힌 말뚝", 즉 삶과 욕망을 억압하는 대상이 될 수 없다. "싱싱한 살"이 주체가 되고 종교를 그것의 "머리에 꽂고 있는 백옥 비녀"로 형상화하고 있는 것은 이러한 까닭에서다. 그렇다고 이 시에서 종교를 비판하고 있는 것이 아님은 물론이다. '살'과 '성(聖)' 그 어떤 것도 비판의 대상이 되고 있지 않다. 살과 성, 즉 욕망과 종교가 서로를 건강하고 아름답게 만드는 세계가 '상여도'인 것이다.

위 시는 시인이 생각하는 섬, 그 마술적 세계의 단면을 잘 보여준다는 점에서 의미가 있다. 섬의 세계는 본능적이고 역동적이다. 끊임없이 생성되고 성장하고 변화하며 새로운 세계를 펼쳐나간다. 섬은 그저 사건이 펼쳐지는 장소가 아니다. '상여도'를 "거대한 파충류"로 표현한 것과 같이 시인의 섬들은 인간을 포함한 다른 대상들과 조응하며 약동하는 생명력을 발산한다. 이러한 특징을 추동하는 매개체가 '술'이다.

    소봉도의 유일한 소인 황소 일우가
    꽃 피는 봄에

진달래 머리에 꽂고 더운 김 내뿜으며

산기슭 다랑논들과 밭들을 다 갈고

남해 바다 푸른 물에 시원하게 목욕을 하고 나면

사람들은 산낙지 한 바케쓰와 탁주 한 다라이로 주안상을 차려 줍니다

일우가 술을 마실 때에는

굴레뿐만 아니라 코뚜레도 벗겨 주는데

술에 만취되면

일우는 사람의 말로 주정을 하고

코를 골고 자면서 사람의 말로 잠꼬대를 합니다

다음 날 저녁까지 푹 자고 술이 다 깨면

다시 코뚜레를 끼우고 굴레를 씌우는데

코뚜레가 코중격을 통과하는 순간

일우는 전생의 말을 다 잊어버리고 다시 소 울음소리를 냅니다

-「사람의 말로 주정을」

『고래 서방』에는 술을 마시거나 술에 취하는 장면이 빈번하게 나온다. 술이 등장하지 않는 섬을 찾기 어려울 정도다. 잘 알려져 있듯 술은 이성을 마비시키고 본능을 자극한다. 긴장을 풀고 경계를 무화시키며 이성에 억압되어 있는 원초적이고 본연적인 성질을 드러내게 만드는 것이 술의 속성이다. 섬의 존재들이 육체적 욕망을 감추지 않고 본능적이고 비이성적인 까닭은 술과 깊은 관계가 있다. 이런 맥락에서 섬들은 디오니소스적인 공간이기도 하다.

술의 신 디오니소스의 궁극적 의미는 단순히 도취나 본능의 분출에

있는 것이 아니라 창조에 있다. 디오니소스적인 도취나 광기는 일상적이고 상식적인 자아를 파괴함으로써 모든 인식과 의식의 한계에서 벗어나게 한다. 그야말로 원초적인 자아, 혹은 망아의 상태에 들게 되는 것이다. 중요한 것은 이를 통해 존재 간의 경계가 허물어지고 화합의 향연이 열린다는 사실이다. 이중도 시에서의 술도 그러하다.

위 시의 공간적 배경인 '소봉도'에는 유일한 소 '일우'가 있다. '일우'가 주어진 일을 다 하고 나면 사람들은 주안상을 차려준다. 흥미로운 것은 "술에 만취되면 / 일우는 사람의 말로 주정을 하고 / 코를 골고 자면서 사람의 말로 잠꼬대를" 한다는 사실이다. 굴레와 코뚜레를 벗고 '소'라는 정체성에서도 완전히 탈피한 것이다. 그러다 술이 다 깨고 나면 '일우'에게는 다시 코뚜레와 굴레가 씌워지고 "일우는 전생의 말을 다 잊어버리고 다시 소 울음소리"를 내게 된다. 소와 사람의 경계를 넘나들게 만드는 매개가 술인 셈이다.

또 다른 섬 '우혈도'(「성골 술고래는」)에서도 이런 일들이 자주 일어난다. 소가 양껏 술을 마시고 나면 나훈아, 조용필 노래를 부르고 "이 섬의 토종 성씨인 우씨 아버지와 마씨 어머니 사이에서 태어난 / 성골 술고래는 / 술을 한 말 이상 마시면 바다에 사는 고래와 노래로 의사소통을" 할 수 있다. 성골 술고래들이 술을 마시고 "밤바다에 몰려가는 고래 무리에 섞여 / 합창을 하며 수평선 너머로 떠나는 사건이 자주 발생"해서 성골 집안의 대가 끊어진 적도 있을 정도다. 이처럼 시인의 시에서 술은 서로 다른 존재들 사이에 놓인 경계 내지 제한성을 파괴하고 전일적 세계를 열어가는 매개로 작용한다.

밀물이 밤을 몰고 오면 비상도 허리 하얀 모래밭은

도처에서 흘러온 어류 패류들과 그들이 끌고 온 언어들로 북적거립니다.

이 섬에서 신기한 것은 달의 힘입니다
통영 오일장처럼 어수선한 각 족속들의 언어가
수면에 달빛이 부딪치는 순간 하나의 언어로 통일됩니다
달빛이 바다에서 파닥거리며 노는 동안
어패류들은 자신도 모르게 같은 언어로 말을 하다가
이른 새벽 사람의 소리 한 잎이 물에 떨어지면
하나의 언어로 밤새도록 쌓아 올린 바벨탑이 순식간에 무너지고
족속들은 다시 각자의 언어로 아우성치며 살던 곳으로 돌아갑니다

비상도에 사는 사람들 중에는
어패들이 주고받는 말을 들을 수 있는 사람이 있습니다.
이들의 신기(神技)는 강신무처럼 의지에 반하여 갑자기 주어지거나
세습무처럼 대를 이어 전수된 것인데
만월이 중천에 머무를 때 조릿대로 만든 빨대 같은 기구를 물에 대면
어패들의 말이 들린다고 합니다
물고기를 잡아 먹고사는 이 섬에서 이들의 능력은
배에 달린 눈과 같은 역할을 해 왔습니다

이해할 수 없는 것은 이들이 받아 온 대우입니다
이 섬에서 이런 능력을 가진 사람들은 예나 지금이나 가장 천한 대우를
받고 있습니다
귀신의 소리를 들을 줄 아는 무당처럼……

어느 달 밝은 봄밤 비상도 모래밭 부근을 서성거리던 나그네는
　낚싯바늘도 미끼도 없이 복숭아꽃을 묶어 낚시를 하는 사람을 만났습
니다
　신선봉에서 도를 닦는 사람이었습니다
　그의 곁에 놓인 누런 호박만 한 동이에는
　방금 낚은 말(言)들이 입을 뻐끔거리고 있었습니다
　눈이 동그래진 나그네에게 도인이 웃으며 말했습니다
　구름을 부르는 자기의 스승이 선창에 앉아 거문고를 뜯으면 물 밑에서
어지럽게 떠도는 말들이 물 위로 올라와 손을 잡고 군무(群舞)를 춘다고
　　　　　　-「방금 낚은 말들이 입을 뻐끔거리고 있었습니다」

　'비상도'에서는 '술'이 아닌 '달'의 작용으로 존재들 사이에 언어의 경
계가 사라진다. 그러나 '술'과 '달'은 동일한 의미망에 놓이는 대상들이
다. 빛과 이성, 태양과 같은 아폴론적인 것의 반대편에 위치하기 때문이
다. '비상도'에서 어류 패류는 그들만의 언어를 갖고 있고, "수면에 달빛
이 부딪치는 순간 하나의 언어로 통일"되어 어패류가 '같은 언어'로 소통
을 이룬다. 그러다 이른 새벽 사람의 소리가 물에 섞이게 되면 "하나의
언어로 밤새도록 쌓아 올린 바벨탑이 순식간에 무너지고 / 족속들은 다
시 각자의 언어로 아우성치며 살던 곳으로 돌아"간다.
　이 섬에서 사람과 어패류 사이에는 이처럼 경계가 분명하지만, 그들
중에서 신기(神技)가 있는 사람은 '어패들의 말'을 알아들을 수 있다. 이
들의 능력은 사람들의 생계와 관련된다는 점에서 매우 중요하다. 그러
나 이런 능력을 가진 사람들은 "예나 지금이나 가장 천한 대우를 받고

있"다. 이 대목에서 화자의 진술 태도가 변화하였음에 주목할 필요가 있다. 마술적 세계에 현실이 개입되는 지점이기 때문이다.

화자는 객관적 거리를 두고 관찰자의 시점에서 이야기를 전개해가다가 이 지점에서 '이해할 수 없다'는 주관적 의견을 제시함으로써 '비상도'라는 마술적 세계에 균열을 일으킨다. 나아가 '어패들의 말'을 알아듣는 비상도의 특별한 존재를 "귀신의 소리를 듣는 무당"이라는 현실 세계의 존재에 대입시킨다. "귀신의 소리를 듣는 무당"은 이성에 포섭되지 않는 세상과 연결되는 존재임에도, 바로 그 이유 때문에 가장 천한 대우를 받고 있다는 인식을 직접적으로 토로하고 있는 것이다. 이처럼 시인의 시에서 섬들은 비현실적 요소로 표현되고 있지만 그 근본에는 현실의 억압이나 잃어버린 본연에 대한 갈망이 함의되어 있다.

시인은 이와 같이 시적 자아를 통해 섬의 세계에 현실을 끌어들이기도 하지만, 현실 세계의 인간인 '나그네'로 하여금 섬을 유랑하게 함으로써 마술적 세계와 현실을 부단히 교호하게 한다. '나그네'는 두 세계를 매개하는 중간자인 셈이다. 이 시에서 '나그네'는 "신선봉에서 도를 닦는 사람"이 "낚싯바늘도 미끼도 없이 복숭아꽃을 묶어" '말(言)들'을 낚고 있는 모습을 목격한다. 깜짝 놀라는 '나그네'에게 도인은 "구름을 부르는 자기의 스승이 선창에 앉아 거문고를 뜯으면 물 밑에서 어지럽게 떠도는 말들이 물 위로 올라와 손을 잡고 군무(群舞)를 춘다고" 말한다.

위 시는 시란 무엇인가, 시인이란 어떤 존재인가를 생각게 한다는 점에서 의미가 깊은 경우이다. 시는 '말(言)'이다. "달빛이 바다에서 파닥거리며 노는 동안" 존재들의 각기 다른 말이 하나로 어우러진, 바로 그 '말(言)'이다. '수면에 달빛이 부딪치며 하나의 언어로 통일'되는 순간이 대상과 합일되는 황홀한 순간이 되는 셈이다. 그러므로 시인이란 '어패들의 말'을 알아듣는 '강신무'이기도 하고 "낚싯바늘도 미끼도 없이 복숭아 꽃을 묶어" '말(言)들'을 낚는 '도인'이기도 하겠다. 더 높은 경지에 이른 시인은 낚시를 하지 않을 것이다. 할 필요가 없다는 것이 더 정확한 표현일지 모른다. 그저 자연에 젖어 들어 감응하기만 하면 되기 때문이다. '도인'의 구름을 부르는 스승처럼 말이다. 그러면 '말(言)'들이 손을 잡고 군무를 출 것이고 그것이 그대로 시가 되는 것이다. 시란 짓는 것이 아니라 자연이 하는 말을 그대로 옮기는 것이라는 의미일 터다. 이중도 시인의 시를 쓰는 방법이기도 하겠다.

> 한 번도 가 보지 않았지만
> 이야기 속에서 이미 수십 번을 다녀온 섬도 있습니다
>
> 밤마다 독주에 취해 허황된 모험담을 떠벌리는 해적처럼 나그네는
> 도시에 사는 동무들에게 결혼을 한 뒤에는 아이들에게
> 솔여도에 대해 수많은 이야기를 해 왔습니다
>
> 적당히 술에 취해 솔여도를 이야기하던 어느 날 저녁
> 이야기의 바다에 떠 있는 솔여도가
> 나그네가 어릴 적에 살았던 동네를 빼닮았다는 걸 알게 되었습니다
> 끝없는 이야기로 솔여도를 만든 것은
> 나그네의 명치에 사무친 그리움이었던 것입니다……
>
> 나그네가 솔여도에 발을 디딘 것은 중년이 되어서입니다
> 오랜 세월 동안 편지를 주고받으면서 정작 한 번도 얼굴을 본 적이 없
> 는

여인을 만난 것 같았습니다
입으로 능란하게 말할 수 있는 언어의 문자를 처음 보는 것 같았습니다

실제의 솔여도는 이야기 속의 솔여도와 많이 달랐습니다
물개를 훈련시켜 고등어를 잡는다는 어부들은 모두 사라졌고
바다에 들어가는 순간 돌고래로 변신하는 소년들로 가득차 있다는 분교는
오래전에 문을 닫았습니다
야생 염소들이 달밤에 모여 회의를 한다는
오백 살이 넘은 상수리나무도 찾을 수가 없었습니다

뭍에서 건너온 집들이 군데군데 독버섯처럼 돋아나 번져 가고 있는
맥박이 잦아든 골목을 걸어 다니다가 나그네는 문득 깨달았습니다
나그네의 입을 통해 이 섬의 이야기를 해 온 것이
어릴 적 살았던 동네에 대한 나그네의 향수가 아니라
모든 것을 잃어버린 솔여도 자신이었다는 사실을
                                        –「이 섬의 이야기를 해 온 것이」

인용한 시는 섬의 세계가 어떻게 창조되었는지, 그 궁극적 의미가 무
엇인지를 일러준다는 점에서 그리고 무엇보다 마술적 리얼리즘 세계의
진면목을 보여주고 있다는 점에서 의미가 깊은 작품이다.
위 시에서 '나그네'는 한 번도 가본 적 없는 '솔여도'에 대해 "도시에 사
는 동무들에게 결혼을 한 뒤에는 아이들에게 수많은 이야기를 해 왔"다.
'솔여도'라는 상상의 섬을 이야기를 통해 만들어왔던 것이다. 그러다 "적
당히 술에 취해 솔여도를 이야기하던 어느 날 저녁" '솔여도'가 자신이

어릴 적 살았던 동네와 빼닮았다는 사실을 알게 된다. '솔여도'란 '나그네'의 고향에 대한 사무친 그리움이 만들어낸 섬이라는 것이다. 그러나 중년이 되어서 솔여도에 가게 된 '나그네'는 '실제의 솔여도'와 '이야기 속의 솔여도'가 많이 다르다는 것을 느끼게 된다. 섬에는 뭍에서 건너온 집들, 곧 이성, 문명, 자본주의 등이 "독버섯처럼 돋아나 번져가고" 있었고 그때 '나그네'의 입을 통해 이 섬의 이야기를 해 온 것이 "모든 것을 잃어버린 솔여도 자신이었다는 사실"을 깨닫게 된다.

위 시의 '나그네'에 시인이 오버랩된다. 이중도 시인의 고향은 통영인데 도시에서 살다가 마흔이 넘어 귀향했다. 1993년 등단한 시인은 고향으로 돌아온 이후 2013년이 되어서야 첫 시집 『통영』을 발간했고 그 이후로도 줄곧 고향과 관련된 시를 쓰며 왕성한 활동을 해오고 있다. 시인은 도시에서 친구들에게, 아이들에게 고향 섬에 대해 많은 이야기를 했을 것이다. 그 사무친 그리움이 시인을 통영으로 돌아오게 했고 이를 바탕으로 시를 써왔다고 생각했을 터이다. 그러다가 고향의 사람, 바다, 골목, 무인도를 만나고 교감하면서 깨닫게 된 것이 아닐까. 시인이 그리움이라는 자신의 정서로 시를 쓴 것이 아니라 모든 것을 잃어버린 섬들이 시인의 입을 빌려 그들의 이야기를 하고 있었다는 사실을.

이중도 시인은 서정적 주체의 자리까지 섬들에 내어주고 자신은 그저 그 대자연의 흐름에 동참하고 있을 뿐이다. 그래서일까. 더할 수 없이 허황된 이야기가 왠지 꾸며 낸 이야기 같지 않다. 우리가 환상이라고 확신하는 모든 현상은 정말 환상일 뿐일까. 혹시 우리가 어떤 세계를 혹은 어떤 능력을 잃어버린 것은 아닐까. 시인은 마술적 리얼리즘의 세계를 통해 우리가 잃어버린 무엇을 상기하게 하고, 너무 당연하게 생각해왔던 이 세계에 대한 인식을 뒤흔들어 놓고 있다.

시인은 분명 섬들이 말을 걸어오도록 귀를, 아니 온몸을 열고 달빛 부서지는 물가에서 기다렸을 것이다. 때론 술 취한 소의 조용필 노래가 들려오기도 했을 것이고 물을 뿜는 고래와 합창을 하기도 했을 것이다. 경험하지 않고서는 이토록 생생한 언어로 이토록 리얼한 환상의 이야기를 펼쳐낼 수는 없을 것이기 때문이다. 물론 시인이 '한 말 이상의 술'을 마셨을지도 모르지만 말이다.

평등한 어울림이
아름다움에 이르는 여정

조승래 시인은 2010년 《시와 시학》으로 등단한 이래 왕성한 활동을 펼쳐오고 있으며 최근 여덟 번째 시집 『적막이 오는 순서』(동학사, 2023)를 상재했다. 시집은 5부로 구성되어 있는데 내용이나 형식 면에서 폭넓은 스펙트럼을 보여주고 있다. 기법적으로 참신한 시가 있는가 하면 기법이나 세련 따위 아랑곳 안 한다는 듯 내용에 집중하는 시도 있고 언어유희로 재치 있게 의미를 구현하는 시가 있는가 하면 동일성을 이루는 서정적 감수성에 정통한 시도 있다. 그렇다면 이렇게 다양한 층위의 시세계를 관류하는 시의식은 무엇일까.

먼저 언어유희를 구사하고 있는 작품을 보자. 시인의 시에는 동음이의어, 유사언어, 자모음의 결합 등을 통해 경쾌하면서도 가볍지 않게 의미를 직조하고 있는 시편들이 여럿 있어 눈길을 끈다.

약효시험에 지원하는 임상시험자가 있고

관속에 들어가 보는 죽음 임사체험자도 있네

임상과 임사, 글자로 보면 뒷글자에 ㅇ이 빠진 것,
영靈이 육체를 이탈하면 죽음이라 하지

... 3, 2, 1, 0 카운트다운
발사는 0에서이지만 우주선은
그 이전에 만들어졌네

세상에 태어나기 전부터 인체는 구성되고 있었네
0은 하나의 새로운 시작일 뿐

암만해도 부족한 임사보다 임상보다
모든 것이 다 있는 그것이 제일이네
　　　　　　　　　　　　　　-「일상이 더 좋다」

　인용한 시는 '임상'과 '임사', '일상'이라는 유사한 언어 간의 차이를 통해 삶과 죽음이라는 무거운 주제를 가뿐하게 건너가고 있는 작품이다. '임상'과 '임사'의 차이는 "뒷글자에 ㅇ이 빠진 것"뿐이지만 그 의미는 각각 삶과 죽음이라는 상반된 개념으로 갈라진다. 화자는 'ㅇ'을 '영'으로 읽고 "영靈이 육체를 이탈하면 죽음"이라는 표현으로 '임상'에서 '임사'로의 의미변화를 절묘하게 현상하고 있다. '임상'이라는 '육체'에서 'ㅇ', 곧 '영靈'이 이탈하면 '임사', 즉 죽음이 된다는 것이다.
　'영'은 다시 동음인 '0'으로 건너가 새로운 의미를 직조한다. '0'을 외치면 해가 바뀌거나 우주선이 발사되는 것과 같이 카운트다운에서 '0'은 변환이나 시작의 임계점이 된다. 화자의 시선은 기점이 되는 '0'이 아니라 그 이전에 초점이 맞추어져 있다. '0'은 그야말로 시작일 뿐 생성되거나 구성되는 것은 그 이전, 곧 "… 3, 2, 1"에서 이루어진다는 것이다. 여기에 '임상'과 '일상'의 차이가 있다. '임상'에 '영'은 있지만 '1'이 없는 반면 일상에는 '영'도 있고 '일(1)'도 있다. '임사'와 '임상'은 이렇게 하나씩은 빠져있는 "암만해도 부족한" 것들이다. "모든 것이 다 있는 그것"은 바로 '일상'이며 화자는 이 '일상'이 제일이라고 단언하고 있다.

'임상'과 '임사'는 삶과 죽음의 표상으로 볼 수 있다. 그리고 이것들은 "암만해도 부족"하다는 시구에서 보듯 그것 자체로 완전한 의미를 구현할 수 없다. 죽음이 있기에 삶이 의미가 있는 것이고 삶은 결국 죽음에 이르게 되어 있다. 이러한 의미를 구현하고 있는 것이 '일상'이다. 죽음을 기억할 때 일상은 더없이 소중해지며 이 일상이 모여 일생, 곧 삶이 되는 것이다. 그러므로 '일상'에는 영도 육체도 삶도 죽음도 다 있는, 그야말로 "모든 것이 다 있는 그것"이 되는 셈이다.

놀이를 하듯 경쾌하게 언어를 건너다니지만 매우 치밀하게 의미를 구성하고 있으며 그 의미의 무게 또한 결코 가볍지 않다. 위 시뿐만 아니라 "LH'를 '내'"(「내 못 믿어」)로 읽는다거나 "입과 업"(「업보」)의 차이를 소재로 의미를 전개해가는 등 시인의 시에서 언어유희의 시적 의장을 찾는 것은 어렵지 않은 일이다. 이러한 의장은 언어 사이의 차이에 의해 의미가 규정된다는 특징을 보인다. 가령 일상은 임상이나 임사가 아니며 그것들과의 차이에서 의미가 규정되는 것이다.

기호학자 소쉬르는 기호가 사물을 지시하는 것이 아니라 기호는 기표와 기의로 이루어져 있다고 규정한다. 우리가 '나무'라는 말을 할 때 표현되는 소리나 글자가 기표라면 그것의 내용 즉 우리가 머릿속으로 떠올리는 '나무'라는 개념이 기의이다. 기표와 기의의 관계는 자의적이며 대상은 고유의 절대적인 의미를 갖는 것이 아니라 다른 대상과의 차이를 통해서 의미가 규정될 뿐이다. 나무의 의미는 꽃이 아니고 풀이 아닌, 그것들과의 차이에서 나무의 의미가 규정된다는 것이다. 이것이 구조주의 철학의 시작이다.

구조주의적 인식에서는 주체의 권위가 부정된다. 주체가 그것 자체로 절대적이고 고유한 의미를 담지하고 있는 것이 아니라 객체와의 관계를 통해서 그 의미가 규정되기 때문이다. 자연을 두려워하던 인간이 신의 위치에서 만물을 지배하게 되었지만 이러한 인류 진보의 결과가 긍정적이지만은 않았다. 이러한 과정에서 발생하게 된 구조주의에서는 인본주의적 사고를 부정한다. 인간은 언어구조와 무의식에 의해 구성되는 존재, 타자와의 관계를 통해 의미를 발현하는 존재일 뿐, 그것 자체로 절대적인 의미를 내재하고 있는 것이 아니라는 뜻이다.

조승래 시인의 언어에 관한 관심은 구조주의적 인식에 맥락이 닿아 있다. 그의 시를 꼼꼼히 읽어보면 시인의 시에는 관계에 대한 깊은 천착이 배음으로 깔려 있고 대상은 대상과의 관계를 통해 의미를 획득하고 있기 때문이다. 『적막이 오는 순서』의 시세계를 이동순 시인은 "틈새의 시학"으로 정리한 바 있거니와 '틈새'는 관계를 표상하는 것이기도 하다. 틈새란 벌어져 있는 사이를 의미하는 것이고 이 공간이 있기 위해서는 떨어져 있는 두 대상이 있어야 하기에 그러하다. 곧 대상과 대상 사이에 틈새가 존재하는 것이고 그 틈새의 내용이 둘 사이의 관계를 규정짓는 요소가 될 것이다. 이러한 관계를 잘 보여주고 있는 시로 「인칭의 거주지」, 「우리들의 임계점」 등이 있다.

태초에 땅 하나
하늘 하나가 마주보고 살았지요

땅은 하늘이 없다면 너무 공허하고 하늘은 땅이 없으면
끝없이 무너질 것임을 알았지요

둘 같은 하나라서 꼼짝할 수가 없었는데
이 틈새에 생명들이 스며들었어요

올챙이 채송화 메타세쿼이아 새 곰 사람
또 꼬물꼬물할 줄 아는 다른 새 생명들이었어요

틈새에 수없이 들락날락 했지요
더러는 땅속으로 가고 일부는 하늘로 갔어요

교대로 틈새로 사라져도 이어서 나타나고
비로소 3인칭이라는 용어가 익숙해진 세상이 되었어요

너, 나, 다음에 또 하나의 나 바로 우리이지요.
우리는 한 우리에서 살아요

-「인칭의 거주지」

"태초에 땅 하나 / 하늘 하나가 마주보고 살았"다는 시구에서 보듯 '하늘'과 '땅'은 근원이라 할 수 있겠다. 이 근원인 두 대상은 "둘 같은 하나"로, 서로를 통해 존재한다. "땅은 하늘이 없다면 너무 공허하고 하늘은 땅이 없으면 / 끝없이 무너"지는 관계이기 때문이다. 이들 '틈새'에 서로 다른 생명들이 스며들고 "수없이 들락날락"하며 "비로소 3인칭이라는 용어가 익숙해진 세상"이 된 것이다. '너'와 '나'의 관계도 다르지 않다. "하늘과 땅의 사이에 더불어 살아가는 너와 내가 있"다.(「우리들의 임계점」) '나'는 '너'가 있음으로 해서 존재하며 '나'와 '너' 외에 3인칭은 '그'가 아니라 "또 하나의 나", '우리'이다.

시인은 '나와 너, 우리'의 관계가 "사랑과 믿음"을 기반으로 이루어져야 한다고 굳게 믿는다. 그러나 세상이 어디 그러한가. '사랑과 믿음'이라는 말은 관념적으로 들리고 "너와 나 사이에 사랑과 믿음이 아닌 다른 것이 있다면 / 언제까지 그냥 놔두어도 괜찮은지 임계점을 묻고 싶"(「우리들의 임계점」)다는 시인의 호기로운 언표는 어쩐지 너무 순진하게 느껴진다. 시인이라고 이러한 현실을 모를 리 없다. 그러므로 이 무구한 믿음은 어린 아이의 그것과는 다른 것이다. 첨예한 갈등과 치유되지 않은 상처, 불신과 불모의 현실을 지극하게 견디고 버틴 후에야 갖게 된 믿음이자 바람으로 보는 것이 타당해 보인다. 그리고 그의 시에서 이를 충분히 보여주고 있다.

여름 내내 방충망에 붙어 울던 매미. 어느 날 도막난 소리를 끝으로 조용해졌다 잘 가거라, 불편했던 동거여 본래 공존이란 없었던 것 매미 그렇게 떠나시고 누가 걸어 놓은 것일까 적멸에 든 서쪽 하늘, 말랑한 구름 한 덩이 떠 있다

— 「적막이 오는 순서」

시집의 표제작이기도 한 인용시는 특별히 풀어야 할 내용이나 짚어야

할 형식적 장치가 있는 것은 아니다. 여름 내내 울던 매미가 사라지고 나자 조용하게 저물녘 하늘의 구름을 바라볼 수 있게 되었다는 짧은 내용의 시다. 이 시의 압권은 제목이다. 시인의 탁월한 감각이 돋보이는 대목이기도 하다. 제목이 아니었다면 이 시는 보편적으로 있을 법한 여름철 어느 한 날의 묘사에 그쳤을 것이다. 평범한 일상의 한 장면이 사유의 깊이와 아름다움의 밀도를 담보할 수 있게 된 데에는 제목의 역할이 크다.

시의 제목이 '적막'이 아니라 "적막이 오는 순서"임에 주목하자. 제목이 '적막'이었다면 "여름 내내 방충망에 붙어 울던 매미"는 배제될 수밖에 없다. '적막'이 중심이 되고 '매미의 울음'은 주변화되거나, '되어야 할' 대상이 된다. "적막이 오는 순서"에는 '매미의 울음'이 수렴된다. "여름 내내 울던 매미"의 소리가 있었기에 "적멸에 든 서쪽 하늘"과 "말랑한 구름 한 덩이"가 화자의 가슴에 깊이 자리할 수 있었던 것이다. '순서'가 중요한 것은 이러한 까닭에서다. '적막'은 '소리'가 있어야 의미를 갖게 된다. 세상에 소리가 없었다면 적막이라는 말도 생겨나지 않았을 것이다. 이러한 맥락에서 '매미 울음'이라는 소리와 '적막'은 '공존'할 수 없는 관계이자 공존하고 있는 관계라 할 수 있겠다.

생각해보면 삶이란 원하는 대로 되지 않는 경우가 더 많다. 이루어지지 않는 사랑, 원하지 않았던 이별, 어찌해볼 수 없는 죽음, 크고 작은 실패, 세상의 부조리와 회복되지 않는 상처 등등. 어쩌면 이런 것들과 부대끼고 싸우면서 끝내는 끌어안고 가는, '불편한 동거'가 삶의 진실인지 모른다.

폭포수도 평평해지려고 떨어진다

이슬방울도 파도도 그렇다

잉걸불도 고드름도 나중에 다 주저앉듯

평평해지면 어김없이 찾아오는 고요,

남은 것이라고는

또 시작하면 되는 것들뿐
                    —「고요의 탄생 후」

시인에게 '적막'이나 '고요'는 언뜻 보면 소란 후에 이르게 되는, 혹은
이르러야 할 종착 지점으로 보인다. 위 시의 시적 대상인 '폭포수', '이슬
방울', '파도', '잉걸불', '고드름' 등도 모두 '평평'해지기 위해 '떨어지고',
'주저앉'는데, 이 '평평함'은 "평평해지면 어김없이 찾아오는 고요"를 위
해 선행되는 현상으로 비치기 때문이다. 그러나 실상은 '적막'이나 '고요'
가 끝이 아니다. 이 시의 제목이 "고요의 탄생 후"이거니와 '고요' 이후에
는 "또 시작하면 되는 것들"만이 남아 있다.
  "적막이 오는 순서"나 "고요의 탄생 후"라는 제목은 많은 의미를 시사
해준다. 이 시집에서 '적막'이나 '고요'란 짧다면 짧고 길다면 긴 생의 한
과정일 뿐 소음이나 소란이 다 사라진 이상적 세계, 곧 유토피아를 표상
하는 것이 아니다. 그러한 이분법적 인식은 논리적 세계에서나 가능한
것일 뿐 실존적 세계는 논리를 압도한다. '저물거나 밝음'(「저물거나 밝
았다」)의 반복이 인생임을 시인은 잘 알고 있다. "사랑과 믿음"이라는 그
의 무구한 바람이 결코 식상한 관념어로 들리지 않는 까닭이 바로 여기

에 있다.

한편, 시인의 시에서 아름다움은 시간의 깊이와 조화를 이루는 결에서 오는 경우가 많다. 이러할 때 과거는 대개 과거에 한정되지 않는다. 과거와 현재가 이분법적으로 대립하지 않는 것은 물론, 과거가 현재로 건너와 새로운 의미를 발현하는 양상을 보인다.

> 실오라기 끝을 연신 꿰려고
> 애가 탄 그분 도우려던 꼬마에게도
> 바늘귀는 너무 좁아 힘들었지
>
> 마침내 달아주신 외투단추
> "고맙습니다."
> 인사해도 말귀 어두우신 할머니의 합죽이 웃음
> 반백 년 전 흑백사진 속에 계셔
>
> 며느리가 보여준
> 태내 손자 흑백사진 돋보기 쓰고 보니
> 높은 콧날 큰 귀가 보인다
>
> 들리니?
> 이 웃음소리
> 타래로 실 감는 소리.
>
> -「흑백사진을 보며」

말귀도 어둡고 시력도 떨어질 대로 떨어진 할머니가 '꼬마'의 외투단

추를 달아주기 위해 바늘에 실을 꿰려고 하고 있다. 마음처럼 되지 않아 "애가 탄 그분"을 도우려고 '꼬마'도 힘들게 실을 꿴다. 우여곡절 끝에 마침내 달게 된 외투단추, 할머니는 "고맙습니다."라는 인사도 듣지 못하고 합죽이 웃음만 지을 뿐이다. 이것이 과거에 일어났던 사건이고 할머니는 "반백 년 전 흑백사진 속"에 있다. 과거와 현재를 잇는 것은 '흑백사진'이다. 현재의 흑백사진 속에는 "태내 손자"가 있다. '할머니'와 '손자'는 흑백사진 속에만 존재할 뿐 이 세계에 존재하지 않는다는 공통점이 있다. '할머니'는 이미 떠났고 '손자'는 아직 나오지 않았기 때문이다.

바늘에 실을 꿰던 '꼬마'는 어느새 돋보기를 쓰는 나이가 되었고 "높은 콧날 큰 귀"에서 '할머니'와 '꼬마'가 오버랩된다. "들리니? / 이 웃음소리 / 타래로 실 감는 소리.", 이 마지막 연은 무척 감각적이고도 아름답다. 마치 과거의 현장이 그대로 현재에 도달해 말을 거는 듯하다. '사랑'이라는 말이 한 번도 쓰이지 않았지만 '할머니'와 '꼬마', '태내 손자'를 관류하는 '사랑'이 소리 이미지를 통해 감각적으로 발현되고 있다. 시인의 시에서 사랑은 이렇게 시간을 가로질러 존재들의 '어울림'을 이루며 아름다움에 도달한다.

아름다운 시 한 편 더 읽는다.

수억 년도 더 된 파도의 춤에
달빛이 출렁대며 장단을 맞춘다

천 년도 더 된 모래밭을 지나 잠수한
하루밖에 안 된 새끼 거북이들도 음표를 읽는다

노소 구분 없는 어울림

멈출 수 없는 허밍

　　　　　-「오래된 춤」

　이 시의 아름다움도 시간의 흐름과 그것들을 가로지르는 존재들 간의 어울림에서 발현된다. "수억 년도 더 된 파도의 춤"에서 새삼 자연의 숭엄함을 느끼게 되는 것은 바로 '수억 년'이라는 시간성 때문일 것이다. "천 년도 더 된 모래밭"도 그러하다. 중요한 것은 이토록 긴 시간을 함의하고 있는 것들이 "하루밖에 안 된 새끼 거북이들"과 '어울림'을 이룬다는 것이다. "반백 년 전 흑백사진 속에 계"시는 '할머니'가 아직 태어나지도 않은 존재에 가 닿듯이 말이다. 시인의 시에서는 이렇게 과거가 현재에 도착해 "노소 구분 없는 어울림"을 이루고 이 어울림은 지극한 아름다움을 발현한다.

　조승래 시인의 시에서 존재의 의미는 다른 대상과의 관계를 통해 규정된다. 그래서 그의 시적 대상들은 단독적으로 중심이 되거나 다른 대상을 억압하는 법이 없다. 시인이 '사랑과 믿음'을 말할 때 그것이 박제되어 버린 유물처럼 느껴지지 않는 까닭이 여기에 있다. 대상들이 이루는 관계는 어느 한 쪽이 주체가 되어 객체를 주체에로 환원하는 동일성이 아니라 상대를 통해 자아의 의미를 확인하며 함께 가는 관계이기 때문이다. 이러한 관계가 시간을 품을 때 그의 시는 더 아름다워진다. 시간을 가로지르는 평등한 어울림, 이것이 『적막이 오는 순서』가 이른 깊고도 순한 아름다움이 아닌가 한다.

'낯선 초록'을 보듬는 서정의 행보

미루나무, 고추잠자리, 나무, 집, 통점, 강아지풀, 강, 별, 바람, 상처, 누나, 형, 작은누나, 아버지, 지게, 그리고 엄마…. 김완하 시인의 『마정리집』(천년의 시작, 2022.)을 덮은 후 떠오르는 시어들을 무작위로 적어보면 이렇다. 물론 더 옳을 수도 있다. 시집 한 권을 읽고 이처럼 많은 시적 대상들을 어렵지 않게 떠올릴 수 있다는 것은 분명 시집의 장점이라 할 수 있을 것이다. 그만큼 독자에게 구체적 이미지를 각인시키고 있다는 의미이기 때문이다.

시어들을 보면 알 수 있지만 이번 시집의 주조적 이미지는 자연, 유년의 공간과 이를 채우고 있는 존재들이다. 이번 시집뿐만 아니라 자연이나 유년의 시공간, 이와 연결된 존재들은 김완하 시인의 시세계를 관류하는 시의식과 밀접하게 연결되어 있다.

어머니가 돌아오시자 집은 우련 빛으로 차올랐다 방마다 어둠 밀어내

며 호롱불 빛 고이기 시작했다 내 건너 밭에 감자꽃이 활짝 피었다고 감
자알 굵어지는 소리 밭고랑을 두더지처럼 돌아다닌다며 어머니가 웃으
셨다

어머니 따라 내를 건널 때 걷어 올린 종아리 간질이는 물소리가 마정리
여름을 환하게 펼쳐 놓았다 동구 밖에 서면 둑길로 소를 몰고 오는 아버
지의 지게 가득 출렁이는 풀 무덤 위로 강아지풀이 나풀대고 있었다

아버지가 작대기 두드려 부르는 노랫소리 지겟다리에 감기고 어두워
지는 들녘에서 숨차게 달려온 길이 마을 탱자나무 사이로 몸을 구부린다
논둑으로 작은 봉우리 하나 따라오다 가시에 찔려 나동그라졌다

우리 집은 저녁 속 둥그런 주머니 안에 손을 넣으면 모든 것이 다 들어
있었다 아버지 어머니 누나와 형, 나는 바지 양쪽 주머니 속에 든 구슬을
두 줌 가득 그러모아 쥐었다

-「감자꽃」

시집 표제이기도 한 '마정리 집'은 유년의 시인이 가족과 함께 살던 집
이다. 시인은 "우리 집은 언제나 빛으로 가득 차 있었다"(「마정리 집」)
고 기억하고 있다. 그 빛의 중심에는 바로 '어머니'가 자리하고 있다. 밖
에 나갔던 "어머니가 돌아오시"면 그제야 비로소 "집은 우련 빛으로 차
올랐"으며 어둡던 방에 "호롱불 빛 고이기 시작"했기 때문이다. 이것이,
어머니가 호롱불을 켰다는 단순한 의미에 한정되는 것이 아님은 물론이
다. 어머니는 자연의 말을 들을 줄 아는, 자연과 합일된 존재였기 때문이
다. "내 건너 밭에 감자꽃이 활짝 피었다고 감자알 굵어지는 소리 밭고랑

을 두더지처럼 돌아다닌다며 어머니가 웃으셨다"라는 아름다운 시구에서 이를 확인할 수 있다.

이러한 어머니의 빛이 시인에게 스미지 않을 리 없다. "어두워지는 들녘에서 숨차게 달려온 길이 마을 탱자나무 사이로 몸을 구부린다"거나 "논둑으로 작은 봉우리 하나 따라오다 가시에 찔려 나동그라졌다"는 시구에서 보듯 시인의 눈에 자연은 타자화된 정물이 아니라 우리와 함께 달리고 가시에 찔려 나동그라지기도 하는 인간화된 존재이기 때문이다. 2015년 어느 글에서 시인은 "시란 어머니가 가꿔준 내 마음의 꽃밭"이라 표현한 바 있다. 시인에게 어머니는 자연을, 사물을 대하는 태도를 체득게 한 존재였다. 시인은 어머니의 시선으로 어머니의 마음으로 자연을 보고 대하게 된 것이다.

어린 시인에게 "아버지 어머니 누나와 형"은 '모든 것'이었으며 이 '모든 것'이 있는 '우리집'과 '마정리' 마을은 세계 그 자체였을 터다. '다섯 살 즈음'의 시인이 "누나 등에 업혀 마을 벗어날 때" 몸부림치며 "사정없이 울었"던 까닭도 여기에 있었던 것이 아닐까.

내가 다섯 살 즈음 봄날 시오 리 이웃 마을로 마실을 갔다 누나 등에 업혀 마을 벗어날 때 내가 사정없이 울었다 누나는 잠시 꾀를 내어 나에게 마을을 보이며 뒷걸음으로 천천히 걸었다 처음 몇 걸음 괜찮더니 이내 누나 옆구리 발로 걷어차며 몸부림쳤다 그 울음으로 들녘의 새들이 다 날아갔다 힘겹게 누나 친구 집에 도착하고, ㄱ자 초가집 마루에 앉아 놀았다 마루에 쏟아지던 햇살이 아직 기억 속에 환히 고여 있다 누나 친구네 과수원에서 솎았다는 복숭아, 아직 덜 익어 떫은 것을 먹었다 돌아올 때 몇 개 얻어 와 길가 가로수 아래서 형과 작은 누나에게 주었다 그때 형과 누나는 냇가에서 놀다 온다며 맨발의 이마에 땀이 송글송글 맺혔다. 아직 그늘 찾을 만큼 더운 날씨 아니었지만 미루나무 잎은 유난히 반짝이며 그늘 쏟아 놓았다 갑자기 신작로 지나는 트럭이 먼지를 퍼부었다 우리는 두 손으로 입과 코 가리고 한참 동안 먼지에 갇혔다. 그때 미루나무는 무슨 생각을 했는지 제 그늘을 풀어 우리 사 남매 꼭 끌어안았다. 먼지가 다 사라지도록 미루나무도 우리와 함께 먼지 속을 견디고 있었다.

－「그늘 속의 그늘」

'누나'는 아마도 동생 잘 보라는 말을 어머니로부터 들었을 것이다. 이웃 마을 친구네로 마실은 가고 싶고 동생은 봐야 하고, 할 수 없이 누나는 동생을 업고 걸음을 옮긴다. 다섯 살의 남동생을 그냥 업고 가는 것도 힘에 부쳤을 텐데 동생은 마을을 벗어나자 사정없이 울어 젖힌다. 누나도 그냥 포기하지는 않는다. 동생에게 마을을 보이며 뒷걸음으로 천천히 걷는다. 그러나 이내 알아차린 동생은 "누나 옆구리"를 "발로 걷어차며 몸부림"치며 울어댄다.

마을 벗어나는 것을 불안해하는 어린 동생, 둘러업은 동생의 몸부림을 견디며 기어이 친구집에 마실 가는 누나, 몇 개 얻은 떫은 복숭아를 형과 작은누나에게 나누어 주는 작은 손. 우리는 여기에서 꾸미지 않은 본연의 유대감을 경험하게 된다. 중요한 것은 이 유대가 동무나 혈육의 관계에 그치는 것이 아니라는 사실이다.

마을에는, 이들 곁에는 '미루나무'가 있었다. "땀이 송글송글 맺"힌 아이들 머리 위로 "미루나무 잎은 유난히 반짝이며 그늘"을 "쏟아 놓"는다. "신작로 지나는 트럭이 먼지를 퍼부었"을 땐 "제 그늘을 풀어" 아이들을 "꼭 끌어안았다." 시인은 "먼지가 다 사라지도록 미루나무도 우리와 함께 먼지 속을 견디고 있었다."고 쓰고 있다. 이들에게 자연은 거리화되어 있는 정물이 아니다. 서로 스미어 노는 동무이자 함께 어려움을 견디어 내는 공동운명체였던 것이다.

유등천 물가 버드나무와 촐랑대는 냇물은 내게 옆자릴 내주지 않는다. 성큼 내려딛는 여름 햇살도 아는 체하지 않는다. 질경이, 쑥, 강아지풀, 씀바귀 옆에 뽕나무 사이 새들 찌릿찌릿 찌릭찌릭 저희끼리만 화답한다.

가까이 흰나비 한 마리 날았다. 나무, 풀, 꽃, 새, 물이 한통속으로 어울려 짙은 초록을 펼친다.

풀들의 눈빛, 푸른 창을 벼려 내 눈을 찌른다. 산책 길도 찔레 덤불 속으로 묻히고, 나는 낯선 초록들에 쫓겨 허둥댄다.
　　　　　　　　　　　　　　　　　　　　　-「낯선 초록 속에서」

「감자꽃」과 「그늘 속의 그늘」이 유년의 시공간을 그린 시라면 인용한 작품은 현재를 배경으로 하고 있다는 점에서 차이가 있다. 그런데 시공간의 차이만 있는 것이 아니다. 자연과 인간 간의 관계도 달라졌다. "유등천 물가 버드나무와 촐랑대는 냇물"은 시적 자아에게 "옆자릴 내주지 않는다." 형과 누나가 냇가에서 놀고 미루나무가 그늘을 드리워주던 '마정리' 살던 때와는 확연히 다르다. "여름 햇살도 아는 체하지 않"을 뿐만 아니라 '질경이', '쑥', '새' 등등 모든 자연물들이 "저희끼리만 화답"하고 있다. 시적 자아는 자연들이 어울려 펼쳐 놓은 짙은 초록에 눈이 찔리는 것만 같다. 자연은 어느새 시적 자아에게 "낯선 초록"이 되어버린 것이다.

인간과 자연은 하나였다. 그런데 이성이 강조되고 과학, 산업, 자본주의가 발달하면서 인간은 진보라는 이름 아래 자연을 지배하는 신의 위치에 자리하게 되었다. 인간과 자연은 더 이상 어려움을 함께 견뎌내는 공동운명체가 아니게 된 것이다. 인간은 자연의 말을 알아듣지 못하게 되었고 따라서 이들의 상처를, 생존을 외면하게 되었다. 자연 또한 "낯선 초록"이 되어 반격에 나섰다. 연이어 전염병이 돌고, 폭염, 폭설, 폭우, 태풍, 홍수, 가뭄 등 이상 기후로 전 세계가 몸살을 앓고 있다. 인간이 살아가는 데 가장 기본적인 것이라 할 수 있는 먹고 마시는 것조차 안전을 담보할 수 없게 되었다.

인간이 자연을 도구화하여 편리를 취하려고만 했기 때문이다. 문제는 여기에서 그치지 않는다. 인간 사이에서도 계급이 나뉘어 일부의 욕망을 위한 다수의 도구화가 진행되어왔기 때문이다. 서로 그 '일부'에 속하기 위해 계층 간에 인종 간에 국가 간에 악다툼을 벌이고 있다. 시인이 '마정리'와 이를 이루고 있는 존재들을 하나 하나 호명하고 그 존재들 간의 관계를 끊임없이 확인하는 까닭이 여기에 있다.

> 엎드려 숙제를 하는 창가에 풍뎅이 한 마리 붕붕거렸다
> 호박 꽃잎마다 벌이 잉잉대며 날았다
> 담장에 매달린 조롱박에 고추잠자리 앉았다 떴다
> 길가 웅덩이에는 방개가 종종거렸다
> 둠벙에 잔잔히 이는 물살 주위를 구름이 에워쌌다
> 바람은 자주 강아지풀의 콧등을 훔치고 갔다
> 밤이 되면 목마른 별들이 쏟아져 내려와,
> 두레박으로 우물 길어 목을 축이고 올라갔다

등을 밝히면 담장의 나무들이 다가와 둘러앉았다
새벽까지 풀벌레들 책을 읽으며 꿈을 키웠다
우리 집은 언제나 빛으로 가득 차 있었다
                                           -「마정리 집」

  윤동주 시인은 "별 하나에 아름다운 말 하나씩 불러"본다고 노래했
다.(「별 헤는 밤」) '아름다운 말'이란 "소학교 때 책상을 같이했던 이름",
"가난한 이웃 사람들의 이름", "비둘기, 강아지, 토끼, 노새, 노루, 프랑시
스 잠, 라이너 마리아 릴케", 그리고 '어머니'이다. 이들은 어떤 분별도 없
이 유대가 가능했던 유년이라는 시간이나 고향이라는 공간에 속하는 대
상들이다. 윤동주 시인이 이들을 '아름다운 말'이라 명명하고 하나 하나
힘주어 부르는 까닭은 '이네들'이 "너무 멀리 있"기 때문이다. 그립기 때
문이다. 더는 순수한 유대가 가능하지 않은 현실이 아프기 때문이다.

  김완하 시인이 「마정리 집」에서 '풍뎅이', '벌', '고추잠자리', '방개', '구
름', '바람', '강아지풀', '별', '풀벌레'를 부르는 까닭도 다르지 않다. 이들
은 시인이 방바닥에 "엎드려 숙제를 하는" 유년의 시공간을 채우고 있
는 대상들이기 때문이다. 시적 자아를 포함해 이들은 각각 다른 존재들
이지만 서로 스미고 어우러져 빛으로 가득한 '마정리 집'을 이루고 있다.
이처럼 유년의 시공간은 서정적 동일화가 가능한 곳이며 이를 표상하고
있는 것이 '마정리 집'인 셈이다. 그리고 무엇보다도 '이네들' 또한 '지금
여기'의 시인으로부터 '너무 멀리' 있는 존재들이다. 다시 돌아갈 수 없는
잃어버린 무엇인 것이다.

  우리가 아무런 스스럼 없이 서로에게 스밀 수 있었던 때를 상기하는
것은 중요하다. 그것은 단순히 과거에 대한 회상이 아니라 그러한 가치

를 잃어버린 현실에 대한 인식이자 그 응전의 형식이 될 수 있기 때문이다. 김완하 시인은 "시라는 것은 살아가면서 인간이 간직해야 할 삶의 가치를 이미지로 드러내는 것"이며 "가치를 간직하고 나아가는 과정이 시"라 규정한 바 있다. 시인이 시를 널리 알리기 위해 힘쓰고 있는 까닭이 여기에 있는 것이 아닌가 한다.

『마정리 집』은 김완하 시인의 일곱 번째 시집이다. 시인은 한남대학교 국어국문창작학과 교수이자 계간 '시와 정신' 편집인 겸 주간이기도 하다. 또한 2012년부터 2017년까지 6년간 연재했던 '김완하의 시 한편'을 엮어 『김완하의 시 속의 시 읽기』 5권으로 발간한 바 있다. 1987년에 등단하여 현재까지 왕성한 창작 활동을 해오고 있으며 이번에 새로운 시집까지 출간했으니 시를 가르치고, 소개하고, 창작하는 등 실로 다방면적으로 시의 저변 확대를 위해 애써오고 있는 셈이다.

'각자도생'이라는 말이 난무하고 전쟁을 목도하고 있는 현실에서 유대의 감각을, 삶의 가치를 환기하는 것은 매우 중요한 일일 것이다. 김완하 시인의 『마정리 집』이 전해주는 의미가 가볍지 않은 까닭이 여기에 있다.

감춤과 드러냄의 아이러니가
만드는, 깊고 따듯한 서정

1.

박순덕 시인이 두 번째 시집, 『차밍양장점』(시에, 2023.)을 상재한다. 2015년 『붉은디기』를 낸 이후 8년 만이니 그 시간적 간극이 꽤 큰 편이다. 그럼에도 첫 시집의 서정적 특질은 대체로 그대로 이어지고 있다. 고향이라는 서정적 공간을 이루는 대상들에 대한 시인의 애정 어린 시선이 바로 그것이다. 더 구체적으로는 시적 소재로 등장하는 이웃의 사연들이라든가 사물과 시적 자아의 마음이 조응하여 창출하는 공동체적 유대 의식 등이 유사한 정서를 불러일으킨다는 점에서 그러하다.

그러면서도 이번 시집은 첫 시집과 다른 면을 보여준다. 이는 고조된 시적 긴장에서 오는 것이기도 하지만 근본적으로는 더욱 섬세해진 시인의 감각에서 연원하는 것으로 보인다. 특히 결핍과 상처에 대한 시인의 감각은 『붉은디기』에서보다 무척이나 예리해졌다. 이러한 까닭에 첫 시집이 강강술래를 하는 공동체를 떠올리게 한다면 이번 시집에서는 그

원심적인 힘이 풀리고 세계 내 존재들이 서로 부대끼고 있다는 느낌을 준다. 그만큼 시적 대상의 상처가 직핍하게 전달되고 있다는 의미이다.

2.

이번 시집의 주요 모티프는 결핍과 상처를 내재한 존재에 대한 물음들이다. 그의 시에는 한 많은 삶을 살았던 우리네 어머니와 아버지를 비롯해 이주 여성(「레티」, 「메이드 인 코리아」, 「아토피」, 「가뭄」 등), '홍등가 여자'(「정임이」) 등등 버려진 자들, 소외되고 상처 입은 자들, 채워지지 않는 결핍을 안고 사는 존재들로 가득 차 있다. 시인은 가열하게 이들의 상처를 예각화하여 드러내고 있는데 시인 자신의 상처 또한 예외가 아니다. 시인은 유년에서부터 현실에 이르기까지의 결핍과, 돌봄을 받아야 하는 존재에서 돌보는 존재로의 전이의 과정을 깊고도 치열하게 들여다보고 있다. 이것이 첫 시집과의 차이이자 섬세해진 감각의 까닭이기도 하다.

한 번만이라도
나를 내게 맞추고 싶었다

얻어 입은 옷은 늘 결핍 덩어리여서
살갗에 대이기만 해도 통증이 왔다
온기가 다 빠져 얇아진 옷은
바람을 막아주지 못했다
아무리 다려도 줄이 서지도 않았다
번질거리기만 할 뿐

한겨울 모래처럼 가슴에 소름이 돋았다

언니가 물려준 교복을 입고
이름표를 주머니에 넣으며
뒷골목으로만 다녔다
-「차밍양장점」

　서정적 자아의 결핍은 "얻어 입은 옷", "언니가 물려준 교복"으로 표상
된다. '양장점'은 몸에 맞게 옷을 지어주는 곳이다. 그러므로 시집 제목이
기도 한 "차밍양장점"은 서정적 자아의 욕망의 표상이 되는 셈이다. 사
실 예전에 형제 자매가 있는 가정에서 옷을 물려 입는 것은 흔한 일이었
다. 그런데 위 시의 서정적 자아는 그것을 "결핍 덩어리", "온기가 다 빠
져 얇아진 옷"으로 인식하고 있으며 "살갗에 대이기만 해도 통증"을 느
낄 만큼 예민하게 감각하고 있다.
　"한겨울 모래처럼 가슴에 소름이 돋았다"는 표현에서 알 수 있듯 그것
은 단순히 물질적인 차원에서의 결핍을 의미하는 것이 아니라 "나를 내
게 맞추는 것", 곧 자아 정체성이랄까 자아의 고유한 가치에 대한 문제
였던 것이다. "한 번만이라도 / 나를 내게 맞추고 싶었다"는 강한 욕망은
'한 번도 나를 내게 맞춘 적이 없다'는, 온전히 타인에게 나를 맞추었다
는 의미에 다름 아니다. "이름표를 주머니에 넣"고 "뒷골목으로만 다"닌
행위에서 서정적 자아의 깊은 자아 상실감을 느낄 수 있다.

　　야야, 고추밭 매러 가재이
　　풀이 오목 같다 얼릉 나온나

매고 돌아서면 또 풀이라

엄마, 나 숙제해야 돼여
왜 자꾸 그케여
마구간의 암소는 음무음무 울고

숙제는 해서 뭐할라꼬
참 음전도 하지 우리 딸

언니는 가만 놔두고
왜 맨날 나만 불러
뒤안의 염소는 매애매애 울고

니 언니는 공부한다고
문 처닫고 안 나오는 것 보래이
문을 부수지도 못하고 참 내

그럼, 옥이는
갸는 어리잖나 그기 뭘하겠노

나는 나를 쿵 처닫고
밭매러 간다

청당골 뙤약볕도 매워서 눈이 벌겋다
                    ―「대서(大暑)」

인용한 시는 "나를 내게 맞추"지 못하는 일상의 단면이 구체적으로 드러나 있는 작품이다. 고추밭 매러 가자는 '엄마'의 성화에 서정적 자아는 숙제해야 한다고 말해보지만 하나 마나 한 소리다. "왜 자꾸 그케여", "왜 맨날 나만 불러"에서 보듯 늘 반복되어왔던 일상이기 때문이다. 재미있는 것은 자아의 볼멘소리 뒤에 '마구간 암소'와 '뒤안 염소'의 울음이 병치되어 있다는 사실이다. 집안에서 서정적 자아의 발화는 '음무음무'나 '매애매애'와 등가라는 의미일 터다.

이런 편편치 않은 일상에서 중요한 것은 자아의 성정일 것이다. 서정적 자아는 "매고 돌아서면 또 풀이라"는 '엄마'의 곤곤한 현실을 외면하지 못한다. '언니'처럼 독하게 "문 처닫고 안 나오"지도 못하고 '옥이'처럼 마냥 철없을 수도 없는 것이 서정적 자아의 처지이다. 그러니 그저 "나를 쿵 처닫고" 엄마를 따라 밭매러 갈 수밖에 없는 것이다. 매운 "청당골 뙤약볕" 아래 서정적 자아는 그렇게 '눈이 벌건' 채로 자아를 닫아걸 뿐이다.

이 시는 농가 어느 집에서나 있었을 법한 일상의 한 단면을 방언으로 전개하고 있어 자연스러운 재미와 정겨운 느낌까지 전해주고 있다. 그러나 아이러니하게도 이 장면이 익숙하고 정겹게 느껴진다는 것은 그만큼 서정적 자아의 '나'가 '자꾸', '맨날' '처닫혀'왔음을, 그의 발화가 수신자에게 가 닿지 못하고 '음무음무'나 '매애매애'와 함께 흘러갔음을, 그리고 지금도 흘러가고 있음을 의미하는 것이다. 한 편의 동화를 보는 것 같지만 그 익숙하고도 정겨운 정서의 흐름 속에서 자아의 결핍은, 드러내지만 덮이고 있고 그렇게 숨겨진 채 예각화되고 있다.

이것은 시인에게 단순한 어린 날의 기억 중 하나로 남지 않는다. '나를 내게 맞추지' 못하는 일상은 시인으로 하여금 "고개를 수그리고 / 답답함을 툭툭 걷어차며 / 넘지 못한 고개를 어둑어둑 걸어"가게 했다. "나무를 베지 맙시더"라는 말이 무의식 중에 "나를 베지 맙시더"라는 말로 나오고 그 마저도 "웅얼웅얼 입속에 넣고 꿀꺽 삼"켜버리고 마는 게 시인의 유년이었던 것이다(「흔평리 모래고개」). 이것이야말로 시인의 시에 그토록 많은 이들의 발화를 담고 있는 까닭이 아닐까. 상대에게 가닿지 않는 말들, 버리고 버려진 청승맞은 이야기, '나를 나에게 맞추지' 못했던 숱한 사연들을 시인은 그냥 흘려버릴 수 없었을 것이다.

묵은 서랍 속에
어머니 생전 하시던 말씀 고스란히 누워 계신다

발달장애를 가진 큰아이 걱정에
오늘은커녕 내일마저 삐쩍삐쩍 말라가던 때

아이를 닦달하다가
나를 들볶아대다가
숨이 멎을 것 같아 모든 걸 놓아버리고 싶은 순간

몸만 성하면 산데이
걱정하지 말거래이
다 길이 있다 안카나
실패했다 생각 말거래이

터진 바지 꿰매려 반짇고리 찾다 본
무명실 감긴 어머니의 실패

구멍 난 마음까지 덧댄다

바람 한 점 들지 않는다

-「대한(大寒)」

「차밍양장점」이나 「대서(大暑)」가 유년, 즉 돌봄을 받아야 하는 존재
로서의 결핍을 그리고 있는 시라면 인용한 시는 어머니, 곧 돌보는 주체
로서의 결핍을 드러내고 있는 시라는 점에서 차이가 있다. 이 시의 제목
이 '대한(大寒)'이라는 점에서 「대서(大暑)」와 대구를 이루는 시라고도
할 수 있겠다. '대한'은 일 년 중 가장 춥다는 날이고 '대서'는 가장 덥다
는 날인데 둘은 '매운 것'과 통한다는 공통점이 있다. 「대서」에서 "청당
골 뙤약볕"이 '맵다'고 표현한 것처럼 뜨거움은 매운 것과 연결되고 이육
사가 겨울을 "매운 계절"(「절정」)로 묘파한 것과 같이 몹시 추운 것은 매
운 것과 동일한 감각으로 표현된다. '대서'이든 '대한'이든 중요한 것은
그것이 매운 삶으로 의미화된다는 사실일 것이다.

　시인의 삶에서 '대서'가 '나를 처닫을' 수밖에 없었던 유년이었다면 '대
한'은 "발달장애를 가진 큰아이 걱정에 / 오늘은커녕 내일마저 삐쩍삐
쩍 말라가던 때"일 것이다. 그것은 "숨이 멎을 것 같아 모든 걸 놓아버리
고 싶은 순간"이 있었을 만큼 더할 수 없이 '매운' 나날이었다. 이러할 때
서정적 자아는 서랍 속에서 우연히 "무명실 감긴 어머니의 실패"를 보
고 여기에서 위안과 힘을 얻게 된다. "몸만 성하면 산데이 / 걱정하지 말
거래이 / 다 길이 있다 안카나 / 실패했다 생각 말거래이" 등과 같은 "어
머니의 생전 하시던 말씀"이 떠올랐기 때문이다. 이 말은 서정적 자아의
"구멍 난 마음"을 덧대어 "바람 한 점 들지 않"게 한다.

시인의 시에서 '대서'나 '대한'은 맵디매운 현실을 암유한다. 그러나 정작 문제는 현실이 아니라 그 현실에 응전하는 '마음'임을 이 시는 말해주고 있다. 그것은 어머니의 생전 말씀이기도 한데 서정적 자아에게 그 말씀이 힘을 발휘할 수 있었던 것은 어머니의 삶 또한 말과 다르지 않았기 때문일 것이다. '새끼'들 때문에 "자신에게 이르는 길 / 스스로 막아 버리셨"던(「신신파스」) 어머니 또한 '몸만 성하면 산다'고 '다 길이 있다'고 자신을 다독이며 고단한 현실을 건너왔을 터다. 삶이 뒷받침 되는 말이라고 해서 상대에게 모두 가 닿는 것은 아니나 그것이 따르지 않는 말은 빈 기표로 부유할 뿐이다.

어머니로부터의 분리가 인간의 탄생과 성장을 의미한다는 점에서 '어머니'는 결핍의 근원이자 결핍을 메워주는 존재가 되는 셈이다. 서정적 자아는 어머니로서의 결핍을 자신의 어머니로부터 메우고 또 그와 같이 단단한 어머니가 되어가는 자신을 발견하게 된다.

3.

인간은 누구나 결핍을 안고 산다. 그것은 사회적 존재로서의 상대적 결핍일 수도 있고 인간 존재로서의 근원적 결핍일 수도 있다. 이 정서는 존재를 옹졸하고 왜소하게 만들거나 욕망에 허덕이게 만들기도 하지만 반대로 타자의 결핍을 이해하고 포용하는 기제로 작용하기도 한다. 감각이나 정서는 어떤 사실에 대한 지식과는 달리 경험을 통해서만 습득될 수 있는 성질의 무엇이다. 결핍, 슬픔, 상처에 대한 감각도 예외가 아니다. 그러한 상태에 놓여 본 자만이 타자의 그것에 예민하게 감각할 수 있는 것이다. 박순덕 시인의 경우도 여기에 해당한다. 자신의 결핍을 깊이 들여다본 시인은 더욱 섬세하게 벼려진 감각으로 이웃의 상처를 향해 묵묵히 걸어가고 있기 때문이다.

아침에 널어놓은 빨래
뚝뚝 어둠에 젖고 있다

어쩌다 팔 남매 맏이로 태어나
대한통운 수화물 밤낮으로 어깨짐 져
어매아배 잃은 어린 동생들 아귀 같은 먹성 달래었다

펄펄 끓는 삼복도 견뎌냈건만
음력 팔월 열아흐레 새벽
한순간 모든 걸 놓아버리고 말았다

쉰하나,
혈관 터지고
왼편 생이 마비되었다

한때는 두려울 것 없던 세상살이
후줄근 어깨를 늘어뜨렸다

아무리 꼬집어도 꼬집어도
아프지 않은 생

더듬더듬 지팡이 짚으며 간다
                              -「봉강 아재」

"팔 남매 맏이"인 '봉강 아재'는 부모를 일찍 여의고 줄줄이 딸린 어린 동생들 먹여 살리느라 밤낮으로 일을 한다. 그러다 '쉰하나'에 혈관이 터져 신체 왼쪽이 마비되고 만다. "대한통운 수화물", "음력 팔월 열아흐레 새벽", "쉰하나" 등 구체적인 정보가 제시되고 있어 '봉강 아재'의 삶과 그에게 닥친 비극이 현실감 있게 다가온다. 때로 현실이 더 꾸며낸 이야기 같을 때가 있다. 고생고생하다가 "아무리 꼬집어도 꼬집어도 / 아프지 않은 생"을 살게 된 '봉강 아재'의 삶이 그렇다. "아프지 않은 생"의 비극이라니, 탁월한 아이러니의 구현이라 할 만하다.

시인의 감각이 돋보이는 대목은 이뿐만이 아니다. 이 시는 "아침에 널어놓은 빨래 / 뚝뚝 어둠에 젖고 있다"로 시작하고 있는데 이 첫 연이 전체 시의 내용을 관류하는 이미지로 기능하고 있다는 점에서 그러하다. '한때는 세상살이 두려울 것 없'었을 적도 있었고 "펄펄 끓는 삼복"도 너끈히 견뎌내던 '봉강 아재'였건만 지금은 "후줄군 어깨를 늘어뜨"리고 "더듬더듬 지팡이 짚으며" 갈 뿐이다. '아침'과 '어둠'을 가로지르는 '빨래', 아무도 걷어주는 이 없는 그것은 '봉강 아재'의 비루한 현실을 그대로 묘사한 것이기도 하면서 동시에 그의 과거에서 현재로의 비극적 변화를 형상화하고 있는 감각적 이미지이기도 한 것이다.

제일철물점 앞 콘크리트 바닥 사이에
쇠비름 빼곡하다

꽃무늬 블라우스 차려입은 주인 할매는
삼복에 목이라도 탈세라 물까지 대접한다

쓸데없는 풀 당장에 뽑아 버리라
손님들 한마디씩 하지만 아랑곳없다

젊음이 뽀글뽀글한 열 살 아래 이불집 과부랑 도망간 남편
기다리다 기다리다 벽걸이 시계마저 녹이 슬었다

이제는 그만 삭을 법도 한데
어쩌자고 그리움은 갈수록 무성해지는지

깜깜무소식 남편
해마다 잊지 않고 물어오는 안부라도 되는 양
쇠비름 날로 날로 번져나가고

삽 괭이 호미 쇠스랑
저마다 우두커니 제철을 기다리고 있다

－「쇠비름」

'쇠비름'은 어디서나 흔하게 볼 수 있는 한해살이풀이다. 흔하다는 건 특별히 관심을 끌지 않는다는 의미이기도 하다. 그런데 이 시에서의 '쇠비름'은 이와 다르게 정서화된다. 한갓진 곳에 나 있는 것이 아니라 손님들이 드나드는 "제일철물점 앞 콘크리트 바닥 사이에" 빼곡하게 나 있는, 존재의 변이를 보여주고 있기 때문이다. 이들에게 '쇠비름'은 "쓸데 없는 풀", "당장에 뽑아 버"려야 하는 성가신 존재다. 그러나 정작 손님을 맞아들여야 하는 처지인 '제일철물점 주인 할매'는 아랑곳하지 않는다. '할매'에게 '쇠비름'은 "삼복에 목이라도 탈세라 물까지 대접"케 하는 존

재로 자리한다. 아니 어쩌면 손님들의 '쓸데없다, 뽑아버리라'는 말이 '할매'로 하여금 '쇠비름'을 보살피게 했는지도 모른다.

'주인 할매'의 남편은 "젊음이 뽀글뽀글한 열 살 아래 이불집 과부랑 도망"갔고 '주인 할매'는 "벽걸이 시계마저 녹이 슬" 만큼 오랜 시간을 기다리고 있다. 오랜 시간 전에는 '할매'도 젊었을 테지만 남편이 '뽀글뽀글한 젊음'과 떠난 이후로 '할매'에게 젊음은 영원히 없는 것이 되어버렸다. "삽 괭이 호미 쇠스랑 / 저마다 우두커니 제철을 기다리고 있다"는 시구는 왠지 "꽃무늬 블라우스 차려입은 주인 할매"를 환기하게 한다. 올 리 없는 '제철'을 그렇게라도 붙들어보고 싶었던 것일까. '할매'는 지지 않는 꽃을 걸치고 있지만 그것은 아이러니하게도 부재하는 '젊음', 오지 않는 '제철'을 지시하고 있다. '할매'가 차려입은 '꽃무늬 블라우스'가 슬픈 까닭이 여기에 있다.

한편 위 시에서 해마다 피어, 날로 날로 번져나가고 있는 '쇠비름'은 갈수록 무성해지는 '할매'의 그리움과 등가를 이룬다는 점에서 관심을 끈다. 그러므로 "쓸데없는 풀 당장에 뽑아 버리라"는 말은 곧 '소용없는 그리움을 버리라'는 의미와 다른 것이 아니다. 그러나 '그리움'이라는 정서가 효용성과는 거리가 먼 것이거니와 의지로 통제되는 것도 아니다. '쇠비름'은 내년 이맘때쯤이면 더 번져나갈 것이고 '할매'의 그리움도 더 무성해지겠다. 모든 것들은 그렇게 풍경처럼 제자리를 지킬 것이다.

순사가 온 동네를 이 잡듯 뒤져
처자들을 일본으로 끌고 갔지
공장에 취직시켜 준다고
돈 많이 벌어 올 수 있다고

언덕배기 쑥들은 뽀얗게 올라왔고
처자들은 누렇게 바래었지

먹을 게 없어 나물 캐러 갔는데
저 멀리 신작로에 제복 입은 순사가 보이더라
총소리처럼 벌렁거리는 심장
땅에다 납작하게 포갰지
개미도 보이고 쑥도 보이고 흙도 보이고
바닥이 참 아늑하더라

평생 한 번도 남을 딛고 올라서 본 적 없어

1931년, 봄에 태어난 그녀
　　　　　　　　　　　　－「질경이」

「질경이」는 일제 강점기 위안부 강제 동원을 모티프로 하고 있다. 사실 "순사가 온 동네를 이 잡듯 뒤져 / 처자들을 일본으로 끌고"가는 것은 "공장에 취직시켜 준다"는 것, "돈 많이 벌어 올 수 있다"는 것과 모순된다. 정말 공장에 취직해 돈을 많이 벌어 올 수 있다면 '이 잡듯 뒤져 처자들을 끌고 갈' 필요가 없을 것이기 때문이다. 이와 같은 "돈을 많이 벌어 올 수 있다"는 거짓과 "먹을 게 없어 나물 캐러 갔"다는 현실이 병치되며 그 비루성이 심화된다.

"저 멀리 신작로에 제복 입은 순사"가 보이자 '심장'은 "총소리처럼 벌렁거"리고 '그녀'는 땅바닥에 엎드려 순사의 시선을 피한다. 그런 그녀의 눈에 "개미도 보이고 쑥도 보이고 흙도 보"인다. 그런데 뒤에 이어지는

"바닥이 참 아늑하더라"라는 진술은 어쩐지 비현실적으로 들린다. 처자들을 잡으려고 이 잡듯 뒤지고 있는 순사가 당장 눈앞에 있는데 아늑함을 느낀다니 말이다. '바닥'보다는 '땅'이라는 표현이 더 자연스럽다는 생각도 든다. 시인도 모를 리 없을 것이고 그렇다면 시인이 굳이 '바닥'이라 표현한 까닭이 있을 것이다.

'바닥'은 존재의 위상 내지는 존재의 마음과 시선이 가닿는 위치랄까 높이를 표상한다. 그렇다면 '개미'나 '쑥', '흙'은 '바닥'에 자리하는 존재의 표상일 터다. 「레티」라는 작품에서도 '밑'의 존재에 대한 의미를 구현하고 있는 것을 보면 시인의 시선이 어디를 향해 있는지 간취할 수 있다. 이채로운 점은 땅에 엎드리는 행위를 '심장을 포갠다'고 표현하고 있다는 사실이다. 서정적 동일성을 이보다 더 직설적이고 물질적으로 묘파한 예가 있을까. 중요한 것은 그럼에도 그것이 두드러져 보이지는 않는다는 사실이다. 덤덤하게 풀어가는 "1931년, 봄에 태어난 그녀"의 말에 얹혀 잔잔한 파동으로 지나간다. 있는 듯 없는 듯 스며있으면서도 에너지를 일으키는 것, 이것이 시인이 구현하는 묘사의 특장이 아닌가 한다. 시인의 시를 꼼꼼하게 깊이 읽어야 하는 까닭이기도 하다.

이 시에서 '서 있다'라는 것은 무엇을 딛고 있다는 것, 무엇이 발밑에 깔려있다는 것을 함의한다. 서정적 주체가 납작하게 엎드려 '심장을 포개'야 하는 까닭이 여기에 있다. 서 있을 때 '심장이 총소리처럼 벌렁거리'고, "땅에다 납작하게 포갰"을 때 아늑함을 느끼는 것이 시인의 서정적 주체인 것이다. 이러한 주체가 "평생 한 번도 남을 딛고 올라서 본 적"이 없는 것은 어쩌면 당연한 귀결이 아닐까. 이 시는 서정적 주체의 위치가, 그리고 그 태도가 어떠해야 하는지를 구현하고 있다는 점에서 의미가 있다.

'개미'나 '쑥', '흙'이 표상하는 바는 위를 보고 있거나 높은 위치에서 내려다보면 보이지 않는 존재들, 서 있는 존재에게 밟히는 대상들이다. 그러고 보면 시인이 그의 시에서 애써 호명하는 많은 시적 대상이 '개미'이고 '쑥'이고 '흙'이었다. 시어머니에게 날마다 "저년 돈 주고 사 온 년 망할 년"이라는 소리를 들었던 캄보디아 여자(「앉은뱅이꽃」), 남편 폭력에 10년을 버티다 도망친 베트남 여자(「가뭄」), 열여섯에 시집와 인물 없다고 신랑에게 소박맞았던 여자(「라일락 피다」), 평생 "복막염 할머니, 소아마비 삼촌, / 주렁주렁 곶감 타래 같은 새끼들 / 등에 짊어지고 / 살얼음판을" 걸었던 아흔이 다 된 아버지(「오줌장군」), 여든이 되도록 온종일 술에 취해 "비늘봉지처럼 비틀거리고 있"는 아재(「세월을 깎다」) 등등. 시인은 이들을 "눈 안에 들이고"(「덩굴손」) 이들에게 '심장을 포개고' 이들과 함께 "덩굴덩굴" 아늑함을 이루어내고 있는 것이다. 그의 시가 따뜻하게 읽히는 것은 이 때문이다.

4.

박순덕 시인의 두 번째 시집 『차밍양장점』에는 다양한 인물들의 서사가 큰 비중을 차지하고 있다. 공동체를 이루고 있는 마을 사람들에 관한 이야기는 첫 시집에서부터 주요 소재가 되고 있었지만, 이번 시집에서는 그들의 결핍과 상처에 대해 더 깊이, 더 치열하게 천착하는 양상을 보인다. 그것은 시인 자신의 결핍과 욕망을 진솔하게 살피는 과정과 긴밀하게 연결되어 있다. 한 사람의 역사를 알면 그 사람을 이해하게 되고 이해하게 되면 그를 사랑할 수 있게 된다고 했던가. 시인 자신에 대한 탐색과 이해는 타자에 대한 공감과 포용으로 이어진다.

시인의 시에서 이들은 대부분 가부장제 구조에서 희생된 여성, 아이,

가장이자 비루한 현실에 놓여있는 주변화된 존재들이다. 그렇다고 시인이 사회구조적 모순에 대한 비판에 초점을 맞추고 있는 것은 아니다. 그랬다면 이들의 삶은 그저 모순적 사례 중 하나에 불과했을 것이다. 시인의 시에서 이들의 이야기는 단순한 시적 소재로 소비되지 않는다. 그것은 시인에게 개별적 존재의 고유한 삶, 세상에 단 하나밖에 없는 절실한 서사로 자리한다.

'새끼오리', '헌신짝', '소똥', '갓신창'(「모닥불」) 등 '모닥불'을 이루는 무용한 것들의 이름을 하나하나 호명하는 백석처럼, 시인 역시 '정임이'(「정임이」), '레티'(「레티」), '봉강 아재'(「봉강 아재」), '별다방 아가씨'(「봄 마중」) 등 소외된 존재들을 불러낸다. 들리지 않는 이들의 목소리가, 반향 없는 이들 삶의 이야기가 시인의 호명으로 한 편의 시(詩)가 되었다.

소외된 존재인, 시인의 서정적 주체는 '쓸데없는', 미미한 대상과의 동화를 통해 위무의 정서를 구축한다. 이러한 정서는 아이러니라는 장치를 통해 시적 긴장과 복합적 의미를 내재하는 양상을 보인다. 그런데 이 아이러니는 쉽게 눈에 띄지 않는다는 특징이 있다. 시적 장치가 두드러지지 않는다는 것은 그만큼 서사의 흐름이 매끄럽다는 의미이기도 하다.

시인의 시를 천천히, 그리고 꼼꼼하게 읽는다면 서정적 주체의 더 깊은 슬픔과 절망을, 더 짙은 해학을, 더 강한 의지를 만나게 된다. 그러면서 인생은 원하는 대로, 마음먹은 대로 흘러가지 않는다는 보편적 진실을 새삼 환기하게 된다. 이것이 이번 시집에서 드러나는 아이러니의 진의가 아닌가 한다. 은폐되고 주변화된 존재의 삶을, 드러나지 않는 아이러니를 통해 깊고 농밀하게 '드러내고' 있다는 것, 이것이야말로 『차밍양장점』의 요체이자 의의이다.

{ 4장 }

'아름다운 말'의 정신

　『시와정신』 2022년 가을호는 창간 20주년 기념 특집으로 꾸며졌다. '우리 시대의 시정신 50인선'도 그중 하나다. 살펴보면 그동안 실로 많은 평론가, 학자, 시인 들이 다양한 관점에서 '우리 시대의 시정신'에 대해 논해왔음을 알게 된다. 문학은 시대를 반영한다. 시도 예외가 아니다. 그러므로 역사를 추동해온 정신은 그 시대의 시정신과 긴밀하게 결합되어 있다고 할 수 있을 것이다. 서정, 해체, 비판, 위악 등등 그것을 표현하는 방식에는 차이가 있을지언정 그것의 저변에 흐르는 시정신이 시대에 대한 응전이라는 사실은 분명하다.

　일제 치하, 광복, 전쟁, 4.19, 5.18, 민주화 운동, 촛불혁명 등 개화 이후로만 따져도 실로 우리의 역사는 굴곡지고도 역동적이었음을 알 수 있다. 우리 역사는 민중의 역사라 해도 과언이 아닐 것이다. 불의와 부당한 억압 앞에 미약한 힘들은 견디고 버티고 저항했다. 억압과 저항의 길항 속에서 우리 역사는 무겁게 한 걸음씩 앞으로 나아간 것이다. 이렇게 자료로서의 역사는 진보한 것이 분명한데 어쩐 일인지 체감하는 바는 이에 미치지 못한다. 역사는 반복된다고 했던가. 전염병, 전쟁, 경제적 공황, 사회적 참사 등 과거의 역사가 다시 되풀이되고 있는 느낌이다. 부당한 힘은 더 정교하고 세련되어졌을 뿐 여전히 대중을 억압하고 있다. 이에 암울했던 과거, 시대에 응전했던 시정신을 되새겨 우리 시대에 필요한 시정신을 모색해보고자 한다.

우리 역사가 역동적이었던 것만큼 다양한 방식으로 그 시대에 응전했던 시인들 또한 무수히 많다. 그중에서도 가을이라 그런가, 윤동주가 가장 먼저 떠오른다. 가을엔 유독 윤동주가 생각난다. 잘 알려진 그의 시에 '가을이 가득'하기 때문이기도 하겠지만 청명하고 정결한 이미지가 가을과 잘 어울리기 때문이기도 하다.

가을엔 쓸쓸함을 느끼거나 감상적으로 되기 쉽다. 왜 가을엔 특히 이런 정서가 깊어지는 것일까. 그 까닭이야 어느 한 가지로 규정할 수는 없겠지만 우선 생각해볼 수 있는 것은 기온이다. 더위는 대상을 밀어내게 한다. 더울 때 붙는다는 것, 가까이 닿아 있다는 것은 온도의 상승과 관계가 있기 때문이다. 누군가 "여름 징역은 자기의 옆 사람을 증오하게 한다"는 것, "옆 사람을 단지 37 의 열덩어리로만 느끼게 한다"는 사실 때문에 "형벌 중의 형벌"이라 표현한 것을 읽은 적 있다. 더위 때문이 아니라 그것으로 인한 대상의 물질화, 대상에 대한 증오 때문에 괴로워하는 마음에서 잔잔한 감동을 받았던 기억이 새롭다.

같은 이치로 추위는 무엇인가를 끌어당기게 한다. 가을에 흔히 느끼게 되는 그리움, 쓸쓸함 등의 정서 또한 이 끌어당김과 긴밀하게 연결되어 있을 터이다. 이러한 맥락에서 가을은 서정의 계절이라 할 수도 있겠다. 윤동주가 사랑한 '하늘과 바람과 별'은 가을의 그것들이지 싶다.

계절이 지나가는 하늘에는
가을로 가득 차 있습니다.

나는 아무 걱정도 없이
가을 속의 별들을 다 헤일 듯합니다.

가슴 속에 하나 둘 새겨지는 별을
이제 다 못 헤는 것은
쉬이 아침이 오는 까닭이요,
내일 밤이 남은 까닭이요,
아직 나의 청춘이 다하지 않은 까닭입니다.

별 하나에 추억과
별 하나에 사랑과
별 하나에 쓸쓸함과
별 하나에 동경과
별 하나에 시와
별 하나에 어머니, 어머니,

어머님, 나는 별 하나에 아름다운 말 한마디씩 불러 봅니다. 소학교 때 책상을 같이 했던 아이들의 이름과, 패, 경, 옥, 이런 이국 소녀들의 이름과, 벌써 아기 어머니 된 계집애들의 이름과, 가난한 이웃 사람들의 이름과, 비둘기, 강아지, 토끼, 노새, 노루, '프랑시스 잠', '라이너 마리아 릴케' 이런 시인의 이름을 불러 봅니다.

이네들은 너무나 멀리 있습니다.
별이 아스라이 멀듯이.

어머님,
그리고 당신은 멀리 북간도에 계십니다.

나는 무엇인지 그리워
이 많은 별빛이 내린 언덕 위에
내 이름자를 써 보고
흙으로 덮어 버리었습니다.

딴은 밤을 새워 우는 벌레는
부끄러운 이름을 슬퍼하는 까닭입니다.

그러나 겨울이 지나고 나의 별에도 봄이 오면
무덤 위에 파란 잔디가 피어나듯이
내 이름자 묻힌 언덕 위에도
자랑처럼 풀이 무성할 거외다.

                    -윤동주, 「별 헤는 밤」

이 시는 1941년 11월 5일에 쓰였다. 하늘뿐 아니라 온통 가을로 가득 차 있을 때였겠다. 서정적 자아는 이 시의 제목처럼 아름다운 가을 하늘의 '별을 헤고' 있다. 이 시에서 별은 '아스라이 멀리' 있는, 현실과는 동떨어진 무엇이다. 이미 과거가 되어버린 '추억'과 내 것이 아닌 '사랑'은 '쓸쓸함'을 불러일으킨다. '시'는 시인에게 '동경'이었는지도 모른다. "인생은 살기 어렵다는데 / 시가 이렇게 쉽게 쓰여지는 것은 / 부끄러운 일"이라던 시인에게 '시'란 쓰자니 부끄럽고, 쓰지 않을 도리는 없는 '슬픈 천명'이었기 때문이다. 살아있을 때는 시인으로 불리지도 않았던 윤동주였다. 그럼에도 당대 시를 쓰는 것에 대한 자의식을 윤동주만큼 깊게 드러내었던 시인은 없었던 듯하다.

시인은 별을 보며 이런저런 상념에 빠져있다가 결국 '어머니'에게로 생각이 흘러간다. 어쩌면 그것은 당연한 귀결일 듯 싶다. 어머니는 근원이자 현실 속의 신화적 존재다. 현실에서는 결코 이루어질 수 없는 타자와의 동일화가 가능했던 유일한 대상이 바로 어머니이기 때문이다. 부부는 일심동체라 하지만 그것은 낭만적 환상일 뿐이다. 실상 타자와는 일심도 동체도 불가능한 일이다. 그러나 어머니와는 한 몸을 이루었던 적이 있다. 태어나기 전까지 어머니의 몸속에서 그 일부이자 타자로 존재했던 경험이 내재화되어 있는 것이다.

이 어머니라는 근원 속에서 시인은 수다스러워진다. 천진하게 마음 놓고 '아름다운 말'을 나열한다. '아름다운 말'은 시의 본질이다. 시의 진실은 '아름다운 말'을 통해 드러난다. 그렇다고 '아름다운 말'이 그럴듯한 수식어를 의미하는 것이 아님은 물론이다. '아름다운 말'이란 서정적 동일성을 함의한 말로 의미화할 수 있겠다. 위 시에서 '아름다운 말'의 정체는 '이름'임이 드러난다. 소학교 때 친구들의 이름, 가난한 이웃 사람들의 이름, 정겨운 동물들의 이름, 동경하는 시인들의 이름 들이 바로 그것이다. 하나하나 호명하는 행위에 그리움, 애틋함이 배어 있다.

송우혜의 『윤동주 평전』에 따르면 윤동주는 1942년 4월 2일 일본 릿교대학에 입학했다. 일본 유학을 위해서는 반드시 필요한 것이 창씨개명이었다. 창씨개명한 이름을 연희전문학교에 제출하여 학적부에 있는 이름을 일본식 이름으로 바꾸어놓는 절차도 중요했다. 윤동주가 창씨개명계를 연희전문에 제출한 날짜가 1942년 1월 29일이다. 복잡한 유학 절차를 따져보면 최대한 미룬 것임을 알 수 있다. 창씨개명계를 제출하기 5일 전 윤동주는 「참회록」을 썼다.

위 시의 '아름다운 말'과 '이름' 또한 같은 맥락에서 윤동주의 고통이 내포되어 있는 대상들이다. "내 이름자를 써 보고 / 흙으로 덮어 버리"는 행위나 "부끄러운 이름을 슬퍼하는"이라는 시구에서 그 고통을 엿볼 수 있다. 그리고 그것들은 작고 낮은 존재들이거나 근원적 존재, 별처럼 아득히 멀리 있는 이상적 존재들이다. 이들을 통해 환기되는 정서는 서정적 동일성의 세계를 이루면서 시대 의식과도 긴밀하게 연결되어 있다.

시인은 고통 속에서도 "내일 밤이 남"았고 "아직 나의 청춘이 다하지 않"았다고, '봄'에 대한 희망을 내비치고 있다. 그것은 작고 낮고 여리고 약한 것들의 아름다움을 알고 그 힘을 믿는 데서 비롯된 것이 아닌가 한다. 윤동주 자신이 "무서운 시간"(「무서운 시간」)을 통탄하면서도 방향을 잃지 않고 앞으로 한 발 한 발 나아갔던 것처럼 말이다. 이처럼 윤동주 시의 서정성에는 존재에 대한 애틋한 마음과 시대 의식, 이에 대한 고통이 배태되어 있다. 이를 더욱 구체적으로 드러내고 있는 시가 「병원」이다.

살구나무 그늘로 얼굴을 가리고, 병원 뒤뜰에 누워, 젊은 여자가 흰 옷 아래로 하얀 다리를 드러내 놓고 일광욕을 한다.
한나절이 기울도록 가슴을 앓는다는 이 여자를 찾아오는 이, 나비 한 마리도 없다.
슬프지도 않은 살구나무 가지에는 바람조차 없다.

나도 모를 아픔을 오래 참다 처음으로 이곳에 찾아왔다.

그러나 나의 늙은 의사는 젊은이의 병을 모른다. 나한테는 병이 없다고
한다.

이 지나친 시련, 이 지나친 피로, 나는 성내서는 안 된다.

여자는 자리에서 일어나 옷깃을 여미고 화단에서 금잔화(金盞花) 한
포기를 따 가슴에 꽂고 병실 안으로 사라진다.

나는 그 여자의 건강이, 아니 내 건강도 속히 회복되기를 바라며 그가
누웠던 자리에 누워 본다.

- 윤동주, 「병원」

잘 알려져 있듯 윤동주의 첫 시집이자 유고 시집인 "하늘과 바람과 별
과 시"의 원제는 '병원'이었다. 일제의 탄압을 고려해 제목을 바꾼 것으
로 보인다. 원래 제목대로였다면 이 시는 윤동주 시집의 표제작이 되었
을 터다. 표제작은 시집을 관류하는 시의식의 향방을 보여주는 작품이
다. 이러한 맥락에서 본다면 시인은 현실을 병든 세계로 인식하고 있었
음을 알 수 있다.

'젊은 여자'와 '나' 사이엔 어떠한 관계도, 소통도 없다. 아니 이 시에서
그리고 있는 '병원'이라는 세계에서는 소통되는 것이 아무것도 없다. '가
슴을 앓고' 있는 여자는 병원 뒤뜰에 누워 일광욕하고 있다. 그런데 한나
절이 지나도록 이 아픈 여자를 찾아오는 이가 없다. 근원적 존재, 동일화
의 대상으로 인식되는 자연조차도 예외가 아니다. "슬프지도 않은 살구
나무"라거나, '나비'도 '바람'도 찾지 않는다는 것이 이를 보여준다.

서정적 자아인 '나'는 자신도 모를 아픔을 오래 앓아오다 병원을 찾았

다. 그러나 '늙은 의사'는 '나'에게 "병이 없다"고 한다. '나'는 분명 앓고 있다. 그러므로 정확하게 말하면 '늙은 의사'는 증상의 원인을, 다시 말해 그 병을 '모르는' 것이 된다. 그런데 '늙은 의사'는 '모르겠다'고 하지 않고 '병이 없다'고 단정한 것이다. 결국 '나'의 "이 지나친 시련, 이 지나친 피로"에서 벗어날 방법은 요원해지고 만다. 이처럼 알지 못하는 것을 없는 것으로 치부해버리는 태도는 폭력적이다. '병이 없'는 것으로 단정 지어진 자는 이해의 대상도 치료의 대상도 아니기 때문이다.

서정적 자아의 태도는 이와 대조적이다. '나'는 여자의 정서와 아픔에 대해 함부로 판단하거나 단정 짓지 않는다. 그저 한나절 동안 여자를 찾아오는 이가 아무도 없다는 사실을 관찰을 통해 알게 되었을 뿐이다. 어쩌면 의사의 '병이 없다'는 단정에 "나는 성내서는 안 된다."고 한 까닭이 여기에 있는 것이 아닐까. 의사가 '나'의 병을 알지 못하는 것처럼 '나' 또한 '젊은 여자'의 아픔을 알지 못하기 때문이다. 그런데 서정적 자아는 여자가 병실 안으로 들어가자 "그가 누웠던 자리에 누워본다" '나'의 태도가 의사의 그것과 다른 것은 바로 이 지점에서다. '의사'는 '병이 없다'고 하며 더 이상의 소통의 통로를 차단해 버렸지만 '나'는 여자가 누웠던 자리에 누워 그가 보았을 하늘, 느꼈을 바람 등을 헤아려 보고 있는 것이다. '나'는 그 여자의 건강과 나의 건강이 회복되기를 바란다.

윤동주 시의 주체는 서정적이다. 화살은 자신 쪽으로 돌리고 타자 중심으로 서정적 동일성을 형성해간다. 타자에 대해 함부로 안다고 하지 않는다. 함부로 성내지 않는다. 분노를 표출하기보다 아파한다. 나를 알아주지 않는 타자에 성을 내기보다 타자의 아픔을 이해하고자 그와 동일한 포즈를 취해보는 것이 윤동주 시의 서정적 자아이다. 주체 중심의 동일성은 폭력일 수 있다. 그 극단적인 예가 바로 윤동주가 딛고 있는 현실이기도 한, 일제의 식민지 정책일 것이다. 잘 알려진 대로 일제는 내선 일체라는 명목하에 우리 민족의 정체성을 말살하려 했기 때문이다.

윤동주 시에 드러난 서정적 동일성은 아픔에 대한 인식과 예민한 감수성, '안다'고 확신하지 않고 이해하고자 노력하는 낮은 자세에서 확보되고 있다. 그의 시의 아름다움은 아픔을 외면하지 않는 태도, 작고 낮고 여리고 약한 존재를 향하는 마음, 타자를 중심으로 이루는 동일성에서 발현되는 것이 아닐까. 이것이 윤동주가, 아픈 사람은 많고 치료하는 의사는 없는 '병원'과 같은 시대에 응전하는 방식이었다.

부당한 힘의 억압과 폭력 앞에서 이는 무척이나 무력하게 느껴질 수도 있을 것이다. 그러나 우리는 이미 역사를 통해 약한 것의 강함을 여러 차례 경험한 바 있다. 조심스럽고 무력하고 약한 것만이 열 수 있는 문이 있다. 윤동주의 '아름다운 말'이 함의하고 있는 바 또한 이와 동일한 의미역에 자리하고 있는 것일 터다. '아름다운 말'은 공동체성을 환기하는 말이다. 소외된 존재를 부르는 말이다. 자신의, 타자의, 그리고 시대의 아픔을 어루만지는 말이다. 크고 강한 말이 아니라 스미고 섞일 수 있는 작고 여린 말이다.

'지금 여기' 또한 "이 지나친 시련, 이 지나친 피로"의 시대라 할 만하다. 국가 간, 계층 간, 이념 간 등등 전방위적으로 갈등이 고조되고 있다. 자신을 돌아보기보다 화살을 밖으로 돌리기에 급급하다. '각자도생'이란 말이 유행하는 시대다. 당장 직면한 문제를 풀어나갈 현실적 방도, 다양한 비판적 목소리가 필요한 것은 틀림없는 사실이다. 그러나 잊지 말아야 할 것은 그 바탕에 '아름다운 말'이 함의하고 있는 정신이 깃들어 있어야 한다는 점이다. 그래야만 압도하는 고통 속에서도 희망을 떠올릴 수 있게 될 것이다. 윤동주처럼 말이다.

마지막으로 『시와정신』 20주년 기념 특집호에 실린 '아름다운 말' 한 편 소개하며 이 글을 마칠까 한다.

온갖 풍상을 다 겪고 온갖 죽음 다 보고 이제 울 일도 화낼 일도 없다던
저
늙은이의 고함을 이해하지 못한다 나는 지금 그런 나이다

제 죽음을 위한 葬送曲
동물이 사람동물에게 들려주는 마지막 선물

우리 집 17세 페코는 백세 상노인
허리 굽고 털 빠지더니
앞 뒷발 휘어져 서 있어도 비틀거린다
치아 빠지고 뒤틀리고 벌어져
쥐 생원마냥 하관이 좁아졌다
영판 사람 늙어가는 꼴이다
씹기도 삼키기도 귀찮아
먹은 자리에서 뱉어버리기 일쑤다
동물병원 치료비 수십 백만 원
새끼 낳아본 적 없는 털가죽
오래 쓴 수세미처럼
몇십 년 처박아둔 털목도리처럼 거칠다
사랑스런 구박덩이 눈치구덩이
이 방 저 방에다 똥 싸고 오줌 싸고
기분 좋은 이야~~옹

대답하기 싫은 야옹
죽음문 통과하려는지 착, 눈을 감았다

　꺼이옹 꺼이옹 식구들아 잘 먹고 잘 자고 똥 잘 싸면서 잘 살아라 꾹꾹
이 안 해준다 잔소리 없다 함부로 살지 말라 몸 껍데기 뒤치다꺼리해줘
고맙다 하는 속엣말 니야옹 이냐아옹

　죽음을 오래 쓰다듬었다

-고명자,「죽음을 가르쳐준 교과서」

시, 시적인 것, 그리고 시인

세계적인 물리학자 스티븐 호킹이 2018년 3월 14일 타계했다. 그의 삶과 업적이 매우 경이로운 것이었기에 생전 그의 신념이나 언표가 다시금 회자되고 있다. 신은 없다거나 외계인이 존재한다는 등의 내용도 흥미를 끌지만 무엇보다도 인류 멸망에 관한 주장에서 보다 오래 시선이 머물게 된다. 기후문제, 핵이나 바이러스, 소행성 충돌, AI(인공지능)의 발달을 그 원인으로 꼽고 있는데 실상 '소행성 충돌'을 빼면 어느 것 하나 피부에 와 닿지 않는 게 없는 실정이다.

대부분 그 원인이라는 것이 인간의 편리와 안위를 위한 기술 문명의 발달에서 비롯되었는바, 참으로 아이러니라 하지 않을 수 없다. AI만 해도 그렇다. 요즘 대화도 가능하고 상대가 말하기 전에 그 원하는 바를 알아차려 실행하는 단계에까지 왔다고 하니 사람보다 낫다는 말이 괜히 나오는 것이 아니다. 그런데 스티븐 호킹의 말이, AI의 능력이 인간의 그 것을 초월하게 될 때 인간은 돌이킬 수 없는 위험에 처하게 된다는 것이니 그냥 웃어넘길 사안도 아닌 것이다. 인간이 이성과 문명이라는 이름 하에 자연을 정복하였지만 결국 제2의 자연으로 전락하여 더 강력한 이성과 문명에 의해 정복당하는 형국인 셈이다.

문득 AI의 세계에서도 시(詩)가 가능할까 하는 생각이 들었다. AI가 인간을 능가하는 지능과 인간보다 섬세한 감정을 겸비하고 있는 존재라 할 때, 그렇다면 그들의 세계에는 완미(完美)한 시가 존재하게 될까 하는 생각. 생각은 자연스레 시란 무엇인지, 시인으로 하여금 시를 쓰게 하는 동인은 무엇인지에 대한 물음으로 이어진다.

1. '세계의 비밀'을 밝히는 불확정적인 무엇

코미디를 보다가 와락 운적이 있다
늙은 코미디언이 맨땅에 드러누워
풍뎅이처럼 버둥거리는 것을 보고
그만 울음을 터뜨린 어린 날이 있었다
사람들이 깔깔 웃으며 말했다
아이가 코미디를 보고 운다고
그때 나는 세상에 큰 비밀이 있음을 알았다
웃음과 눈물 사이
살기 위해 버둥거리는
어두운 맨땅을 보았다
그것이 고독이라든가 슬픔이라든가
그런 미흡한 말로 표현되는 것을 알았을 때

나는 그 맨땅에다 시 같은 것을 쓰기 시작했다
늙은 코미디언처럼
거꾸로 뒤집혀 버둥거리는
풍뎅이처럼

-문정희, 「늙은 코미디언」

"코미디를 보다가 와락" 우는 아이, 참 생소한 상황임에 틀림없다. 코미디는 기본적으로 웃기기 위해 설정된 코드다. 따라서 시청자가 웃지 않는다는 것은 그가 그 코드에서 빗겨나 있었다는 의미이며 이는 또 한편으로 코미디가 실패했다는 의미도 된다. 주목할 점은 시적인 것이란 바로 이 코미디가 실패하는 지점에서 발현되고 있다는 사실이다. 웃음을 환기하는 코드의 빈틈, 혹은 구멍에서 "시 같은 것"이 발화되고 있는 것이다.

이 구멍은 위 시에서 '세상의 큰 비밀'로 의미화되고 있다. 서정적 자아가 '세상의 큰 비밀'을 알아차리는 순간 우스꽝스러운 모습에 웃음 대신 울음을 터뜨리게 된다. 더 중요한 것은 이 '큰 비밀'이 바로 "시 같은 것"을 쓰는 바탕이 된다는 점이다. 서정적 자아가 시도 아니고 '시 같은 것'을 쓰게 되는 까닭은 '큰 비밀'을 자명하게 드러낼 '표현'을 발견할 수 없기 때문이다. "고독이라든가 슬픔이라든가/그런 미흡한 말로 표현"되고 있을 뿐인 '비밀'은, 바로 그것을 표현할 언어의 미흡함, 그 비어있음으로 인하여 시가 틈입할 공간을 허용하고, 시인이 '시 같은 것'을 끌어오는 동인으로 작용하게 되는 것이다.

소문이 한바탕 지나간 뒤에

어리의 입과

귀머거리의 귀를 버리고서

잘못 들으면 한 마리로 들리는

무한증식의 말을 갖고 싶었다

검고 긴 머리카락과

길들여지지 않은 그리움으로

오래 달려온 튼실한 허벅지를 가진

잘못 들으면 한 마디로 들리는

꽃을 가득 품은 시한폭탄이 되고 싶었다

길이 없어도

기어코 길이 아니어도

바람이 끝내 어떻게 한 문장을 남기는지

한 마디면 어떻고

한 마리면 또 어떨까

천리 밖에서 나를 바라보는

야생의 그 말

                  –나호열, 「말의 행방」

  '소문', '벙어리의 입', '귀머거리의 귀' 등은 모두 진실의 소통과는 거리 화되어 있는 기호들이다. 이 시의 서정적 자아는 이런 것들을 버리고서 "무한증식의 말"을 갖기를, "꽃을 가득 품은 시한폭탄"이 되기를 욕망한 다. '무한증식'과 '시한폭탄'은 시간의 무한과 제한, 존재의 확장과 파멸 이라는 점에서 대립되는 개념일 수 있지만 불확정성이라는 측면에서는 동일한 의미망에 자리하는 것으로 볼 수 있다. "잘못 들으면 한 마리로",

"잘못 들으면 한 마디로" 들릴 수 있다는 언표가 이러한 의미의 불확정성을 드러내는 유희적 장치라 할 수 있다.

서정적 자아가 욕망하는 것은 바로 이 불확정적인 의미인 "야생의 말"이자 "길들여지지 않은 그리움"이다. 서정적 자아가 생각하는 시인이란 "길이 없어도/기어코 길이 아니어도" 끝내 '문장'을 남기는 '바람'과 같은 존재가 아닐까. 시의 말, 그 '야생의 말'은 늘 "천리 밖에서 나를 바라보"고 있기에 서정적 자아이자 시인 자신인 '나' 또한 그 거리를 좁히기 위해서는 끊임없이 유동할 수 있는 '바람'과 같은 존재가 되어야 할 터이다.

위 시들에서 시란 무엇인지 명확하게 규정할 수는 없지만 무언가 확정적이고 적확할 수 없는 것, 오히려 자명하다고 인식되는 장의 빈틈 내지 구멍에서 시의 발화가 이루어진다는 것은 확인된 셈이다. 이러한 맥락에서라면 시인이란 끊임없이 '야생의 말', '길들여지지 않은' 무엇을 찾아 헤매는 존재라 할 수 있으며 이 '헤맴'이야말로 시인의 임무라 할 수 있을 것이다.

2. 존재의 진리와 순수에 대한 감각

굳이 '낯설게 하기'라는 개념을 떠올리지 않더라도 나호열의 「말의 행방」에서 표현된 '길이 없거나 아닌 것', '길들여지지 않음', '야생의 말' 등등은 시의 속성 내지 욕망을 잘 드러내 보여주는 심상들이다. 이들이 잘 구현되어 있는 시로 신동혁의 「순수」를 들 수 있겠다. 「순수」에서는 낯설면서도 익숙하고 거친 듯하면서도 생생한 감각을 느낄 수 있다. 불확정적인 의미를 발신하기 위해서는 확실을 가장하고 있는 말[言]이 아닌, 부정형의 감각과 이미지로 매개되어야 한다는 듯, 날것의 이미지와 표현의 절제가 조화를 이루고 있는 시편이다.

> 나는 늘 무언가를 훔친 것 같다
>
> 손바닥 위의 금붕어처럼
> 이미 끝나버린 비밀이 있는 것 같다
>
> 숨이 차오르는
> 빛
>
> 천천히 무뎌지는 것과
> 장미의 연습을 생각해
>
> 겨울이 지나가고
> 또 다른 겨울이 지나가면
>
> 땅속 깊이
> 금붕어 한 마리를 묻어둔 것처럼
>
> 나는 늘 무언가를 기다린 것 같다
>
> 손바닥을 펼칠 때마다
> 나의 걸음과 헤어지고 있다
>   – 신동혁, 「순수」

시의 구성은 이렇다. 1연에서 3연까지는 '순수'를 환기케 하는 감각 내지 이미지로 이루어져 있다. 4연에서 6연까지는 이 '순수'의 빛이 바래지는 단계이며 7연과 8연에서는 서정적 자아의 '순수'에 대한 상기 내지 의지를 드러내고 있다.

이 시에서는 '순수'를 설명하고 있지 않다. 아무리 치밀하게 설명해도 '순수'의 정의에 이를 수 없을뿐더러 오히려 그것에서 더 멀어지기 때문이다. "늘 무언가를 훔친 것 같"은 윤리적 예민함, "손바닥 위의 금붕어"와 같은 위태로움, "끝나버린 비밀"과 같이 누구나 아는 결말, "숨이 차오르는 빛"과 같은 벅참과 영롱함, 이것들이 표상하는 바가 바로 '순수'다. 시인은 이처럼 지극히 불확실한 말로 설명되는 의미를 최대한 덜어내고 감각과 이미지를 매개로 '순수'를 발신하고 있는 것이다.

시간이 지남에 따라 이처럼 예민하고 날것과 같았던 '순수'는 "천천히 무뎌지"게 된다. '손바닥 위에서 위태롭게 헐떡이던 금붕어'는 "땅속 깊이" 묻혀있을 뿐이다. "장미의 연습", 참으로 낯설면서도 절묘한 표현으로 "야생의 말"이라 할 만하다. 날카롭고 예민하고 아름다운 '순수'의 표상이 '장미'라면 '연습'은 무뎌지고 익숙해지는 과정에 대한 개념일 터이다.

이 시에서 '손바닥'은 '금붕어'와 긴밀하게 연결되어 있다. 이러한 맥락에서 "손바닥을 펼칠 때"라는 것은 "손바닥 위의 금붕어"가 표상하는, 날것과 같은 순수의 감각을 상기하는 때를 의미하는 것으로 볼 수 있다. 그러므로 마지막 연의 의미는, "손바닥을 펼칠 때마다" '걸음'과 같이 익숙하다 못해 무의식적이 되어버린 일상성, 그 죽어있는 감성들과 '헤어진다'는 것이다.

'순수', 이 원초적이고도 선험적인 감각이야말로 '늘 훔친 것' 같은데도

'묻혀있고', 잊은 듯 살아가면서도 '늘 기다리고' 있는, 시인들의 채워지지 않는 욕망 중 하나가 아닌가 한다. '순수'란 때 묻지 않은 깨끗함이라는 사전적 의미에 한정되지 않는다. 시인들이 탐구하고 갈망하는 '순수'에는 끝끝내 가 닿을 수 없는 진리, 근원 등등의 의미가 함의되어 있다. 시인들이 미흡하고 불안정한 언어 사이를 부유하며 '길들여지지 않은', '야생의 말'을 찾아다니는 것은 바로 이러한 진리, 근원 등을 밝혀 드러내고자 하는 데 그 까닭이 있는 것이다.

  신동혁의 「순수」가 관념적이라면 이중도의 「돌아가고 싶은 얼굴이」라는 작품은 '순수'에 대한 갈망을 실존적인 차원에서 그리고 있는 경우라 하겠다. 전언한 바와 같이 '순수'에 대한 감각은 근원에 대한 그것과 닿아있다. 흙에서 나서 흙으로 돌아간다는 말이 있듯 자연이야말로 근원의 표상이라 할 수 있을 것이다. 이중도 시의 '돌아가고 싶은 얼굴'이란 자연의 일부였던 때의 순수한 존재, 인간 존재의 근원적 모습을 형상화한 것으로 볼 수 있다.

> 마음속에서 시월의 낮달처럼 지워져 가는
> 옛 길들이 불러온 허기가 행장을 꾸린 것이다
> 그리운 길 맛을 보기 위해 사지를 육지에 묶은 밧줄을
> 돈오(頓悟)의 도끼로 단숨에 끊은 것이다
>
> 로마로 통하지 않는 길들을 무능한 시집(詩集)같은 길들을
> 어쩌다 보니 태어난 사람들처럼 어쩌다 보니 생긴 길들을
> 우연히 만나는 노루 발자국 들국화 꿩 소리
> 우연이 지배하는 이름 없는 길들을

뱃사람 종아리에 튀어나온 정맥 같은 담쟁이넝쿨
빛바랜 돌담 속에서 허물어져 가는 노파들
바람과 소금에 갇힌 색(色)의 민낯을 보여 주는 화장하지 않은 길들을
생로병사를 겪는 길들을 정령이 깃들어 사는 길들을
마음껏 포식하고 돌아오는 저녁 바다
객실에 드러누워 눈에 삼삼한 길들을 뭉쳐 보고 펼쳐 본다
빵을 만들어 보다가 달을 만들어 보다가
둥근 달에 솔방울 붙여 얼굴을 만들어 본다
돌아가고 싶은 얼굴이 있었던 것이다
굳어 가는 진흙 가면을 부숴 버리고 싶었던 것이다

　　　　　　　　　　　　　　-이중도, 「돌아가고 싶은 얼굴이」

　위 시의 서정적 자아는 '옛 길들'에 대한 '허기'를 느껴 길을 떠난다. 이
길 위에서 서정적 자아는 '노루 발자국'과 '들국화', "빛바랜 돌담 속에서
허물어져 가는 노파들"과 마주치게 되고 '꿩 소리'를 듣게 되기도 한다.
모두 서정적 자아의 의도와는 무관하게 이루어진 조우다. "우연이 지배
하는 이름없는 길들"이라 명명한 까닭도 여기에 있는 것이다. 서정적 자
아가 길 위에서 만나는 대상은 특별하지도 목적적이지도 않은 미미한
존재들이다.
　그렇다면 무엇이 시적 자아로 하여금 길 위에 서게 했으며 그토록 허
기지게 한 것일까. 그것은 이 '길들'이 "로마로 통하지 않는 길들"이며
"무능한 시집(詩集)같은 길들"이라는 데서 연원한다. 중심에서 빗겨나
있고 또 중심을 향해 있지 않은 길들이라는 의미이다. "마음속에서 시월
의 낮달처럼 지워져 가는 옛 길"이란 결국 자연과 같은 존재로서 자유로
웠던 서정적 자아의 마음이 어느덧 중심 지향적 세계에 포박되어 가고

있음을 의미화한 것이다. "사지를 육지에 묶은 밧줄"이나 "굳어 가는 진흙 가면" 또한 동일한 의미망에 자리하는 표상들인바, 이를 인식한 자아는 포박하고 있는 '밧줄'을 "돈오(頓悟)의 도끼로 단숨에 끊"고 "우연이 지배하는 이름없는 길" 위에 스스로를 놓아주려 하는 것이다.

중심 지향적 세계에서 인간을 포함한 모든 존재는 도구적 존재일 수밖에 없다. 고유한 가치를 지닌 존재가 아니라 목적에 적합한지 아닌지, 필요한지 아닌지로 그 가치가 결정되기 때문이다. 이러한 세계에서 "무능한 시집(詩集)같은 길들"이나 그 길 위에서 서정적 자아가 만나는 대상들이 주변적 존재에 속한다는 것은 자명한 사실이다. 이 시에서 '옛길'은 중심과 주변의 경계가 없는, 모든 존재자가 저마다의 고유한 가치를 지니고 있는 공간으로 상징화되어 있다.

위 시의 서정적 자아가 "돌아가고 싶은 얼굴"이란 바로 "굳어 가는 진흙 가면" 아래에 있는 본래의 '얼굴'이며, 이는 도구적 존재로서가 아닌, 자연의 일부로서 자유롭고 순수했던 때의 고유한 자아를 상징하는 것일 터이다. 결국 "돌아가고 싶은 얼굴", '본래의 얼굴'이 표상하는 바 또한 존재의 근원, 진리 등의 의미망에서 벗어나는 것이 아닌 것이다.

3. 동일화 혹은 타자되기

시인들이 끊임없이 자연을 노래하고 그것에 편입되기를 희구하는 까닭은 우리가 속해 있는 '지금 여기'의 현실이 분리주의적이고 파편화되어 있기 때문이다. 자연이 표상하는 유기체적이고 통합적인 관계는 이미 유물이 되어버리고 소위 위와 아래라든가 중심과 주변이라는 위계질서에 의해 구동되는 사회에 우리가 속해 있기 때문이다.

    검고 딱딱한 것이 옴짝 못하게 죄고 있으니
    발가락은 피도 안 돌고 답답했던 거라
    아니, 답답해서라기보다는
    한 삼십 년, 건들면 눈물이
    작은 호수만큼 쏟아질 눈으로 살다
    우두둑, 길고 구불한 발가락 꺾어
    한 뼘도 가본 적 없는 첫걸음을 떼는 거라
    아니 아니, 걸음을 뗀다기보다
    저 신경다발 아래 숨도 못 쉬는 창백한 흙들에게
    햇살 한 모금 마시게 해주고 싶었던 거라
    아니지 아냐, 꼭 그렇다기보단
    햐 이것 봐,
    무슨 거북이 등껍질 같이 아스팔트가 일어섰네!
    짐짓 놀란 눈으로
    무슨 근사한 비유 갖다 대는 치들에게
    젠장, 니들 발이나 한번 넣어볼래?
    이런 말은 차마 입 밖에 내지도 못하고
    어이, 하늘한테나
    한 마디 나직이
    그것도 발가락으로 한번 뱉어보는 거라

    산책길 부스럼 많은 내 점잖은 플라타너스 친구는
                    –손진은, 「아스팔트 뚫고 올라온 뿌리」

기술의 진보는 문명의 발달과 물질의 풍요를 가져왔지만 그 이면에 다양한 부정적 국면 또한 포진하고 있음은 자명한 사실이다. 그 대표적 사례가 자연 파괴일 것이다. 위 시에서 "검고 딱딱한" 아스팔트에 뿌리가 갇혀 있던 '플라타너스'는 바로 인간 중심의 문명에 의해 파괴되어 가는 자연을 대유한 것으로 볼 수 있다.

시적 자아는 산책길에서 늘 만나게 되는 '플라타너스'를 '점잖은 친구'로 호명하며 그에 온전히 동일화되는 양상을 보여준다. "아스팔트 뚫고 올라온 뿌리"에서 시작된 서정적 자아의 시선 내지 마음은, "한 삼십 년, 건들면 눈물이/작은 호수만큼 쏟아질 눈으로 살"아온 '플라타너스'의 고달픈 삶으로, 아스팔트 아래 "숨도 못 쉬"고 있는 "창백한 흙들에게"로 확장된다. 그저 신기한 가십거리의 하나쯤으로 치부해버리는 '치들'과는 달리 서정적 자아는 타자의 고통을 지각하고 그것에 동일화되는 양상을 보여주고 있다.

위 시에서 '플라타너스'는 이 세계에서 주변화된 존재를 상징하는 것으로 볼 수 있다. 이러한 맥락에서 "젠장, 니들 발이나 한번 넣어볼래?"라는 말은 소통이 아니라 소비되고 있을 뿐인 주변화된 존재들의 "차마 입 밖에 내지" 못한 속말이라 할 수 있다. "짐짓 놀란 눈으로/무슨 근사한 비유 갖다 대는 치들"이란 바로 타자와 거리를 둔 채 타자의 고통을 소비하고 있는 존재들을 의미화한 것이다.

시인은 동일화되는 존재, 타자가 되어 타자의 말을 자신의 목소리로 들려주는 존재다. 타자의 슬픔과 고통에 예민한 존재, 자신이 타자가 되어 그 슬픔을 온전히 자기 것으로 받아들이는 존재가 바로 시인이라는 존재다.

고비에 사는 몽골 유목민들이
천년을 지켜온
도축에 관한 불문율에
이런 것이 있다

봄에는 금할 것, 아울러
한밤중과 비 오는 날도 피할 것

그 이유는
겨울 내내 굶주린 짐승들이 불쌍하다는 것과
밤이나 비가 올 때는
차마 친구를 떠나보낼 수 없기 때문이란다

앞에 것은 인간적이고
뒤에 것은 시적이다

고비라는 말은 몽골어로
버려진 땅이라는 뜻,

세상의 모든 바람이
모였다가 흩어지는
그곳에 가면

그들의 약속 같기도 하고
내 슬픔을 닮은 것 같기도 한

쌍봉낙타의 커다란 눈망울이 있다
                                    - 양승준, 「고비 2」

　'고비'는 몽골어로 '버려진 땅'이라는 뜻이다. 들뢰즈 가타리에 따르면 이주민과 유목민의 차이는 불모가 된 땅을 대하는 태도에서 드러난다. 이주민은 이주하여 살고 있는 영토가 불모가 되면 버리고 떠나지만 유목민은 오히려 그 불모의 땅에서 살아가는 법을 모색하는 사람들이다. 소유하고 소모하고 버리는 것이 아니라 그것들과 동일화 하는 삶이 유목의 삶일 게다.

　'버려진 땅', '고비'에 사는 '몽골 유목민들'의 "천년을 지켜온/도축에 관한 불문율" 또한 동일화 하는 삶의 방식에서 비롯된 것으로 볼 수 있다. 자연이라는 유기적 세계에서 대상들은 중심과 주변으로 분리되지 않으며 서로 '친구'가 된다. "겨울 내내 굶주린 짐승들"은 유목민들이 가엽게 여기는 대상이자 바로 그들 자신이기도 한 것이다.

　이 작품을 이끌어가는 주된 정서는 슬픔이다. 이 슬픔의 정서는 생존의 문제와 더불어 존재와 존재 간의 강한 연결성을 함의하고 있는 "그들의 약속"에서 연원한다. 존재 간의 강한 연결성이란 동일성과 다른 말이 아니다. "그들의 약속"에는 대상에 대한 연민, 그리고 소멸과 상실로 인한 슬픔이 포회되어 있다. 서정적 자아는 연민을 인간적인 것에, 슬픔을 시적인 것에 연결시키고 있지만 연민이나 슬픔 모두 동일성에 대한 감각에서 비롯되는 정서임에 틀림없다.

　동일성의 세계에서 인간적이라는 말은 시적이라는 말과 상통한다. 인간적이라는 것, 혹은 시적이라는 것은 타자의 고통에 대한 지각과 그것에 대한 공감, 나아가 동일화 즉 타자가 되는 것을 의미한다. 끊임없이 계층을 나누고 세분화하여 경쟁을 부추기는 현대 사회에서 타자의 고통에 공감한다는 것, 타자가 된다는 것은 말처럼 쉬운 일이 아니다. 그것은 중심 내지 주류로부터의 거리화를 의미하는 것이기도 하며 경우에 따라서는 불이익과 불안전을 감수해야 하기 때문이다.

'타자되기'의 지난함을, 주체의 그 치열하고도 처절한 내면을 잘 드러내 보여주는 시로 송경동의 「바다취조실」을 들 수 있다.

밤에도 일하는 사람들이 있다고
달래듯 발밑에서 파도가 철썩인다
나는 모르는 일이라고 말한다

이 밤에도 도는 라인이 있다고
사방에서 파도가 입을 열고 따져 묻는다
나는 이제 모른다 모른다고 한다

이 밤에도 끌려가는 사람들이 있다고
벌떡 일어서 눈 밑까지 다가오는 파도
그래서 어쩌란 말이냐고
나는 이제 모두 잊고만 싶다고 한다

아직도 정신을 못 차렸다고
얼굴을 냅다 후려치는 파도
내가 무엇을 잘못했느냐고
자갈처럼 구르며 울고만 싶다

이십여년 노동운동 한다고 쫓아다니다
무슨 꿈도 없이 찾아간 바닷가
파도의 밤샘 취조

　　　　　- 송경동, 「바다취조실」

　점차 거세지는 파도와, 동일한 강도로 자신의 내면으로 직핍해 들어
가는 서정적 자아의 의식이 이 시를 이끌어가는 두 축이다. 서정적 자아
에게 있어 '파도'는 달래듯 철썩이다 따져 묻고 눈 밑까지 들이닥쳐서는
결국 얼굴을 냅다 후려치기에 이른다. 이는 서정적 자아의, 타자의 고통
을 외면하고자 하는 태도에 따른 결과다. 서정적 자아는 "모르는 일이라
고 말"하다가 "그래서 어쩌란 말이냐고", "내가 무엇을 잘못했느냐고" 항
변하는 과정을 거쳐 그만 "자갈처럼 구르며 울고만 싶"어지는 경지에 이
르게 된다.

　시인은 '파도'와 서정적 자아의 갈등을 전면화하고 있는데 실상 이 '파
도'라는 것은 서정적 자아의 내면이 투영된 객관적 상관물이다. 다시 말
해 몰아치는 파도는 스스로를 검열하는 서정적 자아의 내면의 표상인
것이다. '정신 차리라'고 다그치는 목소리나 그만 모르는 일로 하고 싶다
고 토로하는 목소리나 모두 서정적 자아의 목소리인 셈이다. 이러한 내
면적 갈등이 일어나게 된 저간의 사정은 "이십여년 노동운동 한다고 쫓
아다"녀온 서정적 자아의 이력에서 유추해볼 수 있다.

　절규에 가까운 항변의 말들은 "이십여년 노동운동"의 고달픔을 짐작
케 한다. "내가 무엇을 잘못했느냐고/자갈처럼 구르며 울고만 싶다"는
시인의 고백은 "밤에도 일하는 사람들", "밤에도 도는 라인", "밤에 끌려
가는 사람들" 등등 이 타자들의 고통에 대해 몰랐고, 모르고, 앞으로도

모를 확률이 높은 우리들을 부끄럽게 한다. 위의 시 앞에서 이 글 또한 이들의 고통을 소비하고 있을 뿐임을 고백하지 않을 수 없다.

위 시들에서 '시적인 것'은 타자의 고통에 대한 공감, 타자와의 동일화로 발현된다. 이러할 때 시적 주체인 시인은 타자가 됨으로써 주체로 형성되는 윤리적 주체의 자리에 놓이게 되는 것이다.

과학 기술의 발달로 인간은 자연을 지배하는 문명의 주체가 되었다고 생각하지만 착각이다. 오히려 인간은 과학 기술 문명에 종속되어 있는 객체이자 도구에 불과하다는 것이 실상일 게다. 이러한 세계에서 인간은 '존재를 망각'한 채 주어진 가치, 획일화된 체계를 내면화하기에 급급할 뿐이다.

다시 처음의 물음으로 돌아가 보자. 시(詩) 내지 시적인 것이란 무엇인가. 시를 쓴다는 것은 어떠한 의미를 지니는가. 그것은 자명하고 진부한 것에서 어떤 '비밀'을 발견해 내는 것이며 이 '비밀'이란 하이데거의 표현을 빌리자면 '존재의 진리'라 할 수 있다. 존재를 망각한 세계에서 존재를 밝혀 드러내는 것이 시이며 시적인 것이다.

존재의 근원적 진리를 드러내는 데 언어는 미흡하고 불안정할 뿐이다. 여기에는 존재와의 마주침, 받아들임, 동일화의 과정이 필요하다. 타자에 대한 지각, 공감, 타자되기의 과정으로도 설명이 가능하다. 주체의 자리를 버리고 타자가 됨으로써 주체로 형성되는 존재, 명징함 뒤에 가려진 불확정적이고 불투명한 무엇을 위해 부단히 언어를 버리는 자, 시(詩)를 끝끝내 '시 같은 것'으로 부르며 의미를 유보하는 자가 시인이라는 존재가 아닌가 한다.

AI의 세계에서 과연 이토록 불명확하고 비효율적이고 체계에 수용되

지 않고 무모해 보이는, 시(詩)의 존재가 가능할까. 아니, 시를 꿈꾸기나
할까.

저항시의 계보

지금 우리 사회는 일제 강점기의 행적을 두고 예외적인 사상 논쟁을 벌이고 있다. 그 중심에 놓여 있는 것이 홍범도 장군이다. 한때 그가 소련 공산당에 입당한 사실을 두고 그의 업적을 폄하하려고 드는 것이다. 국권을 상실한 때에 이를 찾고자 하는 데 있어서 민족보다 앞서서 위치하는 것은 아무 것도 없다. 독립을 향한 자신의 거대한 발걸음에 도움이 되는 것이면, 물에 빠진 자가 지푸라기를 잡는 심정의 경우처럼, 무엇에든 기대려 할 것이다. 그리하여 그것이 해방의 절대적 밑거름이 되어야 한다고 믿었을 것이다. 그런데 그런 거대한 발걸음을, 지금의 가치관과 거리가 있다고 해서 평가절하 한다는 것은 이해하기 어려운 일이다. 지금 우리 시대에 벌어지고 있는 이런 행위들은 한심하다 못해 모멸감을 갖도록 하기에 충분하다. 일제 강점기에 일신의 안일을 도모하지 않고 국가의 독립을 위해 헌신했던 행위, 혹은 그에 대한 가치관을 능가하는 것은 아무 것도 없다.

문학에서도 일제 강점이라는 현실에 대한 응전이 있었음은 물론이다. 국권이 없으니 당연히 이를 되찾기 위한 시도가 있어 왔고, 그러한 노력 속에서 싹트게 된 것이 저항 문학이다. 저항 문학이란 어떤 현실이나 상황에 대해 소속되어 있는 주체가 만족하지 못할 때, 곧 자아와 대상의 심각한 불화 속에서 형성된다. 그러므로 저항 문학이란 어느 시기에나 등장할 수 있는 개연성이 큰 것이 특징이다. 일제 강점기 저항 문학의 경우 대상과의 심각한 불화가 전제된 것이긴 하지만, 이에 덧붙여 민족적인 요인들이 필연적으로 개입할 수밖에 없는 요건 또한 갖춰져 있었다. 일제 강점기의 저항 문학이 민족 모순과 분리하기 어렵게 결합된 것은 이 때문이라 할 수 있다.

이런 전제가 있기에 이때 생산된 문학은 어느 정도 이 모순과 필연적으로 연결될 수밖에 없는데, 여기에는 두 가지 전제랄까 개념이 필요하다. 하나는 표면적으로 이 의식을 드러내는 경우와, 그렇지 않고 은밀히 내재시키는 경우이다. 지금까지 우리 시사는 이 시기의 저항 문학을 주로 전자에 한정시켜 말하는 경우가 대부분이었다. 그리고 이 부분에서도 두 가지 요인이 전제되었는데, 하나는 저항이라는 전기적 사실이 있는 경우와, 다른 하나는 전기적 사실이 없다고 하더라도 작품 내에 이런 감각을 적극적으로 표출하는 경우이다. 잘 알려진 대로 전자의 사례로는 이육사라든가 윤동주 등이 포함되고, 후자의 사례로는 심훈이나 이상화 정도가 그 단적인 예가 될 것이다.

단언해서 말하자면, 일제 강점기에 적극적으로 친일 행적을 벌이거나 노골적인 친일 시를 쓴 사례를 제외하고는 모두 저항 문학의 범주에 넣어도 크게 잘못된 이해는 아니라는 사실이다. 이런 판단에 이른 근거는 우선 문학이 갖고 있는 내포적 기능에서 찾아진다. 잘 알려진 대로 문학은, 좀 더 구체적으로 시는 상징의 의장에 크게 의존하는 장르이다. 상징이란 의도를 감출 수 있는 위장의 장치이며, 그 해석의 다양성으로 말미암아 감시의 칼날에서 벗어날 수 있게 한다. 이런 회피 가능성 때문에 시인들은 당대의 객관적 현실에 대해 우회적인 방법, 곧 은유나 상징을 통해서 이에 저항할 수 있었던 것이다.

일반화된 저항의 강도를 기준으로 해서 저항시의 계보를 말하게 되면, 시사를 써야 할 만큼 그 대상이 방대해질 수밖에 없다. 그래서 여기서는 광의의 저항문학보다는 협의의 저항문학이라는 전제하에서 탐색해보고자 한다. 협의의 저항문학이란 시 속에 구현된 담론이 보다 직접적이고 적극적으로 노출된 경우를 말한다. 그 상대적인 자리의 정의, 곧 광의의 저항문학이란 상징이나 은유와 같은 간접적인 의장을 통해 저항의 의식을 드러낸 경우를 의미한다. 이런 확장성 때문에 이 글에서는 주로 협의의 저항문학에 주목하고자 하는 것이다.

일찍이 우리 시사에서 보다 직접적이고 강력한 저항 문학의 기치를 든 것은 심훈이다. 심훈은 1901년 서울에서 출생했고, 1919년 경성 고보 재학 때 3.1운동에 참가했다. 이후 일제의 감시를 피해 중국 지강대학(之江大學)에 입학해서 극문학을 전공했다. 하지만 이곳에서 학업을 다 마치지 못하고 귀국하여 〈〈동아일보〉〉와 〈〈조선일보〉〉에서 기자생활을 했다. 그의 비판의식은 경성 고보 재학 시 3.1운동 참가에서 보듯 생리적인 차원의 것이었고, 이후에는 현실을 날카롭게 응시할 수밖에 없는 기자라는 직업에서 온 것으로 보인다.

심훈은 시인이라기보다는 소설가로 더 잘 알려져 있거니와 그를 소설가로 우뚝 서게끔 한 것이 장편 『상록수』이다. 이 작품은 브나로드 운동의 일환으로 쓰인 것이고, 여기에 담겨진 내용들은 준비론 사상에 근거를 둔 민족 계몽에 관한 것들이었다. 하지만 그의 민족주의 정신의 정점을 담은 것은 소설이 아니라 시였다. 그 가운데 대표적인 시가 바로 「그날이 오면」이다.

> 그날이 오면, 그날이 오면은
> 삼각산이 일어나 더덩실 춤이라도 추고
> 한강물이 뒤집혀 용솟음칠 그날이
> 이 목숨이 끊기기 전에 와 주기만 할 양이면
> 나는 밤 하늘에 날으는 까마귀와 같이
> 종로의 인경(人磬)을 머리로 들이받아 울리오리다.
> 두개골은 깨어져 산산조각이 나도
> 기뻐서 죽사오매 오히려 무슨 한이 남으오리까.
>
> 그날이 와서, 오오 그날이 와서
> 육조(六曹) 앞 넓은 길을 울며 뛰며 뒹굴어도
> 그래도 넘치는 기쁨에 가슴이 미어질 듯하거든
> 드는 칼로 이 몸의 가죽이라도 벗겨서
> 커다란 북을 만들어 들쳐 메고는
> 여러분의 행렬에 앞장을 서오리다.
> 우렁찬 그 소리를 한 번이라도 듣기만 하면
> 그 자리에 거꾸러져도 눈을 감겠소이다.
> ─ 심훈, 「그날이 오면」

C.M. 바우라는 자신의 저작인 『시와 정치』에서 이 작품을 세계 저항시의 본보기로 들며, "일본의 한국 통치는 가혹하였으나, 그 민족의 시는

죽이지 못했다.”고 쓰고 있다. 일제 강점기 가장 대표적인 저항시라 할 만큼 담고 있는 내용이 파격적이고 강렬하다. 어떤 상징이나 은유 없이 즉 의도를 감추지 않고 격정적으로 드러내고 있다. 우리 시사는 심훈의 이 작품이 있기에 일제 강점기 문학에 대한 자부심을 가질 수 있는 것이 아닌가 한다. 그만큼 저항시로서 갖는 이 작품의 의의는 매우 큰 것이라 할 수 있다.

심훈은 광복의 순간을 “그 날이 오면 그 날이 오면”이라는 담론으로 표현했는데, 만약 이 날이 도래하게 되면 “삼각산이 춤을 추고, 한강물이 일어나 용솟음 친”다고도 했다. 뿐만 아니라 시인 자신은 한 마리의 까마귀가 되어 “종로의 인경을 머리로 받아”, 그 종소리가 해방의 감격을 대신한다고도 했다. 말하자면 “그 날이 오면” 자신은 죽어도 좋다는 의미를 이렇게 직정적으로 표현한 것이다.

이 작품은 시인의 해방에 대한 간절한 염원, 그 진정성으로 말미암아 읽는 독자로 하여금 절대적 긍정의 지대에 이르게 한다. 문학이 갖는 상징이라든가 은유에 기대지 않고, 그 불온한 사유들을 직접적으로 표현할 수 있었다는 데에서 더욱 감명 깊게 다가온다. 심훈의 「그날이 오면」은 검열과 억압이 횡행하는 현실에서 자신의 의지를 이렇게 직접적으로 표현하고 있었다는 데 그 의의가 있다고 하겠다.

지금은 남의 땅— 빼앗긴 들에도 봄은 오는가?

나는 온몸에 햇살을 받고
푸른 하늘 푸른 들이 맞붙은 곳으로
가르마 같은 논길을 따라 꿈 속을 가듯 걸어만 간다.

입술을 다문 하늘아, 들아,

내 맘에는 내 혼자 온 것 같지를 않구나!

네가 끌었느냐, 누가 부르더냐. 답답워라, 말을 해 다오.

바람은 내 귀에 속삭이며

한 자욱도 섰지 마라, 옷자락을 흔들고.

종다리는 울타리 너머 아씨같이 구름 뒤에서 반갑다 웃네.

고맙게 잘 자란 보리밭아,

간밤 자정이 넘어 내리던 고운 비로

너는 삼단 같은 머리털을 감았구나, 내 머리조차 가뿐하다.

혼자라도 가쁘게나 가자.

마른 논을 안고 도는 착한 도랑이

젖먹이 달래는 노래를 하고, 제 혼자 어깨춤만 추고 가네.

나비 제비야 깝치지 마라.

맨드라미 들마꽃에도 인사를 해야지.

아주까리 기름을 바른 이가 지심 매던 그 들이라 다 보고 싶다.

내 손에 호미를 쥐어 다오.

살진 젖가슴과 같은 부드러운 이 흙을

발목이 시도록 밟아도 보고, 좋은 땀조차 흘리고 싶다.

강가에 나온 아이와 같이,

짬도 모르고 끝도 없이 닫는 내 혼아

무엇을 찾느냐, 어디로 가느냐, 웃어웁다, 답을 하려무나.

나는 온몸에 풋내를 띠고,

푸른 웃음 푸른 설움이 어우러진 사이로

다리를 절며 하루를 걷는다. 아마도 봄 신령이 지폈나 보다.

그러나, 지금은― 들을 빼앗겨 봄조차 빼앗기겠네.

　　　　　　　　　　　　　― 이상화, 「빼앗긴 들에도 봄은 오는가」

　이 작품은 이상화의 대표작이면서 이 시기 일제 강점기의 현실에 저항한 것으로 인정받고 있는 시이다. 이상화는 심훈과 마찬가지로 1901년생이다. 그의 고향은 대구이고, 학교는 서울에서 다녔다. 1915년 경성중앙학교에 입학한 것인데, 이후 그는 곧바로 자신의 고향에 내려가게 되고 거기서 3.1운동을 맞이했다. 이때 그는 백기만 등과 더불어 일제에 대한 저항의 거사를 시도했지만 실패하고 만다. 이후 1923년 일본으로 건너가 공부를 계속하고자 했지만 관동대지진의 충격으로 학업을 포기하고 곧바로 귀국하게 된다. 귀국 후에는 박영희, 김기진과 더불어 KAPF 결성에 관여한 바 있고, 1927년에는 의열단 이종암(李鍾岩)사건으로 구속되기도 했다.

　이런 일련의 사실에서 알 수 있듯이 이상화의 삶은 외부 환경이 주는 열악함으로 인해 편편한 것이 못되었다. 그도 한때는 인생에 대한 고민이 짙어서 존재론적 회의에 빠지기도 하고, 이에 기반한 시들을 많이 창작하기도 했다. 하지만 그 자신에게 중요했던 것은 실존에 대한 고민과 그 헤어날 수 없는 존재론적 한계에 대한 문제보다는 객관적 현실이 주는 열악함이었을 것이다. 그 결과에 의해 만들어낸 시가 「빼앗긴 들에도 봄은 오는가」이다.

이 작품을 이끌어가는 힘은 땅에 대한 간절한 애착이다. 그것에 대한 사랑이 유연한 이미지의 효과에 얹혀 강렬한 호소력을 발휘하고 있다. 이 작품은 발표 당시에도 그렇고 이후에도 여러 논란이 제기된 시이다. 하나는 이 작품이 프롤레타리의 세계관을 담은 시라는 점에서의 논란이다. 이상화가 카프에 가담하면서 이 세계관을 받아들였으니 이런 주제의 시를 쓴 것은 틀림없는 사실일 것이다. 이 시가 처음 발표된 것이 1926년 6월 『개벽』지이다. 이때는 이상화가 카프에 발을 들여놓은 지 얼마 안 되는 시점인데, '빼앗긴 들'이란 바로 지주에게 땅을 잃어버린 소작인의 비애를 의미하는 것으로 볼 수 있는 것이다. 이런 환경을 이해하게 되면, 「빼앗긴 들에도 봄은 오는가」의 주제의식은 신경향파적인 환경에 머무르는 것이라 볼 수 있다.

그러나 문학이란 여러 은유와 상징 관계를 통해서 그 의미가 드러나는 장르이고, 이 은유나 상징의 특성은 의미의 파장이 여러 갈래로 확장된다는 데 있다. 이런 맥락과, 이상화의 시대에 대한 응전의 태도를 환기하게 되면, '빼앗긴 들'을 잃어버린 조국이라 이해해도 무방할 것이다. 이 시를 이런 맥락에 편입시키게 되면, 이는 외부 현실에 대한 저항 담론으로 보다 큰 진폭을 울리게 된다. 특히 모순 관계가 프롤레타리아의 범주를 넘어서 민족의 단위로까지 확장된다는 점에서 이상화는 이 시기 특별한 저항 시인의 하나로 자리하게 된다.

까마득한 날에

하늘이 처음 열리고
어디 닭 우는 소리 들렸으랴.

모든 산맥들이
바다를 연모해 휘달릴 때도
차마 이곳을 범하진못하였으리라.

끊임없는 광음(光陰)을
부지런한 계절이 피어선 지고
큰 강물이 비로소 길을 열었다.

지금 눈 내리고
매화 향기 홀로 아득하니
내 여기 가난한 노래의 씨를 뿌려라

다시 천고(千古)의 뒤에
백마 타고 오는 초인이 있어
이 광야에서 목 놓아 부르게 하리라.

           – 이육사, 「광야」

   이육사는 1904년 경북 안동에서 태어났다. 그리고 1944년 해방 1년
전 북경 감옥에서 옥사했다. 본명이 이원록인 육사는 1927년 조선은행
폭파 사건에 연루되어 대구형무소에서 3년간 옥고를 치렀는데, 그 때의
수인번호인 264에서 따서 호를 '육사'라고 지었다. 짧지 않은 수감 기간
동안 주어진, 말로 다 할 수 없는 육체적 고통은 저항의 의지를 꺾고도

남을 만했지만 이육사는 오히려 수인번호를 자신의 호로 쓸 만큼 의지를 다졌던 것이다. 이를 시작으로 이육사는 북경에서 옥사하기까지 17번이나 투옥되어 고초를 겪는다. 이런 일련의 사실이 말해주는 것은 현실에 응전하는 그의 문학과 행동이 결코 예사롭지 않다는 것이다.

이육사는 1925년 형제들과 함께 대구에서 의열단에 가입하면서 독립 항쟁에 뛰어들었다. 형제 대부분이 독립운동에 참여함으로써 합방 직후 만주에 건너가 신흥무관학교를 세운 이회영 형제의 활동과 비슷한 면모를 보여준다. 의열단이란 항일 무장 단체였고 이를 이끌었던 실질적인 인물은 김원봉이었다. 이들의 활동이 일본 제국주의자들에게 얼마나 위협적이었는가 하는 것은 김원봉에 걸린 현상금을 보면 알 수 있다. 이 현상금은 당시 임시정부를 이끌었던 김구의 경우보다 월등히 높았다. 그만큼 의열단의 활동은 독립운동의 백미였고 일제에게는 위협의 대상이었다는 의미이다.

일제 강점기에 저항 문인을 오직 한 사람만 꼽으라면 단연코 이육사이다. 그는 문학에서, 다른 한편으로는 행동에서 이를 올곧게 실천한 예외적인 시인이었기 때문이다. 이러한 면은 가끔 윤동주와 비교되기도 하는데, 윤동주는 후쿠오카 감옥에서 죽을 때까지 시인으로서 이름을 알리지 못한 상태였다. 그러니까 그의 작품들은 흔히 저항 문학으로서의 궁극적 이상을 달성하지 못한 것으로 이해되곤 했다. 하지만 이육사는 독립운동을 하는 한편으로 틈틈이 작품 활동을 함으로써 운동으로서의 문학과 실천적인 행동을 함께 보여준 매우 드문 경우의 시인이라 할 수 있다.

운동으로서의 문학이라 해서 그 미적 성취가 미미한 것은 아니다. 「광야」는 이미지즘의 수법으로 쓰인 매우 우수한 시이다. 독립운동이라는 실천의 현장에서 치열한 시간을 보냈을 이육사가 어떻게 이미지즘의 수법을 수용하고 이를 작품화했을까. 그것은 이육사가 이런 상황에서도 틈틈이 문학인들과의 교류를 이어나간 때문인데, 그가 처음으로 동인회 활동을 한 것은 〈자오선〉이라는 단체였다. 여기에는 김광균, 윤곤강 등이 함께 하고 있었는데, 김광균이 관심을 갖고 있었던 분야가 바로 이미지즘이었다. 「추일서정」이라든가 「설야」 등의 작품에서 알 수 있는 것처럼 김광균의 시들은 철저하게 이미지즘에 바탕을 둔 것이었다. 김광균의 이런 작시법이 이육사에게도 분명 영향을 주었을 터인데, 「광야」는 바로 이런 배경 하에서 창작되었을 것으로 추측된다.

이 작품은 한반도의 지도를 보면서 쓴 것으로 인식될 정도로 선명한 이미지의 조형성이 눈에 띄는 시이다. 그리고 이런 이미지화를 통해서 의미를 생성하는 것, 그것이 이 시의 주된 의장이다. 이미지에 의해 새롭게 단장된 '광야'의 모습들은 시인의 의도가 가미되면서 육사 시의 주제성이 뚜렷이 각인되기 시작한다. 이 작품의 핵심이랄까 주제는 '백마타고 오는 초인'이고 그 초인이 와서 새로운 공간을 만들어가게 되면, 마음껏 목 놓아 울겠다는 부분이다. 대부분의 연구자들이 이를 조국 독립의 그날이라고 이해하고 있는데, 육사의 행보를 응시하게 되면 이는 지극히 당연한 해석이라 할 수 있다. 실제로 이육사의 삶 자체가 독립운동에 헌신하고 있었으니 달리 생각할 여지는 없어 보인다.

하지만 문학이란 다의성을 특징으로 하고 있거니와 이런 의장을 수용하게 되면, 이 작품에서의 광야는 다른 느낌으로 이해될 여지도 충분히 있다고 생각된다. 그것은 독립된 상태의 첫 번째 상황, 곧 해방에만 시인의 목적이 한정되는 것이 아니라 그 뒤의 상황까지 염두에 둔 것이 아닌가 하는 점 때문이다. 이런 부분에까지 사유의 그물망이 드리워지는 것은 이육사가 갖고 있는 사상의 끈들이 아나키즘이라든가 혹은 사회주의적인 요소와 분리하기 어려운 것이라는 점 때문이다. 이런 사유를 위 시의 '광야'에 틈입시키게 되면, 이 공간은 어떤 주도 세력도 없는 무정형의 지대로 남아있는 모습이 오버랩된다. 그 지대에서 이육사는 자신이 원하는 새로운 형태의 세계를 그리워한 것으로 읽히게 된다. 물론 「광야」를 이렇게 한걸음 더 나아가 이해한다고 해도 이 시가 지향하는 조국 독립을 향한 열망이라는 주제의식이 손상 받는 것은 아니다. 독립과 그 독립이 이루어지는 공간이야말로 일제 강점기로부터 벗어나지 않고서는 불가능한 일이기 때문이다.

> 쫓아오던 햇빛인데
> 지금 교회당 꼭대기
> 십자가에 걸리었습니다.
>
> 첨탑(尖塔)이 저렇게도 높은데
> 어떻게 올라갈 수 있을까요
>
> 종소리도 들려오지 않는데
> 휘파람이나 불며 서성거리다가
>
> 괴로웠던 사나이
> 행복한 예수 그리스도에게
> 처럼
> 십자가가 허락된다면

모가지를 드리우고
꽃처럼 피어나는 피를
어두워가는 하늘 밑에
조용히 흘리겠습니다.
　　　　　- 윤동주, 「십자가」

　윤동주는 1917년 북간도 명동촌 출생이다. 1938년 연희전문학교에 입학했고 1942년 릿교대학(立敎大學)에 들어간 뒤 도시샤 대학(同志社大學)으로 전학했다. 하지만 그로부터 얼마 지나지 않아 1943년 7월 독립운동 혐의로 송몽규와 함께 체포되어 영어의 몸이 된다. 이후 윤동주는 1945년 2월, 송몽규는 그해 3월 해방을 보지 못하고 후쿠오카 감옥에서 사망하게 된다.

　윤동주의 문학활동은 1934년 「삶과 죽음」, 「초 한 대」 등을 발표함으로써 시작된 것으로 알려져 있지만, 그가 문단에 이름을 알린 것은 정병욱 등이 중심이 되어 간행된 첫 시집이자 마지막 시집, 그리고 유고 시집인 『하늘과 바람과 별과 시』(정음사, 1948)를 통해서이다. 그러니까 윤동주는 감옥에 갇히기 전이나 혹은 죽기 직전까지 무명의 시인으로 남아있었던 셈이다.

　그의 시들은 1930년대 말에서 1940년대의 정신사를 고스란히 담아내고 있다는 점에서 의의가 있거니와 그 내용들이 순수한 지식인의 자의식을 드러내고 있다는 점에서도 매우 소중한 경우이다. 특히 그러한 감수성이 내적인 자기 고립에서 형성된 것이 아니라 외부 환경과의 긴밀한 조응 속에서 이루어졌다는 점에서 큰 의의가 있는 것이다. 그러한 작품 가운데 주목의 대상이 되는 것이 「십자가」이다.

이 작품의 의미는 제목에서 알 수 있는 것처럼, 무엇보다 십자가라는 상징에서 찾아야 할 것이다. 그리고 이 십자가와 관련된 예수의 처지나 상황, 그리고 그와 대비되는 윤동주 자신의 그것에서 또 다른 의미가 추론된다. 이 작품에서 십자가는 크게 두 가지 의미로 구성되는데, 1연의 십자가와 4연의 십자가가 갖는 의미론적 차별성이 그것이다. 전자의 십자가는 단지 기호적 의미의 수준을 벗어나지 못한다. 그것은 기표와 기의의 관계 속에서 이루어지는 의미망에 한정되어 있을 뿐이다. 그러나 두 번째 십자가는 이와 다르다. 여기서는 기호가 아니라 상징의 차원으로 확대되는 까닭이다. 여기에서 십자가는 기표와 기의 사이의 일대일 대응 관계가 아니라 이 관계에서 한 발짝 더 나아가게 되는데, 그것이 바로 희생으로서의 의미이다.

이런 맥락 속에서 예수와 윤동주 자신의 대비 관계랄까 처지가 비로소 나오게 된다. 잘 알려진 바와 같이 예수는 십자가에서 죽음으로 인간의 죄를 대속한 존재다. 그리고 그의 임무는 이로써 완수되고 더는 어떠한 요구사항도 덧붙여지지 않는다. 이런 예수의 입장이 윤동주의 입장에서는 부러움 내지는 선망의 대상이 되었을 것이다. 윤동주 자신에게도 십자가가 허락되어 조국 독립이 주어진다면 그도 예수처럼 마땅히 '행복한' 존재가 되었을 것이다. 하지만 역사가 말해주는 것처럼, 누구 하나의 희생으로 일제 강점기라는 상황이 종결되는 것이 아니었다. 그것은 끊임없는 항쟁 없이는 불가능하거니와 그런 과정에서 수많은 희생이 뒤따르게 마련이기 때문이다. 그러니까 이 과정은 일회성으로 그칠 사안이 아니고 지속성, 혹은 항상성을 갖는 것에 해당한다. 일회성이냐 지속성이냐의 차이, 그것이 예수와 윤동주의 입장을 구별하는 지점이었던 것인데, 그래서 일회성으로 종결되는 예수의 입장이 선망의 대상이 될 수 있었던 것이고, 그렇지 못한 윤동주는 '괴로운 자아'로 남아있을 수밖에 없었던 것이다.

흔히 윤동주의 문학에서 저항성을 읽어내는 것은 쉽지 않은 일이라 여겨져 왔다. 그의 대부분의 시들이 내성에 바탕을 두고 있기에 그러하다. 그러나 「별헤는 밤」에서는 '이름'에 대한 천착으로 창씨 개명에 대한 비판적 의식을 드러내고 있고, 「쉽게 쓰여진 시」에서는 내선일체라는 강력한 횡포 앞에서 금기의 언어인 우리 말로 "육첩방은 남의 나라"라고 강한 어조로 시대의 흐름을 거슬러 진실을 선포하고 있다. 그러므로 윤동주 시에서 드러나는 두려움과 부끄러움은 그의, 시를 대하는 진솔한 태도에서 그 의미를 찾아야 할 것이다. 누군들 폭력적 억압 앞에서 두렵지 않은 사람이 있을까. 그러나 그것을 표현하는 순간 자신의 의지는 물론, 저항의 기세 자체를 약화시킬 위험이 있는 까닭에 두려움이나 그로 인한 부끄러움은 없는 듯 덮어왔을 것이다.

윤동주는 무엇보다 자신에게 진술했다. 그것은 송몽규를 비롯한 여타의 독립운동가와는 달리 조직에 얽매여 있지 않아서 가능했던 일일 수도 있다. 끊임없이 자신의 내면을 들여다보고 '부끄러워하고 가엾어하고 미워하고 그리워하며'(「자화상」), 그렇게 더디게라도 한발 한발 자신이 옳다고 생각한 길로 나아가고 있었다. "등불을 밝혀 어둠을 조금 내몰고 / 시대처럼 올 아침을 기다리는 최후의 나"라든가 "나는 나에게 작은 손을 내밀어 / 눈물과 위안으로 잡는 최초의 악수"(「쉽게 쓰여진 시」)는 이런 지난한 과정을 거쳐 이르게 되는 상황인 것이다. 이렇게 솔직하게 자신의 자의식을 드러내거나 그러한 자의식 표출이 객관적 현실과 갈등 내지 길항하는 면을 보여주고 있다는 점에서 윤동주의 시세계는 독특한 위치를 점한다. 이런 사례는 우리 시사에서 매우 드문 경우에 해당하기 때문이다.

부정적인 외부 현실과 대립하는 문학은 어디에서나 가능한 것이고, 또 불가피하게 발생하는 일이기도 하다. 특히 국권이 상실된 시기에는 그 개연성이 더욱 높아진다. 우리의 경우, 일제 강점기가 그러한데, 저항 문학이라는 커다란 흐름이 만들어진 것도 이런 환경 때문이다. 이러한 상황에 대해 방관하거나 적극적인 찬동의 입장을 취한 경우를 제외하고, 모두를 현실에 대한 저항으로 이해할 수 있을 것이다. 일제 강점기에 생산된 모든 문학 행위를 저항의 범주에 묶어서 이야기할 수 있는 근거는 바로 여기서 찾아진다고 하겠다. 이 글은 그러한 것 가운데 보다 직접적이고 분명한 것들을 모아서 탐색한 데 그 의미가 있다고 하겠다.

18

'멀티 페르소나'를 가로지르는
작가의 태도

항간에서 사용되는 신조어는 '그들만의 언어'인지 도통 알아듣기 힘들다. 듣고 나도 돌아서면 다시 백지상태가 되기 일쑤다. 그러니 기성세대에까지 익숙해진 말이라면 그것은 사회 전반에 걸친 현상이나 그에 따른 정서를 담지하고 있는 것으로 볼 수 있을 것이다. 그러한 말 가운데 하나가 '부캐'일 듯 싶다. 이 말이 익숙하지 않은 독자라도 개그맨 유재석 씨가 '유산슬'이라는 트로트 가수로 활동했던 것을 떠올리면 그 의미를 바로 알아차릴 수 있을 것이다. '부캐'는 본래 게임에서 주로 사용하던 말로 '부 캐릭터', 즉 메인이 되는 캐릭터 외에 새롭게 생성하여 사용하는 캐릭터를 의미한다. 이렇게 게임이나 온라인 커뮤니티에서 사용되던 것이 현실세계로 나오게 된 것이다.

우리 사회에서 '부캐'는 선풍적이라 할 만하다. '유산슬'이나 '펭수' 등과 같이 방송에서 본래 자신의 인격과는 전혀 다른 정체성을 보여주며 대중의 인기를 끄는 것은 이미 일반화되어 있는 느낌이다. 일반인도 SNS

나 동호회 활동을 통해 직장에서 요구하는 모습의 자아와, 이와는 거리가 먼 또 다른 모습의 자아를 교차하며 살아가는 경우가 많다. 이러한 경향은 개개인의 삶뿐만 아니라 기업의 브랜딩에도 많은 영향을 미쳤다. 가령 '밀가루'를 주력 상품으로 하는 회사가 의류, 화장품 등 그것과는 전혀 관계없는 카테고리로 제품이미지를 확장하여 소비자의 시선을 끌었던 것이 대표적 사례가 될 것이다.

사실 이런 사례를 들지 않더라도 우리는 이미 일상생활에서 여러 자아로 살아가고 있다. 직장인으로서의 자아, 가족으로서의 자아, 친구로서의 자아는 다를 수밖에 없으며 우리는 상황에 따라 마치 가면을 바꿔 쓰듯 다른 자아를 내세워 삶을 영위해가는 것이다. 이렇듯 집단에 의해 요구되는 자아, 외부 객체에 대한 자아의 태도를 칼 구스타프 융은 '외적 인격(persona)', '페르소나'라 하였다. 페르소나는 고대 그리스의 연극에서 배우들이 쓰던 가면을 뜻하는 말이었다. 융은 "인간은 천 개의 페르소나를 갖고 있고, 상황에 맞게 꺼내 쓴다"고 하였다.

이것이 사회적 인간으로서의 보편적 삶의 모습일 터이다. 그러나 우리는 때때로 타인에게 보이는 자아의 모습과 스스로가 생각하는 그것과의 간극에서 부정적 감정을 느끼는 경우가 있다. 이는 페르소나와 '내적 인격'의 거리에서 비롯되는 것으로 자아는 페르소나를 허위, 연기, 거짓 등으로 인식하게 되고 이것이 자기 부정의 정서로 이어지게 되는 것이다. 일상생활에서 느끼기도 하나, 특히 가공된 이미지로 대중과 만나게 되는 연예인들이나 자신의 감정과는 무관하게 강요된 감정으로 사람들을 대해야 하는 감정 노동자들이 자주 맞닥뜨리게 되는 감정일 터이다.

반대로 페르소나와 자아를 동일시하는 경우에도 문제가 생길 수 있다. 집단이 강요하는 가치관이나 행동규범 등을 자신의 진정한 개성으로 착각하는 경우가 그러하다. 이러한 현상이 심해지면 자아는 그의 내적 정신세계와의 관계를 상실하게 된다. '내적 인격'이란 타인의 시선을 의식하지 않는 본연의 자아를 포함하여 자아가 의식하지 못하는 무의식의 자아까지 포함하는 개념이다. 융에 의하면 인간은 의식과 무의식, 페르소나와 내적 인격과의 대립을 극복하여 하나의 통일된 전체적 존재로 나아가야 하는 존재이다.

현대 사회는 가히 '부캐'의 시대, '멀티 페르소나'의 시대라 할 만하다. 김난도 교수가 전망한 '트렌드코리아 2020'(미래의 창, 2019.)에서는 멀티 페르소나의 시대를 "이제 나 자신을 뜻하는 myself는 단수가 아니라 복수, 즉 myselves가 되어야 맞다."라고 표현하고 있다. 사회의 이러한 현상을 한두 가지의 단선적인 원인으로 설명할 수는 없겠지만 분명한 것은 우리 사회가 앞선 세대로부터 강요된 획일적 자아가 아닌, 지극히 개별적이고 다양한 모습의 자아를 인정하는 데에까지 나아갔다는 사실일 것이다. 또한 개인적 층위에서는 개개인이 집단의 일부가 아닌, 개별적 주체로서의 자신의 욕망이랄까 내면의 목소리에 귀를 기울이고 있는 것으로 볼 수 있을 것이다.

문학의 세계에도 페르소나가 존재한다. 시 장르의 경우 시적 화자를 '퍼소나(persona)'라고 부르는 것이 대표적 예가 될 것이다. 소월 시의 여성 화자가 김소월 시인이 아니듯 '퍼소나'는 시인 자신이 아니다. 그러나 퍼소나는 또 시인 자신이기도 하다. 시인의 정신, 세계를 보는 관점, 정서 등이 투영되어 있기 때문이다. 그것이 의식적으로든 무의식적으로든, 긍정적으로든 부정적으로든 말이다. 시를 깊이 읽는 독자라면 퍼소나를 통해 말해지는 표층적 의미뿐만 아니라 말해지지 않은, 시인조차 의식하지 못한 내적 의미 시인의 무의식 -까지 읽게 되는 경우가 있을 것이다.

이러한 구도가 시 장르에만 한정되지 않음은 물론이다. 소설의 인물들 또한 그 비중이 크든 작든 거기에는 작가의 의식과 무의식이 녹아 있기 때문이다. 그런데 시와 소설의 경우에는 내용이나 형식의 층위에서 자유로운 경우라 할 수 있다. 형식적 층위에서는 통사적 규율까지도 시적 허용이라는 범주에서 자유롭게 파기될 수 있고 내용적 층위에서는 허구가 가능한 장르이기 때문이다. 그에 비하면 수필은 기본적으로 수필적 자아가 작가 자신이라는 것, 허구가 아니라는 것을 약속하고 있는 장르이기 때문에 시나 소설과는 출발점이 다른 경우라 할 수 있을 것이다.

그렇다고 수필적 자아가 작가 자신일 리는 만무하다. 아이러니하게도 수필적 자아가 작가 자신이라는 암묵적 약속이야말로 수필적 자아를 내적 자아와는 거리가 있는 '페르소나'로 자리매김하는 기제로 작용한다. '허구'라거나 '가면'(persona)이라는 장치가 전무한 까닭이다. 다시 말해 수필적 자아가 작가 자신이라는 인식이 독자의 입장에서는 페르소나를 삭제하는 것 같지만 오히려 작가 자신에게는 더 견고한 페르소나를 상정하게 되는 결과에 이르게 되는 것이다. 자신과 독자의 사이에 아무런 차폐막도 없는 수필 작가의 입장에서는 독자의 시선을 더 강력하게 의식할 수밖에 없기 때문이다.

사실 독자 혹은 타자의 시선보다 더 치열하게 의식하게 되고, 또 의식해야 하는 것이 자기 자신의 시선이 아닌가 한다. 일기 쓸 때의 경험을 돌이켜보면 선생님에게 검사받던 어린 시절의 일기는 그렇다 치고 타자의 시선을 철저하게 배제한 나만의 비밀스러운 일기에서조차도 어떠한 시선을 의식하고 있는 자신을 깨닫게 되곤 한다. 따로 읽을 사람도 없는

데 끊임없이 스스로를 합리화하고 미화하고 있는 자신과 맞닥뜨리게 되는 경우 말이다. 물론 이 또한 자아와 어느 정도 거리를 두고 페르소나와 내면을 들여다볼 수 있는 경우에만 가능한 일이다.

왜일까. 왜 굳이 자신까지 끝끝내 설득시키려 하는 것일까. 어차피 다른 사람들은 알지 못하는 내면의 일인데 이러면 어떻고 저러면 어떤가 말이다. 그러나 이는 자신에 대한 수치심과 존중감에 관계되는 것으로 매우 중요한 작업이다. 자아와의 적당한 타협, 자아에 대한 합리화와 미화 아래에는 수치심이 자리하게 된다. 자아의 검열을 그런대로 잘 넘긴 것 같지만 무의식에 자리하고 있는 이 수치심은 자주 자아를 부정하게 하고 점점 더 타자의 시선에 집착하게 만든다. 그러나 자아와의 쟁쟁한 대결에서 물러서지 않고 그 밑바닥까지를 용기 있게 들여다본 자아는 스스로를 존중하게 되고 더는 타자의 시선에 연연하지 않게 되는 것이다.

「어느 날 고궁을 나오면서」에서 김수영 시인은 "나는 왜 작은 것에만 분개하는가"라고 탄식했다. 시대가 시대이니만큼 그러려니 할 수 있겠지만 그의 시와 산문을 읽어보면 이러한 탄식을 단순하게 성찰이라 부를 수 없게 된다. 가령 이 시에서도 김수영은 "아무래도 나는 비켜서있다 절정 위에는 서 있지 / 않고 암만 해도 조금쯤 옆으로 비켜서있다 / 그리고 조금쯤 옆에 서 있는 것이 조금쯤 / 비겁한 것이라고 알고 있다!"라고 쓰고 있다. '나는 비겁하다'라는 추상적인 언어로 뭉뚱그리지 않고 치열하게 들여다본 자신의 위치를 적확하게 드러내고자 고투하고 있다.

'절정 위에는'에서의 '는'이라는 보조사나 '조금쯤'이라는 부사에서 이러한 정서를 확인할 수 있다. 저항하고자 하는 의지와 그것을 압도하는 실존에의 욕망, 시대에 기투하는 페르소나와 그것을 배반하는 왜소한 자아를 이토록 가볍고도 통렬하게 드러낼 수 있을까. 더욱이 그것이 "조금쯤 / 비겁한 것"이라는 것을 "알고 있다!"라고 하지 않는가. "알고 있다!"라고. 당대 지식인에게 '알고 있다'는 것은 단순한 인식의 차원을 넘어서는 언표이다. 그것은 참여를 담보하는 윤리적 행위로 연결되기 때문이다.

신형철 평론가는 김수영의 이러한 태도를 '정직'이라 불렀다.(「이토록 뜨거운 태도들」, 『슬픔을 공부하는 슬픔』, 한겨레출판사, 2018.) 김수영은 "거짓말이 없다는 것은 현대성보다도 사상보다도 백배나 더 중요한 일"(「요동하는 포즈들」, 『김수영 전집2』, 민음사, 2003.)이라 했고 신형철은 김수영을 두고 "포즈(pose)를 버리고 자신의 옹졸함과 폭력성을 시"로 쓴 시인이라 평가했다.

김수영의 시와 산문에서는 타자의 시선에 대한 의식이나 눈치를 보는 태도는 찾아볼 수 없다. 오직 자신의 바닥까지를 치열하게 들여다보고 그것을 드러내는 시인의 고투가 있을 뿐이다. 그에게 있어 시적 소재의 범주에 한계가 없었던 까닭도 이러한 태도와 긴밀하게 연결되어 있는 것으로 보인다. 잘 알려진 대로 그는 '김일성'(「김일성만세」), '창녀', 아내와의 섹스(「성(性)」) 등 민감한 소재도 개의치 않고 썼다.

작가의 태도로서의 '거짓말이 없다는 것', '정직'이라는 의미의 무게를 다시 한번 돌이켜보게 된다. 이것이 작품을 쓸 때 있는 그대로를 곧이곧대로 써야 한다는 의미가 아님은 물론이다. 글을 씀에 있어서 자신에게 '정직'하다는 것, 그것은 결코 쉬운 일이 아니다. 김수영을 통해 알 수 있듯 작가의 이러한 태도는 수필 형식이나 내용적 측면에서의 범위의 확장에도 이바지할 것으로 보인다.

전언한 바와 같이 수필 작가의 경우 더 견고한 페르소나를 상정하게 되기 쉽다. 그러므로 더더욱 내적 자아와의 '정직한' 대면이 요구되는 것이다. 그러할 때 작가 자신으로 인식되는 작품 속 화자는 단단한 자아를 기반으로 다양한 모습의 페르소나, 타자의 시선에 휘둘리지 않는 당당한 페르소나로 자리할 수 있게 될 것이다. 그럴 때라야 그의 목소리는 비로소 거침이 없으면서도 아름답고 냉정하면서도 따듯할 수 있을 것이다. 그것은 나를, 타자를, 세계를 인정하는 목소리이자 사랑하는 언어일 것임에 틀림없다.

{ 5장 }

'그 아이'와 '라떼'의 가치

『내 안의 그 아이』(푸른사상, 2020)는 펼치자마자 그 자리에서 다 읽었던 책입니다. 이 책의 장점은 잘 읽힌다는 것입니다. 시간만 허락한다면 큰 노력 없이 앉은 자리에서 다 읽게 됩니다. 이 책은 현대시에 대한 연구서와 평론집을 30여 권 이상 낸 국문학자이자 문학평론가인 송기한 선생님의 첫 번째 산문집입니다. 그러니 내용이 무척 궁금하면서도 또 한편으로는 보통 평론가의 산문집이 그러하듯 딱딱한 문체에 어려운 내용이 많을 것이란 선입견이 들었던 것도 사실입니다. 그런데 첫 장을 넘기기도 전에 그러한 선입견은 기우였음을 알게 됩니다.

이 책의 시간적 배경은 1960년 ~ 70년대이고 주된 공간적 배경은 충남 논산의 "아직 근대화의 물결이 한참 못 미친 아주 낙후된 동네"입니다. 그러니 내용은 전기가 들어오기 시작하던 때의 이야기(「도둑 아닌 도둑」), 너무 가난해서 선생님의 가정방문을 피하려고 온 가족이 집을 비운 이야기(「부끄러운 하루」), 육성회비 때문에 울고 웃었던 일(「육성회비」) 등등 가난이 주요 모티프가 되고 있습니다. 특히 가난과 무지 때문에 세 살밖에 되지 않은 여동생을 저세상으로 떠나보내야 했던 장면(「3년의 인연」)에서는 가슴이 먹먹해지고 맙니다. 이 밖에도 「아버지의 독립운동」, 「10월 유신」, 「반공 교육」, 「새마을 운동」 등 당시의 시대를 보여주는 일화들이 등장합니다.

그러나 이 글에는 가난에 대한 비극적 정서나 당대 정치·사회에 대한 어떠한 비판적 시선도 드러나 있지 않습니다. "이 글의 주체랄까 시점은 어린 나 자신입니다. 가능한 한 당시의 시각을 최대한 확보하려고 했습니다. 지금 여기의 가치평가들은 가급적 개입시키지 않고, 있는 그대로의 모습을 보고 쓰고자 한 것입니다." 저자가 서문에 쓴 것처럼 이 책에 수록된 42편의 글은 주로 어린아이의 시점에서, 때때로 관찰자의 시점에서 쓰였습니다. 또한 대화체도 많이 쓰여 현장감을 높이고 있습니다. 이러한 장치들로 인해 여기에 실린 글들에서는 그동안 읽어왔거나 써왔던 수필과는 형식이나 내용면에서 많은 차이를 느끼게 됩니다.

일반적으로 수필에서는 형상화, 의미화가 중요합니다. 다른 말로 하면 주제를 직접적으로 말하는 것이 아니라 사건, 현상을 통해 돌려 말하기, 혹은 보여주기라 할 수 있을 것입니다. 이를 위해서는 생각의 차원을 높여 사물 내지 사건의 이면에 있는 진리를 통찰해내야 하고 적절한 구도와 정제된 언어를 통해 드러내는 것 또한 필요할 것입니다. 『내 안의 그 아이』에서는 이러한 과정을 확인하기가 쉽지 않습니다. "있는 그대로의 모습을 보고 쓰고자 한" 저자의 의도에서 그 까닭을 찾을 수 있을 것입니다.

이 책에 수록되어 있는 편편의 글들에서는 제작된 한 편의 글을 읽는다는 느낌보다는 그저 그 시간 그 장소에 들어가 '그 아이'를 쫓아다니는, 아니 '그 아이'와 함께 다니는 듯한 느낌이 듭니다. 가령 「육성회비」라는 작품을 보면 화자는 국민학교 2학년 학생입니다. 반에서 육성회비를 내지 못한, 몇 안 되는 학생 중에 화자가 속해 있었고 선생님은 급기야 '내일까지 육성회비를 가져오지 않으면 3학년에 진급시키지 않겠다.'고 엄포를 놓습니다. 겁이 난 화자는 집으로 돌아가 아버지께 말씀드리지만 아버지는 아무 대답이 없습니다. 다음 날 아침이 되어도 사정은 달라지지 않습니다. 아버지는 돈이 없는데 어떻게 하냐고만 하십니다. 화자는 학교에 갈 수도 그렇다고 가지 않을 수도 없습니다. 어렵사리 학교로 발걸음을 옮기며 화자는 엉엉 소리내어 울게 됩니다. 아버지는 결국 보리 사려고 남겨둔 돈을 쥐여 주고 맙니다. 가족들 식량 값을 내어준 셈이지요.

현재의 시점에서 쓴다면 분명 가난에 대한 소회와 가장인 아버지의 심정에 대해 언급했을 것입니다. 그러나 이 글에서는 '울면 돈이 나오는 것인가'라는 생각과, 친구들과 함께 진급하게 되었다는 안심으로 끝을 맺습니다. 일반적인 수필에 익숙한 독자로서는 무언가 중간에 끝나고 마는 듯한 느낌이 들 것입니다. 그런데 글을 한 편 한 편 읽어나갈수록 어린 아이 시점의 매력을 느낄 수 있게 됩니다. 희미했던 '그 아이'의 이미지가 점차 뚜렷한 개성을 입어가는 과정을 보면 마치 한 편의 소설을 읽는 것 같기도 합니다.

순수하고 무구한 '그 아이'의 눈을 통해 그 시대를 생생하게 느낄 수 있습니다. 물론 자료를 보면 훨씬 자세하고 정확하게 알 수 있겠지요. 그러나 진솔한 삶의 기록, 그 안에는 자료화할 수 없는, 개별적 존재의 고유한 실존이 자리하고 있습니다. 크고 작은 온갖 사건이 일어나고 기쁨과 슬픔을 함께 하는 가족과 이웃이 있습니다. 지금은 사라지고 잊혀진

풍속이 거기에는 살아있으며 또 지금은 너무 당연한 것이 거기에서는 새롭고 신기한 것으로 여겨집니다.

서문에 저자는 "유사 이래로 이런 삶은 이 시기만의 한정된 것이었다고 생각하지 않습니다. 그러한 삶은 지속적이고 항상적인 것이었으며 우리의 심연 속에 늘 자리하고 있었던 것"이라 썼습니다. '그 아이'의 개인사가 '우리의 보편사'이기도 한 것이지요. 나태주 시인 또한 "문체가 바르고 순결한 언어로 이루어진 문장"이라고 하면서 "어쩌면 성장소설을 읽는 느낌이기도 했습니다. 한 인간의 인생 역정 증언이지만 한 시대를 살아간 사람들의 공동 증언이 되기도 할 것입니다."라고 글에 대한 소감을 밝히고 있습니다. 『내 안의 그 아이』는 오늘의 우리가 그냥 있는 것이 아니라는 사실을 새삼 일깨워줍니다.

수필만큼 작가의 자기검열이 심한 경우도 드물 것입니다. 소설의 허구나 시의 퍼소나와 같은, 작가를 가려줄 어떠한 장치도 없기 때문입니다. 수필적 자아가 그대로 작가 자신이기 때문에 글의 소재나 내용을 선택할 때 의식적으로든 무의식적으로든 검열이 작동할 수밖에 없습니다. 개인적인 아픔이나 부끄러운 일에 대해 드러내고 싶지 않은 마음이 드는 것은 당연합니다. 그런데 지난 시대, 소위 옛날이야기를 하는 것에 대해 자의식을 갖는 경우도 있습니다. 어떤 작가가 쓴 작품에 의미도 있고 재미도 있는 글이라고 솔직한 느낌을 얘기했음에도 작가는 믿지 않고 "이런 옛날 얘기를 누가 좋아하겠어요?"라며 뒤로 물러서는 것을 본 적이 있습니다. 아마도 아무도 반기지 않는 군대 이야기를 하는 듯한, 시대에 뒤처진 듯한 느낌을 줄까봐 조심스러워했던 것이 아니었나 짐작해봅니다.

유행하는 말 중에 "라떼는 말이야"라는 표현이 있습니다. '나 때는 말이야'를 풍자적으로 일컫는 말로 소위 '꼰대'를 지칭할 때 쓰는 표현입니다. 옛 이야기를 소재로 하는 것에 자의식을 갖게 되는 까닭에는 이러한 사회적 분위기도 한몫할 것입니다. 그러나 이미 지나가버린, 다시 돌아가지 못할 과거에는 '지금 여기'에는 없는, 상실한 가치가 존재합니다. 사랑, 낭만, 무구한 마음, 무모한 열정, 공동체적 유대감 등등 효율이나 경제적 가치와는 거리가 먼 것들이 여기에 해당합니다. 잃어버린 가치를 잃어버린 채로 지워버리는 것이 아니라 계속 담론화하여 '상기'하는 것이 필요합니다. 체험을 바탕으로 하는 수필의 진솔성은 이를 드러내는 데 매우 유용한 성질이 아닐까 생각합니다. 기성세대의 말과 태도로 잃어버린 '라떼'의 가치를 글을 통해 회복하는 것이 가능할 수도 있겠다는 생각을 『내 안의 그 아이』를 읽으며 해 봅니다.

이 책이 획득하고 있는 의미 중 또 다른 하나는 글 속의 '그 아이'가 내 안의 '그 아이'를 불러낸다는 것입니다. 누구에게나 내면에는 자라지 않는 '그 아이'가 자리하고 있습니다. '그 아이'를 만나는 것은 중요한 일입니다. 오늘날의 우리가 과거의 역사를 딛고 서 있듯이 오늘의 나는 '그 아이'로부터 비롯된 것이기 때문입니다. '그 아이'를 만나고 알고 다독이는 것이 필요합니다. 그래야 현재의 내가, 우리가 굳건하게 두 발을 땅에 디디고 서 있을 수 있게 됩니다. 어디로부터 온 것인지를 아는 것은 현재를 살아가는 데, 미래를 준비하는 데 꼭 필요한 일입니다.

우리는 자주 추억을 떠올리거나 그것을 공유하는 사람들과 이야기를 나누기도 합니다. 그러나 생각이나 말은 실체도 지속성도 없습니다. 이와 같은 추상적인 감각, 이미지, 상상을 구체적 물상으로 자리하게 하는 것이 바로 글입니다. 글은 내 안의 '그 아이'를 만나는 지름길입니다. 그러므로 내가 쓴 모든 글은 나에게 좋은 글입니다. 그리고 그것이 다른 사람들에게 공감과 위로, 정서의 감응을 불러일으킬 수 있다면 그것은 독자에게도 좋은 글일 것입니다. 그러므로 수필을 쓰는 사람은 우선 나에게 좋은 글을 쓴다는 마음으로 진솔하고 진정하게 쓰면 일차적인 목표는 이룬 것이라 생각합니다. 그리고 여력이 된다면 당연히 독자에게도 좋은 글이 될 수 있도록 주의를 기울여야 하겠지요.

신달자 시인은 『내 안의 그 아이』에 대해 "너 나 우리들의 어린 시절이 여기 있다. 꿋꿋하게 험한 시대를 걸어온 우리들 발자국을 보석 안 듯 품게 되는 이 글을 만약 놓치면 소중한 것을 잃게 되는 슬픔"이 될 것이라 했습니다. 또 작가에 대해서는 "자꾸만 엷어져가는 순수한 감성의 순간을 포착하는 사진작가이거나 우리들 내면에 흐르는 '울고 있는 아이의 상처'를 안아주는 유정한 시인"이라 표현했습니다. 『내 안의 그 아이』는 '라떼'의 가치를 담보하고 있는 책이자, 저자 자신에게도, 또 독자에게도 좋은 글임에 틀림이 없는 것 같습니다.

20

아폴론적 작품 세계와
자아 고양

전의수 작가의 첫 번째 수필집 『하얀 철부지』(이든북, 2021)를 읽는다. 전의수 작가는 2012년 시로 등단하고 2016년 수필로도 등단한 시인이자 수필 작가이다.

수필은 삶의 기록이다. 문학은 장르를 불문하고 넓은 범위에서 모두 삶의 기록이라 할 수 있을 것이다. 그러나 그중에서도 특히 작품 속 화자가 작가 자신으로 인식되는 수필의 경우 이러한 테제에 가장 근접한 장르로 볼 수 있을 것이다. '글은 곧 그 사람'이라는 말도 동일한 맥락에서 수필에 가장 가까운 언표가 아닐까 한다. 시보다는 산문이, 소설보다는 수필이 작가를 적나라하게 드러내게 되기 때문이다. 따라서 수필에는 여타의 문학 장르와는 다른 감상의 층위가 따르게 된다. 작가 자신, 혹은 작가의 삶이 바로 그것이다.

수필집의 경우 문장, 구성, 내용 등의 아름다움도 중요하지만 이를 통해 드러나는 작가의 삶, 곧 그의 신념, 사유, 인격, 사랑 등의 깊이가 미의 기저로 작용하게 된다. 또한 그러한 글이 작가의 삶과 이반될 경우 감동을 담보하기 어려운 것이 수필 장르의 속성이라 할 수 있겠다.

전의수 작가의 작품집 또한 예외가 아니다. 시집을 두 권이나 낸 시인이기에 적절한 비유와 수사적 표현 등 밑줄을 긋게 되는 문장도 많지만 수필집을 덮고 나면 잔상처럼 오래 남는 것은 작가의 삶에 대한 진지한 태도이다. 하이데거의 말처럼 인간은 자신의 의지와는 상관없이 세계에 내던져진 존재이다. 그 세계에서 타자와의 관계를 통해 새로운 세계를 열어가는 것이 인간의 삶일 터이다. 선택의 여지 없이 주어진 세계, 그 선험적 세계에 응전하는 작가의 실천적 자세에 주목할 필요가 있다.

니체는 예술의 발전이 아폴론형과 디오니소스형의 투쟁 과정 속에서 이루어진다고 했다. 잘 알려져 있듯 그리스 신화에서 아폴론은 태양의 신으로 질서와 이성을 관장한다. 디오니소스는 술의 신으로 비질서, 본능을 대표한다. 법, 질서, 논리, 절제, 이성, 조화 등이 아폴론적인 것이라면 혼돈, 영감, 격정, 본능, 황홀경 등이 디오니소스적인 것이다. 아폴론적인 것과 디오니소스적인 것의 대립에서 한쪽이 상승하게 되고 어느 시기가 되면 반대급부로서의 다른 한쪽이 상승하게 되는, 이러한 진행의 반복이 예술의 발전과정이라는 것이다.

이러한 구도가 예술에만 적용되는 것은 아닐 터이다. 인간의 삶이나 자아의 개성 또한 양자의 조화에 따라 달라지는 것은 자명한 이치이다. 아폴론적인 것이 지나치게 강조되면 자유로운 창조성을 잃게 되고 디오니소스적인 것이 조절되지 않는다면 사회에서 용인하기 어려운 타락으로 빠질 가능성이 있다. 둘의 조화가 사회적 존재로서의 자아와 긴밀하게 연결되고 있다는 의미이다.

전의수 작가의 글은 굳이 분류하자면 아폴론형에 속한다고 하겠다.

그의 언어는 정제되어 있으며 내용은 윤리적 삶과 사회의 안녕과 질서, 자연 섭리에 대한 통찰 등에 경도되어 있기 때문이다. 이러한 특징은 40여 년간의 공무원 생활이라는 그의 이력에서 그 원인을 찾을 수 있겠다. 그러나 그의 작품을 꼼꼼히 읽어 보면 작가는 끊임없이 자신을 돌아보고 진단하며 현재의 자아를 초월할 대안을 고민하고 실천하고자 한다. 그러므로 그의 작품 경향이나 작가 의식 또한 직업적 특징이라는 단선적인 원인으로 설명할 수 없다. 그것은 보다 길고 지난한 작가의 노력에 의한 결과임을 알게 된다.

아폴론적인 것은 정신분석학의 '아버지의 세계'를 떠올리게 한다. 문학이나 정신분석학에서 아버지는 이성, 질서, 규율의 표상이기 때문이다. 인간의 탄생은 한 몸이었던 어머니와의 물리적 분리를 의미한다. 그 상실과 결핍을 내면화한 채 질서와 규율의 세계로 진입하는 것이 인간의 사회화 과정이라 할 수 있을 것이다.

인간의 사회화란 거칠게 말하면 본능, 무의식적인 것을 이성을 통해 통제하면서 양자의 조화를 추구하는 과정으로 정의할 수 있다. 본능에 해당하는 어머니와의 합일 관계를 파기하고 최초의 타자라 할 수 있는 아버지와의 관계를 정립하는 것은 곧 타자의 집단인 사회와의 그것과 등가에 놓이는 것이라 할 수 있다. 그러므로 인간이 성숙하고 사회적 존재로 나아가는 데 무의식적 과정으로서의 아버지의 자리, 아버지의 역할은 매우 중요하다.

소설 「날개」, 시 「오감도」의 작가 이상은 잘 알려진 대로 초현실주의적인 작품을 썼다. 난해, 언어유희, 통사 질서의 파괴 등이 이상 작품의 특징이다. 작품뿐 아니라 삶에서도 일반적이지 않은 행보를 보였다. 이상은 동일화해야 할 대상, 즉 아버지가 많았던 경우에 해당한다. 어릴 때

큰아버지의 양자로 들어갔기 때문이다. 친아버지와 큰아버지에 할아버지까지, 많은 동일화의 대상이 이상에게는 혼란만 줄 뿐 결국 어느 하나도 제대로 된 동일화의 대상이 되지 못했다. 이상의 작품이나 삶이 기존 질서를 파기하는 방향으로 나아가는 양상을, 오이디푸스 콤플렉스와 연결지어 분석하는 경우가 많은 까닭이 여기에 있다.

전의수 작가는 "평생 아버지라는 호칭을 잃어버렸다"(「쉬」) 고 할 만큼 너무 어린 나이에 아버지를 여의었다. 이상과 상황은 다르지만 동일화의 대상이 부재하다는 점에서 공통적이라 할 수 있겠다. 그런데 전의수 작가의 작품 세계는 이상과는 정반대로 펼쳐진다. 그의 글은 내용상으로나 형식적으로 정제, 질서, 조화에 긴밀하게 연결되어 있기 때문이다. 그렇다면 동일화 대상의 부재와 아폴론형 작품 세계의 간극을 어떻게 설명할 수 있을까.

우선 어머니의 존재에서 그 까닭을 찾을 수 있다. 전의수 작가의 작품에서 '아버지'라는 이성 규율의 세계를 대체한 것은 어머니였다. 작가의 작품에 드러난 '어머니'는 '삼십 대 젊은 나이에 남편을 여의고' 작가와 누이 둘을 홀로 키워낸 분이다. '어머니'의 강인함과 따뜻함, 지혜로움은 「닭이 일깨우는 향수」, 「물 시비」, 「회초리 매」, 「어머니의 속도」 등 작품 곳곳에서 드러나고 있다. 작가에게 '어머니'는 분리 이전, 합일의 충만함을 깊이 각인시키면서도 작가가 질서, 규범의 세계에 두 발을 단단히 딛고 설 수 있도록 분리하는 일도 감당했던 존재였다.

전의수 작가의 아폴론형 작품 세계나 작가 의식의 한 축이 '어머니'라는 존재를 기반으로 하고 있다면 다른 한 축은 작가 자신의 성실한 탐구와 실천적 노력에 의해 구축된다. 유아기에 '아버지'라는 이성 규율의 세계를 대체한 것이 '어머니'였다면 '어머니'와의 분리 이후 철학, 종교적 교리, 자연의 섭리 등과 같은 로고스를 적극적으로 탐구하고 수용한 것은 작가 자신이었기 때문이다. 작가는 금언뿐만 아니라 책이나 강의, 강론, 법문 등을 통해 동서양의 철학, 종교적 교리 등을 섭렵하고 그것을 삶에 적용한다. 그의 지향은 동양과 서양은 물론, 유교, 불교, 천주교라는 종교의 경계까지 초월한 지점에 자리하고 있다.

전의수 작가는 '아버지의 자리'를 관념적 로고스와 실천적 윤리 의식 등으로 메워갔다. '어머니'나 작가 스스로나 아버지의 부재에 대한 의식으로 인해 작가에게 더 엄격한 윤리 의식을 요구했을 것이다. 그의 글은 그러한 삶의 여정이자 자아를 구축해가는 과정이었다. 그러한 여정이 쉽고 단순하게 결정되었을 리 없다. 막연한 관념적 결정도 아니다. 그 길에는 수많은 흔들림과 시행착오, 머뭇거림이 산재해 있다.

그의 글에서 주목을 요하는 부분은 작가의, 삶에 응전하는 태도다. 현재의 자아를 진단하고 그것을 초월할 방책을 정하면 작가는 그것에 매우 적극적으로 뛰어들었다. "삶의 모습을 바꿔보고자" 시작한 종교 생활에 있어서도 그러했고 그것의 반대급부로서의 생활에 대해서도 그러했다. 이는 그의 작품 세계와 작가 의식이 현실에 기투했던 자아의 치열한 응전을 통해 선택된 행로였다는 것을 의미한다.

이성과 본능의 관계가 선과 악의 관계가 아님은 자명하다. 그러나 두 갈래 길이 늘 함께 있어 때때로 그것 중에 어느 하나를 선택해야 할 때가 있다는 점에서는 공통적이다. 작가는 그것을 전적으로 "내 의지에 달린 것"(「길 바꾸기」)이라 단언한다. 최종 선택이 '본인의 의지'에 의해 이루어지는 것임을 언표하는 것이 당연한 듯 보이지만 그렇게 간단한 일이 아니다. 그것은 모든 책임이 절대자나 외부 요인에 있는 것이 아니라 나 자신에게 있음을 인정하는 일이기 때문이다. 현실적 자아와 이상적 자

아의 길항 안에서 작가는 끊임없이 선택하고 그것에 기투한다. 중요한
것은 그것을 선택한 것도 자신이고 따라서 그 결과에 대한 책임도 자신
에게 있음을 작가가 각인하고 있다는 사실일 것이다.

『하얀 철부지』는 전의수 작가의 첫 번째 수필집인데 통시적으로나 공
시적으로 그 스펙트럼이 매우 넓은 편이다. 유년에서 현재에 이르기까
지, 지극히 개인적인 일화에서 사회적 사안에 대한 목소리를 내는 것에
이르기까지 소재나 주제의 측면에서 매우 광범위하다는 의미이다. 이는
그의 작품 세계의 경향과도 긴밀하게 연결되는 부분이다.

전언한 바와 같이 전의수 작가의 작품 세계는 아폴론적이다. 그것은
'아버지의 세계'를 스스로 구축하고자 했던 그의 삶에서 연원한다. 그러
나 이것이 작가가 아폴론적인 것을 맹목적으로 추구했음을 의미하는 것
은 아니다. 작가는 이항 대립적 관계의 가치 사이에서 균형에 대한 의식
을 견지하고 체현해왔다. 그가 성취한 작품 세계가 의미 있는 것은 바로
이 균형에 대한 감각과 의지를 기반으로 하고 있기 때문이다.

작가는 자아를 성찰함에 있어 진솔했으며 자아 고양을 위한 실천에
있어서는 더할 수 없이 성실했다. 그러나 이러한 고투까지도 어느 순간
에 이르러서는 욕망이라는 관점에서 되짚는다. 무언가를 향한 바람과
노력이 집착일 수 있음을, 타자와의 관계에 있어서는 그것이 편견과 타
자에 대한 왜곡이 될 수 있음을 매우 섬세하게 통찰하고 그 모든 것을 비
울 수 있기를 염원하기에 이른다.

일반적으로, 첫 수필집의 특징 중 하나는 거칠게나마 작가의 전 생애
가 그려진다는 점이다. 유년의 기억을 소재로 쓰는 것은 주로 첫 작품집
이라는 점에서 그러하다. 『하얀 철부지』에서도 작가가 거쳐온 삶의 내
력을 온전히 읽어낼 수 있다. 그 중에서도 특히 주목을 끄는 것은 삶의

고비마다 선택했던 작가의 판단과 그에 따른 책임 의식이다. 이를 이해하는 것은 매우 교훈적인데, 독자는 이를 통해 우연으로 다가오는 불확실성의 세계와, 이에 응전하는 자신의 태도에 대해 반추하는 기회를 얻게 될 것이기 때문이다.

그린썸, 그 명랑한 서정

이옥순 작가가 세 번째 수필집 『그린썸』(수필과 비평사, 2021)을 상재했다. 2010년 『단감과 떫은 감』, 2013년 『홍차가 우려지는 동안』 이후 8년 만에 출간하는 작품집이다. 8년이라는 시간이 짧은 것은 아니지만 개인적으로 오래 기다렸던 작품집이라 그런가, 그 간극은 훨씬 큰 것같이 느껴진다. 과연 시간은 거저 흐르는 것이 아닌가 보다. 간극이 컸던 만큼 작품의 의미는 깊고 넓어졌으며 그것을 구현하는 형식은 세련되어졌다. 이러한 양상은 작가의 자연에 동화된 삶과 폭넓은 독서에 힘입은 바 큰 것으로 보인다.

뭐니 뭐니 해도 『그린썸』의 가장 큰 특장은 재미있다는 사실이다. 한편 읽으면 결국 끝까지 다 읽게 될 만큼 흡인력이 좋다. '재미'라는 것은 글에 있어서 매우 중요한 요소 중 하나다. 아무리 좋은 메시지가 담겨있다고 하더라도 읽히지 않는다면 아무런 의미도 발현하지 못할 것이기 때문이다.

가령 「실컷 키워놨더니」라는 작품을 보자. 다짜고짜 "초밥집에서다."로 시작한다. 한 문장, 여섯 글자, 무언가 늘어질 틈이 없다. 중간에서 뚝 자르고 들어오는 듯한 첫 문장부터 기선을 제압하고 있다. 중요한 것은 이 긴장감이 끝까지 이어진다는 사실이다. 이 글은 '실컷 키워놓은' 자식에게 핀잔 들은 이야기를 쓰고 있다. 초밥집에서 마스크를 벗고 말하고 있는 사람이 있다. 작가는 "밥 먹으러 온 게 아니라 말하러 온 사람 같았다."라며 표나게 못마땅해한다. 그런 작가에게 '아이'는 그런 식이면 집에 가야 한다고 말한다. 그 끝에 나온 작가의 말이 "실컷 키워놨더니."이다. 상황이 그려지며 피식 웃음이 나온다. 사실 이런 상황에선 어느 쪽의 말이 옳다고 할 수 없다. 그런데 이번에는 명확히 '아이'의 눈에 부끄러운 어른의 모습을 제시한다. 이 상황을 그대로 옮겨보면 이렇다.

"그날도 둘이 밥상머리에 앉아 남편 친구 흉을 보고 있었다. 아이가 지나가면서 저도 엄마·아빠처럼 어른이 되면 남 흉보는 사람이 되면 되는 거냐고 물었다. 그게 처음이었으면 그런 말을 들었을 리가 없다. 밥상에 같이 앉으려고 왔다가 또 뻔한 레퍼토리가 펼쳐지고 있으니 한마디 했을 것이다."

작가는 "이게 아닌데 싶었다."라고 덧붙이고 있다. 상황 끝에 곁들이고 있는 작가의 적나라한 심정 표출이 웃음을 유발한다. '초밥집' 에피소드보다 더 극적인 까닭에, 조금 더 큰 웃음이 나왔다. 그런데 바로 뒤에 이어지는 문장을 읽다가 박장대소했다. "말이 나왔으니 말인데, 그 친구는 참 이상하다."라며 '남편 친구'의 흉을 보고 있기 때문이다. 예상치 못한 반전이다. "이게 아닌데 싶었다." 다음에는 그 '아닌 것'에 대한 성찰이 뒤따르는 것이 수필의 일반적인 귀결일 것이다. 그런데 '아닌데 싶었던' 행위를, 독자를 대상으로 능청스럽게 하고 있는 것이다.

이옥순 작가의 글은 이런 식이다. 이러니 읽다가 멈추기가 쉽겠는가. 간결하고 명랑한 문체, 예상하지 못한 전개로 인한 긴장감, 바로 옆에서 듣고 있는 듯한 현장감, 무엇보다도 기발한 아이러니와 유머는 그의 글을 역동적이면서도 매력적이게 만든다.

「장미와 낙지」라는 작품도 이러한 특징적 단면들을 잘 드러내 보여주는 수작 중 하나다. 이 글에서 '장미'와 '낙지'는 각각 '남편'과 '그녀'를 표상하는 상관물이다. 일반적으로 '장미'와 아내가, '낙지'와 남편이 연결될 것 같지만 그 일반적인 인식을 뒤집는 것이 이옥순 작가의 특징이다. "그녀는 행복하다. 이만하면 됐다. 점잖은 그녀의 남편은 묻는 말 열 중 여덟아홉은 그녀가 원하는 쪽 대답을 한다. 어쩌다 살짝 마음에 걸리는 한두 가지도 그녀의 위트 넘치는 말솜씨로 얼마든지 돌려놓을 수 있다." 이 글은 이렇게 현재에서 시작한다. 짧은 네 문장으로 남편과 '그녀'의 성격, 함께 하는 일상의 분위기를 잘 드러내 보여주고 있다. '그녀'의 행복과 '이만하면 됐다' 싶은 평안한 일상이 처음부터 주어졌던 것은 아니다. 부부간의 심각한 갈등을 봉합하는 데 매개가 되었던 것이 바로 '장미'와 '낙지'였던 것이다. 이 글은 이질적인 소재를 병치하여 조화라는 의미를 환기하게 한다는 점에서 참신하다. 소재를 다루는 감각과 언어를 운위하는 작가의 능력이 돋보이는 작품이기도 하다.

이옥순 작가의 글이 재미만 있는 것이 아님은 물론이다. 재미와 감각에 감탄하게도 되고 또 전해지는 의미에 감동하게 되는 글이 이옥순 작가의 글이다. 의미는 주로 자연에 대한 관찰과 동화를 통해 체득되고 전해진다. 수필집의 표제가 '그린썸(Green thumb)'이라는 것에서도 작가의 자연에 대한 관심과 사랑을 간취할 수 있다. '그린썸'이란 직역하면 '초록 엄지손가락'인데 정원을 가꾸는 사람, 나아가 그것을 사랑하는 사람을 표상하는 말이기 때문이다.

제목에서 드러나는 바와 같이 작가의 글은 다양한 풀과 꽃을 대하면서 그리고 정원을 가꾸는 과정에서 나온 경우가 많다. 작가에게 자연은 그저 관찰하고 감상하는 대상이 아니다. 모든 감각을 통해 교호하는 대상이다. 작가의 글에 배어있는 농밀한 서정은 이러한 대상과의 사귐, 직핍한 체험에서 연원한다.

준 것보다 많이 받은 것 같고, 준 것도 없이 받기만 하는 것 같아서 미안하고 고마웠다. 봄이라는 계절이 그렇다. 앞에 찍은 점처럼 작은 씨앗을 한 포기상추로 자라게 하는 힘을 가졌다. 외롭거나 쓸쓸하거나 허전할 때 우리는 언제든지 봄을 소환할 수 있다. 사소한 것에까지 스미어 결국 사소하지 않은 세상으로 만들어 놓는 신비스러운 봄. 그걸 겸손하게 바라보는 눈, 그게 봄이다.

— 「봄을 소환하다」 부분

어떤 사람이 강아지를 싫어한다고 죽을 때까지 싫어할 것이라 단정 짓지 말아야 한다. 우연한 기회에 강아지가 얼마나 다정다감한 존재인지를 알게 되어 강아지를 기르고 있을지도 모르는 일이다. 강아지보호단체의 리더가 되어 있을 확률도 없지는 않다. 우리는 모두 보편적 사랑을 지닌 사람이기 때문에 그렇다.

그저 풀 한 포기를 관심 있게 바라보는 것에서 시작된 사랑도 결국 온 우주로 확대될 수도 있는 것이다.

— 「풀 한 포기와 우주」 부분

자연을 통해 작가가 통찰한 것은 "사소하고 작은 것들이 결국에는 온 우주를 이룬다는 것"(「삽화 몇 컷」)이다. 그의 글은 "사소한 것에까지 스 미어 결국 사소하지 않은 세상으로 만들어 놓는" 것이 "신비스러운 봄" 뿐만이 아님을, "보편적인 사랑을 지닌 사람"인 '우리' 또한 그러한 대상 이 될 수 있음을 생각게 한다. 우리의 일생 또한 소소한 하루하루가 모여 이루어지는 것임을 상기하게 하고, 이 사소한 일상이 아름다운 문학이 되는 놀라운 사실을 목도하게 한다.

사실 자연을 소재로 한 글과 작품집은 너무나 많다. 핸드폰에 꽃 사진 이 많으면 나이가 들었다는 의미라는 우스갯소리가 있다. 그만큼 연륜 이 쌓이면 자연의 섭리나 아름다움에 눈을 뜨게 되고 그것을 표현하게 되는 것이 일반적인 현상이라는 의미일 것이다. 그러므로 작품의 주요 모티프가 자연이라는 사실은 그리 특징적인 게 못 된다. 중요한 것은 그 것의 의미화와 그 방식일 것이다. 이러한 맥락에서 보면 재미와 감동을 모두 담보하고 있는『그린썸』은 성공적이라 할 수 있을 것이다.

수필집 한 권을 읽으면 그 중 눈에 띄는 작품이 몇 편 있게 마련이다. 고만고만한 작품들 속에서 두각을 드러내는 작품들이라고 할까. 독자 의 취향에 따라 달리 선택되는 경우도 있고 다수의 동의로 확인되는 수 작도 있을 것이다. 그런데『그린썸』에서는 그러한 작품을 가려내기가 쉽 지 않다. 기복 없이 작품 수준이 높다는 것이 가장 큰 이유일 터인데, 그 것만이 다는 아니다.『그린썸』에 수록된 모든 작품은, 각각 독립된 것임 에도 불구하고 사이사이 스며있는 사진과 어울려 하나의 작품을 이루고 있다는 느낌을 준다. 마치 다양한 나무와 꽃, 풀, 돌, 물이 모여 하늘과 더 불어 정원을 이루듯 말이다. 결국 이 세상이란 온갖 다르면서도 고유한 존재들이 모여 만들어가는 것임을『그린썸』은 명랑하면서도 따듯하게 일러주고 있다.

초승달, 은하철도 999,
어린왕자, 그리고

어린 왕자는 슬플 때 해 지는 모습이 보고 싶어진다고 했다. 그리고 어느 하루는 작디작은 자신의 별에서 의자의 방향을 돌려가며 해 지는 모습을 마흔세 번이나 보았다고 했다. 얼마나 슬펐던 걸까. 도대체 그 하루가 어떠했기에 해 지는 모습을 마흔세 번이나… 책에서 어린 왕자는 그 이유를 말하지 않았다. 그래서일까. 문득문득, 어린 왕자의 '그 하루'가 무척이나 궁금해지는 때가 있다. 그런 날은 필자도 해가 지는 모습이 보고 싶은 날이기도 하다.

노혜숙 작가의 『그늘이 그늘의 손을 잡고』(수필과 비평사, 2022)를 덮고 나서도 그랬다. 이미 해는 졌고, 별도 달도 보이지 않는 밤하늘이건만 인적이 드문 곳, 오래된 나무 벤치에 앉아 해지는 모습을 보고 싶다는 마음이 들었다. 왜일까.

노혜숙 작가는 2006년 등단해 세 권의 수필집 『조르바의 춤』, 『생생,

기척을 내다』, 『비밀번호』와 한 권의 수필 선집 『인연수첩』을 발간했다. 창작집으로는 2015년 『비밀번호』 이후 칠 년 만이니 꽤 오랜만에 신간을 상재한 셈이다. 금번에 출간한 『그늘이 그늘의 손을 잡고』는 포토에세이집이다.

'포토에세이'는 '포토'와 '에세이', 곧 이미지와 글이 상호 보족하여 의미를 발현하게 된다. '포토'와 '에세이'는 독립적이면서도 서로 의존적이다. 언어가 의미를 한정한다면 이미지는 원심적으로 의미를 확장한다. 이미지는 언어 이전의 형태로 무의식의 형식이라 할 수 있으며, 사물과의 보다 직접적인 관계성을 함의하고 있다.

포토에세이에서 독자는 보통 이미지를 먼저 대하게 된다. 이를 통해 즉자적인 혹은 직관적인 독자만의 정서와 의미를 내재하게 된다. 그 후에 작가가 한정한 이미지의 의미를 만나게 되는 것이다. 이러한 까닭에 독자는 일반 수필을 읽을 때보다 훨씬 자기만의 독자적인 세계를 담보하게 된다.

독자가 얼마나 다층적인 의미를 갖게 되느냐는 작가의 역량에 달렸다. 어느 장르의 글이라고 그렇지 않으랴만 이미지의 함량에 따라, 이미지와 글의 조응에 따라 독자에게 전해지는 의미의 진폭이 달라진다는 점에서 포토에세이에서는 특히 그러하다. 노혜숙 작가의 작품들은 이미지와 글의 조응으로 구현되는 의미의 다층성이나 문학적 긴장이라는 측면에서 성공적이라 할 수 있겠다. 그의 작품집 속에 펼쳐지는 '풍경'들과 글을 보고 있노라면 나의 기억, 나의 상처와 만나게 되고, 작가의 그것들과 공통분모를 이루는 지대에서 오래 서성이게 되기 때문이다.

오래된 풍경 속에서 잊힌 채 잠들어 있던 내 안의 기억들을 만난다. 낡

은 풍경 속에서 풀려나온 기억의 한 끄트머리가 풍화된 추억을 재현해
낼 때 나는 오롯이 잃어버린 시간과 재회한다. 회억의 정서란 다분히 낭
만 일색이기 쉽지만 외면하고 싶은 상처와의 대면이기도 하다. 마른 덤불
에 숨어 삭히던 사춘기 적 외로움, 깊은 겨울 아버지의 잔기침 소리, 어느
저녁 늦도록 장에서 돌아오지 않는 어머니를 기다리던 때의 불안, 뒤울안
향나무 아래 묻어준 누렁이…

그리운 것들은 언제나 저 너머에 있고 나는 이따금 슬픔의 그림자를 거
느린 그 풍경 속을 뒤척인다.

- 「뒤척이다」

노혜숙 작가의 포토에세이에서 '풍경', 곧 이미지는 "잊힌 채 잠들어
있던 내 안의 기억들"이라든가 "풍화된 추억"을 끄집어내는 기능을 한
다. 그 '기억들'이란 낭만적이거나 낭만적으로 윤색된 것들이 대부분이
지만 때때로 "외면하고 싶은 상처"를 대면하게 되기도 한다. 작가의 의
식을, 마음을 오래 붙잡고 있는 것은 후자 쪽이다. 아파본 자가 아픈 사
람의 심정을 이해하듯, 자신의 내면을, 상처를 올곧게 대면하는 자는 타
자의 상처에도 예민하게 반응한다. 그래서일까. 『그늘이 그늘의 손을 잡
고』 속 '풍경'은 "슬픔의 그림자"를 거느리고 있는 경우가 많다. 그리고
그 "슬픔의 그림자"는 대부분 인간과 삶의 본질에 대한 통찰에서 드리워
지고 있다. 그의 작품집에서 구현되고 있는 슬픔이 정서에 그치고 있는
것이 아니라 철학적 사유 또한 함의하고 있는 까닭이 여기에 있다.

저 못 빼려면 벽이 무너져야겠다. 못이 벽을 붙잡고 있는 걸까, 벽이 못
을 붙잡고 있는 걸까. 저렇게 부둥켜안고 살다보면 한통속이 되기도 할까.

내 속에도 박힌 적 없이 박힌 못 하나 있다. 아직 덜 삭았는지 가끔 생채기를 낸다. 생채기와 싸우느라 뭉텅 잃어버린 시간들이 얼마인가. 생각해보니 애초 박힌 적도 없는 못을 가지고 헛씨름하며 산 것 같다. 평생 걸려 저렇게 편안한 그림 한 장 갖는 것인 줄 비로소 알겠다.

-「못」

'세계에 내던져진 인간'이라는 표현이 있듯, 인간의 실존에는 불안과 시련이 있게 마련이다. 인간은 그러한 불안과 시련 가운데서 매 순간 선택을 하며 자신의 본질을 만들어가는 존재다. '나'라는 존재는 배제하고 싶고 부정하고 싶은 '못'과 긴밀하게 결부되어 있다. 오늘의 '나'를 구성하는 질료에 '못'이 있는 것이다. 저 '못'을 부정한다면 '지금 여기'의 '나'도 부정되어야 한다. "못이 벽을 붙잡고 있는 걸까, 벽이 못을 붙잡고 있는 걸까."라거나 "저 못 빼려면 벽이 무너져야겠다"라는 언표는 이러한 맥락에서 이해될 수 있을 것이다.

결국 '생채기'는 '못'이 아니라 '내가' 내는 것이다. "애초 박힌 적도 없는 못을 가지고 헛 씨름 하며" 살고 있었던 셈이다. 그러나 우리는 안다. 못이 박혀있는 벽이, "편안한 그림"이 되기까지 얼마나 많은 '생채기'를 어르고 달랬을지. "생채기와 싸우느라 뭉텅 잃어버린 시간들"의 '소리 없는 아우성[1]'을. 심지어 아직도 "가끔 생채기"를 내고 있다지 않은가. "저렇게 편안한 그림 한 장 갖는" 데에 평생이 걸린다는 작가의 통찰에, 이 '평생'이 주는 시간의 무게감에 숙연해질 뿐이다.

---

1) 유치환의 시 「깃발」에서.

그는 내게 하나의 풍경이다. 일상이 흐리고 비가 내릴 때 가끔 그 풍경을 찾는다. 그는 풍경처럼 무심하고 나도 그 무심함에 익숙하다. 그런 채로 그는 늘 거기 있고 나도 늘 여기 있다. 무심함에도 세월의 켜는 앉아서 그리움이라는 유대의 기미가 어른거린다. 애초 풍경이란 관조의 대상일 뿐 소유의 대상이 아닌 것. 끝내 서로 풍경에 녹아들지 못한 채 풍경 바깥을 서성인다. 나 홀로 저 홀로 그렇게 저물고 있다.

-「풍경」

관계의 본질을 이토록 아름답게 표현한 글이 있었던가. 인간은 모체와 한몸을 이루었던, 그 충만한 감각을 선험적 기억으로 포회하고 있는 존재다. 다시 그러한 상태로 돌아갈 수 없다는 점에서 인간은 결핍의 존재이자, 그 결핍을 채우고자 하는 욕망의 존재다. 대상과의 동일화를 꿈꾸는 것도 같은 맥락에서의 욕망일 터이다. 그러나 잘 알려져 있듯 욕망은 결코 채워질 수 없다. 그러므로 인간은 결핍으로 인해 동일화를 욕망하지만 그 욕망은 결코 채워질 수 없으며 강하게 욕망하면 할수록 외로움에 빠지게 되는 아이러니적 존재이기도 하다. 흔히 이 욕망을 사랑으로 오인하는 경우도 많다.

우리는 서로에게 '풍경'이다. "관조의 대상일 뿐 소유의 대상"이 될 수 없기 때문이다. 이 글에 쓰고 있는 '관조', '무심' 등의 표현으로 관계의 건조함을 환기하게 되는 것이 사실이지만 본질은 있는 그대로의 '그'를 인정하는 자아의 태도에 있다. "나 홀로 저 홀로 그렇게 저물고 있다"라는 표현에서 더없는 쓸쓸함이 느껴진다. 그러나 작품집 전체를 읽고 나면 인간은 본래 혼자이며 외롭고 고독한 존재라는 의미로 들린다. "그리움이라는 유대의 기미"에 기대어 잠시 잊고 지낼 뿐.

노혜숙 작가의 포토에세이는 이렇듯 사실 글만으로도 의미는 전달되고 있다. 짧지만 충분하다는 생각이 들 정도이다. 그러니 여기에 이미지가 더해지면 어떠할지…. 기대는 독자의 몫이다. 그러나 의미를 발현함에 있어 이미지가 절대적인 역할을 하는 작품도 있다. 바로 「엄마」와 「소풍」이 그러하다.

어느 겨울 새벽이었습니다. 어머니께서 이불을 들추더니 한동안 내 다리를 어루만졌습니다. 그리곤 "우리 혜숙이 언제 이렇게 컸담…." 나지막하게 혼잣말을 하셨습니다. 손길은 따뜻하고 목소리엔 한없는 애잔함이 묻어 있었습니다. 뭔지 모르지만 뭉클해서 그냥 자는 척 누워 있었습니다. 사는 동안 한 번도 그 일을 말해 본 적이 없습니다. 그저 혼자 생각하다 가슴이 그득해지곤 했습니다. 어린 손주를 곁에 뉘고 그때 어머니 마음을 헤아립니다. 엄마가 무척 보고 싶습니다.

-「엄마」

새로 산 운동화를 신고 인조대왕 능으로 가을 소풍을 갔다. 초등학교 일학년 때였다. 어머니는 한껏 단장시킨 막내 남동생 손을 잡고 점심시간에 맞춰 오셨다. 여섯 살 여동생은 꽃신을 신고 따라왔다. 아버지는 바쁜 농사일 때문에 오시지 못했다. 네 식구는 잔디밭에 둘러앉아 짠지무침에 계란말이를 반찬으로 점심을 먹었다. 임금님 무덤 앞에 나란히 서서 사진도 찍었다. 나는 까만 운동화 신은 발을 가지런히 모으고 여동생 옆에 섰다. 환한 가을날 찍은 그 흑백사진을 들여다보며 나는 울었다. 새파란 어머니, 새싹 같은 내 막냇동생…. 모두 떠나고 여동생과 나 둘만 남았다.

-「소풍」

노혜숙 작가의 글은 유려하면서 깊은 사유를 함의하고 있다는 특징을 보인다. 이에 비해 위 글들은 사진의 배경을 사실적으로 설명하고 작가의 정서를 직접적으로 표현하고 있다. 특별한 의미라든가 문학적 표현을 찾아보기 어렵다. 그런데 여기엔 그만한 이유가 있다. 두 작품의 공통점은 엄마와 두 동생과 함께 찍은 사진을 이미지로 제시하고 있다는 점이다. 포토에세이에선 이미지를 먼저 만나게 된다. 그 이미지라는 것이 이 작품들에서 빛바랜 흑백사진이었던 것이다. 구겨진 흔적조차 있는 흑백 사진 속엔 젊은 날의 어머니와 어린 동생들, 그리고 역시 어린 작가가 함께 앉아 있거나 서 있다. 이보다 더 핍진한 표현이 있을까.

사진을 보자마자 뭔가 울컥 올라온다. 여기에 세련된 표현이 따랐다면 오히려 겉도는 나사처럼 이물적으로 느껴졌을 것이다. 아무런 꾸밈도 비유도 없는 담담한 문장이 마음을 무장해제시킨다. 가령 "엄마가 무척 보고 싶습니다."와 같은 문장이 그러하다. "새파란 어머니, 새싹 같은 내 막냇동생···. 모두 떠나고 여동생과 나 둘만 남았다."라는 「소풍」의 마지막 문장에 이르면 울음을 참기 힘들어진다. 슬픔이, 그리움이 그토록 직핍하게 와 닿을 수가 없다.

노혜숙 작가의 『그늘이 그늘의 손을 잡고』를 읽다 보면 탄탄하고 유려한 문장과 깊은 사유에 감탄하게 되는 순간이 많다. 그런데 또 어느 장을 넘기다보면 작가의 글을 읽는 것이 아니라 내 마음을 더듬고 있는 나를 발견하게 되기도 한다. 이것이 이미지와 글로 작품을 이루는 포토에세이의 의의가 아닌가 한다. 노혜숙 작가의 특장이 잘 드러나는 형식적 의장이라는 생각도 든다. 포토에세이라고 모두 그런 것이 아님은 물론이다. 노혜숙 작가의 웅숭깊은 감성과 사유, 여기에 이미지와 글을 운위하는 진정성과 노련함이 더해져 만든 결과다.

　노혜숙 작가는 "상처의 기색"(「얼룩」)에 예민하다. "그늘이 그늘의 손을 잡고"라는 제목에서도 드러나듯 양지보다는 그늘, 빛보다는 그림자, 피는 것보다는 지는 것, 중심보다는 주변에 시선을, 마음을 둔다. 책을 덮고 나면 해지는 모습이 보고 싶은 까닭이 여기에 있지 않나 싶다. 작가는 「友」라는 작품에서 "초승달, 은하철도 999, 그리고 어린왕자. 셋은 잘 어울린다."라고 쓰고 있다. 여기에 하나를 더해도 되겠다. 『그늘이 그늘의 손을 잡고』도 이들과 무척이나 잘 어울리기 때문이다.

'라그랑주점'에 이르는
치열하고도 아름다운 여정

이상수 작가의 수필집 『라그랑주점』(에세이문학출판부, 2022)을 읽는다. 수필집 제목도 독특하고 표지도 인상 깊다. 디자인도 감각적이지만 특히 앞표지에 책 제목과 작가 이름이 놓인 자리가 일반적이지 않다는 점이 그러하다. 흔히 작품집 표제가 가장 크게, 상위 중앙에 자리하고 작가명은 작은 포인트로 그 아래 오른쪽에 적힌다. 그런데 이 수필집은 '이상수 수필집'이 제목처럼 크게 쓰여 있고 저자명이 적혀있을 법한 자리엔 영문 제목 'Lagrangian point'가 작게 쓰여 있다. 주체적이랄까, 어떤 자신감, 자기애 같은 것이 느껴진다.

글에 대한 느낌 또한 크게 다르지 않다. 힘 있는 문장을 걸음 삼아 목적지를 향해 성큼성큼 걸어간다. 머뭇거림이 없다. 그렇다고 의미를 직접적으로 발화하고 있다는 뜻은 아니다. 이상수 작가의 글은 주로 형상화의 작업을 거쳐 탄생한다. 삶의 의미를 어떤 현상이나 사물의 속성에 빗대어 드러내고 있다는 의미이다. 문학은 돌려 말하는 것이며 보여주는 것이다. 이와 같은 과정에서 미적 공간이, 의미의 깊이가 담보된다. 형상화는 이를 수행하는 하나의 좋은 방법이다. 수필집에서 형상화의 구도를 자주 접하게 된다는 것은 작가가 그만큼 형식적 의장을 통한 문학성 담보에 심혈을 기울이고 있다는 의미일 수 있다.

그렇다면 이상수 작가의 글에서 느껴지는 자신감은 어디에서 오는 것일까. 그것은 작가의 성실하고 투철한 작업 방식에서 비롯되는 것으로 보인다. 이는 작가의 기질과 연결되는 것이기도 하다. 여러 글에서 보면 작가는 목표를 설정하고 그것에 이르기 위해 최선을 다한다. 현실에 대한 감각도 실천하는 능력도 있어서 결과도 좋았다. 현실에 안주하지 않고, 꿈꾸고 성취하기를 멈추지 않는 작가의 진취적인 기질을 잘 보여주는 글로「굽」이 있다.

이상과 꿈만으로 뭉쳐진 높은 굽을 신고 또박또박 사회로 걸어 나왔다. 규모가 작은 학원에서 수업의 기술을 터득해 독립했다. 내 이름을 걸고 개인적으로 하는 수업이 입소문을 탔다. 타인의 인정과 평가를 통해 존재 가치를 지니게 되었고 경제적으로 여유도 생겼다. 굽은 조금씩 높아졌고 자존감은 하늘을 찔렀다. 누구나 부러워하는 위치에서 만족하지 않고 또 다른 욕망을 꿈꾸기 시작했다.

새로 맡은 영업직은 자신만만이었다. 계약은 순조로워 스무여 명의 입사 동기 중에 선두 그룹에 들었다. 주위의 칭찬과 내 욕구가 맞아떨어져 승승장구했고 마약과도 같은 달콤함에 빠져들었다. 한껏 높아진 굽은 구름 위를 걷는 듯 아찔했지만 거기서 내려올 생각은 없었다. 여기서 멈추지 않고 더 높이, 더 멀리 나아가리라.

그러던 어느 날 무리한 계약으로 그만 바닥에 곤두박질치고 말았다. 그

때까지 손에 쥐고 있던 믿음은 한순간에 신기루처럼 사라졌다. 물질적 피
해는 물론 정신적으로도 공황이 찾아왔다 성공이라 생각했던 것들이 야
멸차게 등을 돌렸고 내 굽은 그만 높이를 잃고 말았다.

-「굽」부분

이 글에서 '굽'은 사회, 경제적 지위, 타인의 인정, 그에 비례하는 자아
의 자존감 등을 표상한다. 작은 학원의 강사로 시작해 개인 학원을 열고
여기에서도 만족할 만한 성과를 거둔 작가는 "누구나 부러워하는 위치
에서 만족하지 않고 또 다른 욕망을 꿈꾸기 시작"한다. "이상과 꿈만으
로 뭉쳐진 높은 굽"은 사회생활을 하면서 실질적인 내용을 함의하게 된
셈이다. 굽은 점점 높아간다. 그러다 한순간에 바닥으로 곤두박질치고
만다.

롤러코스터와 같은 삶의 과정을 작가는 단 세 문단으로 제시하고 있
다. 이상수 작가의 글은 이처럼 경제적이다. 군더더기가 없다. 필요한 묘
사는 하되 상황과 상황 사이 건너뛸 부분은 과감하게 건너뛴다. 문단과
문단 사이의 간극이 크게 느껴지지만 그것은 글의 긴장감을 높이는 방
향으로 작용한다.

수필은 일인칭 자기 고백적 글인 만큼 그 어느 장르보다 작가가 드
러나는 글임에 틀림없다. 그럼에도 이상수 작가의 글에는 유난히 자신
을 규정하는 표현이 많다. 가령 "내 입장을 먼저 헤아리는 게 나의 셈
법"(「천사채」)이라든가 "이제까지 나는 자신의 결단과 의지, 선택에 따
라 삶을 이어왔다. 누구의 결정에 따르기보다 주체적으로 살고자 노력
했지만 전력질주엔 끝내 지치고 말았다."(「나비포옹법」), "원칙에 어긋
나는 것은 따르지 않으며 맡은 일에 최선을 다하지 않는 사람을 싫어한

다. 무엇보다 대가를 치르고도 정당한 권리를 찾지 못하는 걸 참기 어려워해 단체에서는 별로 내켜 하지 않는 타입이다."(「히비스커스를 마시다」) 등이 그것이다. 그만큼 치열하게 자신을 탐색 내지 성찰하고 있다는 의미일 터다.

이와 같은 표현들에서 작가의 성실하면서도 주체적, 이성적, 합리적인 면모를 확인할 수 있다. 이러한 면모는 글의 형식적인 면에서도 확인할 수 있어 흥미롭다. '라그랑주점', '끙게', '우갱이', '감또개' 등 수록된 작품 제목만 보아도 생소한 소재가 많다. 작가는 사물에 대한 인식의 범주가 넓을 뿐 아니라 다양한 분야에 조예가 깊다. 이것이 자연스럽게 글에 드러나고 있기도 하지만 또 한편으로는 성실한 자료조사에 의한 것임을 글에서 느낄 수 있다. 어떤 명제가 나오면 이에 해당하는, 혹은 이것이 참임을 증명하는 다양한 사례가 제시되는 구도도 자주 보인다. 이상수 작가의 글이 논리적이고 설득적으로 느껴지는 까닭이 여기에 있다. 이와 같은 글의 형식적 특징들은 작가의 주체적 이성적 합리적인 속성에서 비롯된 것이라 할 수 있다.

엄마는 괄호가 넓은 품이었다. 사회에 첫발을 내디뎠을 때, 엄마라는 이름을 처음 가졌을 때, 남편과의 알력이 만만치 않았을 때, 서툴고 상처난 마음을 모두 부려놓고 나면 편안해졌다. 집안일이 만만치 않게 많았지만 네 일과 내 일을 가리지 않는 천성 때문에 길을 가다가도 일손이 필요하면 외면하지 못했다.

시골 이웃들의 품도 마찬가지로 넓어서 엄마가 병원에 누워 있을 때 들깨밭의 잡초를 말끔히 정리해준 적이 있었다. 들에서 일하는 아버지를 보고는 아껴둔 술과 안주를 들고 와 대접해주었다. 비와 바람에 마음을 맡기고 벌레나 풀과 함께 지내서 그럴지도 모르겠다. 따뜻한 밥을 지으면 찾아오는 사람에게 권하고 밭에 나는 푸성귀는 주인 없는 마루에 슬쩍 두고 가기도 한다.

-「괄호를 열다」 부분

수필이 일인칭 고백적 글이라고 하지만 작가와 수필적 자아 사이에는 거리가 존재한다. 그 거리가 자아에 대한 관찰, 성찰을 가능하게 하며 자아와의 관계를 구축하거나 수정하게 한다. 『라그랑주점』에서 작가는 자아를 치열하게 탐색함과 더불어 타자를, 그들의 삶을 차분히 들여다본다. 작가가 감동적으로 그리고 있는 타자의 삶은 이채롭게도 대부분 작가의 성질 즉 주체적이고 합리적인 것과 반대편에 있는 경우가 대부분이다. 그 대표적인 예가 '엄마'이다.

'엄마'에게 "서툴고 상처 난 마음을 모두 부려놓고 나면 편안해"진다는 사실은 그리 특별할 게 못 된다. 일반화할 수는 없지만 대체로 '엄마'라는 존재는 자식에게 "괄호가 넓은 품"이기 때문이다. 중요한 것은 '엄마'의 "네 일과 내 일을 가리지 않는 천성"에 있을 것이다. 자식에게 "괄호가 넓은 품"이라는 것이 '엄마'의 보편적 성질이라면 '네 일'과 '내 일'에 경계가 없다는 것은 개별적 존재의 특수한 성질이기 때문이다. 수필적 자아의 '엄마'는 자신의 집안일이 많은데도 일손이 필요한 곳을 보면 그냥 지나치지 못한다. 이것은 "내 입장을 먼저 헤아리는" 작가와는 다른 면모이기도 하고 합리적인 것과도 거리가 먼 행위이다.

그런데 위 글에서 이와 같은 일원적 감각은 통합과 유대의 공동체를 이루는 것으로 드러난다. "엄마가 병원에 누워 있을 때 들깨밭의 잡초를 말끔히 정리해준"다거나 "들에서 일하는 아버지를 보고는 아껴둔 술과 안주를 들고 와 대접해주"는 마을 사람들의 행위에서 이를 확인할 수 있다. 이것이 받은 만큼 돌려주는 합리적 사고에서 이루어지는 것이 아님은 물론이다. 작가는 이를 두고 "비와 바람에 마음을 맡기고 벌레나 풀과 함께 지내서 그럴지도 모르겠다"고 쓰고 있다. 자연에 동화된 존재들 간의 서로 스미는 관계를 아름답게 보여주고 있다.

작가가 의식했든 아니든 『라그랑주점』에는 주체와 객체의 경계가 모호한 전근대적 세계와 주체 중심의 근대적 세계가 충돌하고 있다. 인간이 자연에 속해 있고 대상 간의 상호 동일화가 가능했던 세계가 전근대적 세계라면 인간이 주체가 되어, 주체 중심의 동일화를 지향하는 세계가 근대적 세계라 할 수 있다. 작가가 자신에 대해 밝혀둔 바와 같이 작가는 근대적 세계에 속한 존재다. 타자와의 경계가 분명하고 그 선을 넘는 것을 불편해하며, 이성적이고 합리적이다. 또한 자신이 주체가 되어 대상을 주체에로 환원하고자 하는 의지가 강하다.

이와는 달리 위 글에 그려지고 있는 '엄마'와 마을 사람들, "자신의 상황은 아랑곳하지 않고 필요한 쓰임에 먼저 양보하는" '언니'(「천사채」)는 근대적 세계에 속하는 존재들이라 할 수 있다. 남편과도 일찍 사별하고 금지옥엽 기른 딸도 허망하게 보내야 했던 '이모', 이처럼 한 많은 세월을 살면서도 "자신보다 주변 사람들을 더 살뜰히 챙"기는 '이모'(「꿍게」) 또한 동일한 맥락에 자리하는 존재다. 「오래된 미래」에서는 자연에 기대어 사는 전근대적 세계의 모습과 자연을 지배하는 근대적 세계의 모습을 그려 보여주고 있다. 무한 경쟁의 세계에서 고투하던 작가는 비합리적이고 손해만 보는 것 같은 전근대적 존재들에게서 쉼과 위로를 얻는다.

그렇다고 전근대적 세계로 돌아가야 한다는 의미는 아니다. 또 그럴 수도 없다. 작가는 끊임없이 균형을 탐색한다. 자신을 치열하게 성찰한 작가는 자신의 반대편에 놓인 세계를 깊이 있게 들여다보며 둘의 조화를 지향하고 있는 것이다. "누구에게든 온전히 마음을 주지 못했던" 자아, "심지어 자신에게까지도 마음이 닫혀 있어 내면으로 가는 길을 찾을 수 없"었던(「히비스커스를 마시다」) 자아는 먼 길을 돌아 두 세계 사이에 다리를 놓으려는 것이다. 작가에게 글쓰기는 이 두 세계를 연결하는 작업에 다름 아니다.

> 어스름은 스스로 깊어지는 법을 안다. 높이와 넓이만을 추구했던 욕망이 부질없음을 깨닫는 순간, 먼 것들은 조금씩 곁을 내어준다. 움켜쥐려 했던 손은 늘 비어있고 밖을 향했던 걸음은 어느새 내 안으로 돌아와 있다. '나는 나를 떠나서 너무 먼 곳을 배회했구나.' 하루의 고단함을 발아래 내려놓자 그제야 마음이 고요해진다.
>
> 어두워져 가는 강가에서 나를 들여다본다. 강물에 비친 얼굴 하나가 천천히 지워진다. 산 그림자가 스러지고, 조약돌이 사라지고, 가로등 불빛마저도 흐릿해진다. 자신의 경계를 미련 없이 버리는 저 모습이야말로 아름다운 망언사(忘言師)가 아닐까.
>
> 누군가 내 어깨 위에 손을 얹는다. 돌아보지 않는다. 어쩌면 내가 기르는 개일 수도 있고 야성의 늑대일 수도 있으리라. 그러나 어느 쪽이든 그 농담(濃淡)을 받아들이리라. 익숙한 것들은 익숙한 대로, 낯선 것들은 또 낯선 대로. 지금은 그런 이분법들까지 다 허용하는 시간이니.
>
> 멀리 수묵화 걸린 풍경 너머로 저녁이 소실점으로 눕는다.
>
> ―「목탄화 속으로」 부분

이 수필집의 표제인 '라그랑주점'이란 천체 사이의 힘이 평형을 이루는 지점을 이르는 말이다. 수필집을 읽고 제목을 보니 제목에서 이미 이 수필집의 의미랄까 방향성이 제시되어 있었던 셈이다. 자아와의 관계, 타자와의 관계, 세계와의 관계를 조율하며 그 균형점을 찾아가는 것이 『라그랑주점』을 관류하는 의미 내지 정신이기 때문이다. 균형점을 찾아가는 작가의 여정은 매우 치열하면서도 아름답다.

작가는 먼 길을 돌아 "자신의 경계를 미련 없이 버리는 저 모습이야말로 아름다운 망언사(忘言師)가 아닐까"라는 인식에 다다른다. "익숙한 것들은 익숙한 대로, 낯선 것들은 또 낯선 대로" 있는 그대로 수용하리라 결의한다. 그 무조건적인 수용에는 작가 자신도 포함되어 있을 터이다. 자신에 대한 치열한 탐색에서 타자와 세계에 대한 이해를 거쳐 다시 자신에게로 돌아와 자신과 포옹하는 여정이 바로 『라그랑주점』이기도 하기 때문이다. 그 여정이 아름답게 전달되는 것은 내용과 의미의 깊이가 담보되어 있고, 문장과 글의 형시적 의장에 대한 작가의 성실한 탐구가 뒷받침되어 있기에 가능한 것이 아닐까 한다.

찾/아/보/기

박진희

대전대학교 국어국문과에서 박사학위를 받고
대전대학교 국어국문창작학부에서 문학과 이론을 가르치고 있다.
2009년 『시와정신』으로 비평 활동을 시작하였고
2013년 청마문학 연구상, 2020년 시와정신 문학상을 수상하였다.
저서로 『유치환 문학과 아나키즘』, 『박재삼 문학 연구』, 평론집으로 『문학과 존재의 지평』, 『서정적 리얼리즘의 시학』, 『상실을 기억하는 말들』, 수필집으로 『낯선 그리움』 등이 있다.

말의 정신

초 판 인 쇄 | 2023년 11월 22일
초 판 발 행 | 2023년 11월 22일

지 은 이 박진희

책 임 편 집 윤수경

발 행 처 도서출판 지식과교양
등 록 번 호 제2010-19호
주 소 서울시 강북구 삼양로 159나길18 힐파크 103호
전 화 (02) 900-4520 (대표) / 편집부 (02) 996-0041
팩 스 (02) 996-0043
전 자 우 편 kncbook@hanmail.net

ISBN 978-89-6764-203-7 93800   정가 24,000원